Ulrich Woelk

Die letzte Vorstellung

Roman

Deutscher Taschenbuch Verlag

Von Ulrich Woelk
ist im Deutschen Taschenbuch Verlag erschienen:
Liebespaare (13092)

Ungekürzte Ausgabe
Oktober 2004
Deutscher Taschenbuch Verlag GmbH & Co. KG,
München
www.dtv.de

Umschlagkonzept: Balk & Brumshagen
Umschlaggestaltung: Catherine Collin unter Verwendung
einer Fotografie von © Getty Images/Thomas Schmidt
Satz: Druckerei C. H. Beck
(nach einer Vorlage von Prill Partners, Berlin)
Druck und Bindung: Druckerei C. H. Beck, Nördlingen
Gedruckt auf säurefreiem, chlorfrei gebleichtem Papier
Printed in Germany · ISBN 3-423-13253-1

Man kann sagen, dass die erste Auswirkung dieser brutalen Invasion der Krankheit darin bestand, unsere Mitbürger zu zwingen, so zu handeln, als hätten sie keine persönlichen Gefühle.

ALBERT CAMUS, *Die Pest*

Wie schlau und findig man sich auch vorkommt, man braucht einen Anhaltspunkt.

RAYMOND CHANDLER, *Der lange Abschied*

Am 2. Juli 1967 wurde bei Protesten gegen den Staatsbesuch des persischen Herrschers Schah Mohammed Reza Pahlewi der Student Benno Ohnesorg in Berlin erschossen. Während der Ereignisse befand sich das persische Herrscherpaar in der Oper, und es wurde »Die Zauberflöte« gespielt. Einige der gegen die Notstandsgesetze, den Vietnam-Krieg und die Springer-Presse revoltierenden Studenten entschieden sich am Ende der sechziger Jahre, den bundesrepublikanischen Staat, in dem sie ein Instrument zur Unterdrückung der Massen sahen, mit Waffengewalt zu bekämpfen.

Am 5. September 1977 entführten Unbekannte in Köln den Präsidenten des Bundesverbandes der Deutschen Arbeitgeberverbände, Hanns-Martin Schleyer, und erschossen seine vier Begleiter. Die Entführer forderten die Freilassung von elf inhaftierten Terroristen sowie fünfzehn Millionen Dollar Lösegeld. Nach sechs Wochen ermordeten sie Schleyer mit drei Schüssen in den Kopf. Am Tag zuvor hatte man im Sicherheitstrakt der Justizvollzugsanstalt Stuttgart-Stammheim die drei Terroristen Andreas Baader, Jan-Carl Raspe und Gudrun Ensslin tot aufgefunden.

Am 9. November 1989 verlas der SED-Bezirkschef von Ost-Berlin, Günter Schabowski, im DDR-Fernsehen einen Beschluss, wonach Auslandsreisen von DDR-Bürgern von nun an möglich seien. Wenige Stunden danach öffneten sich an den Grenzübergän-

gen die Schlagbäume dem Ansturm der Massen. Ein halbes Jahr danach, am 6. Juni 1990, nahmen die Sicherheitsbehörden der zu diesem Zeitpunkt noch existierenden DDR Susanne Albrecht fest, eine von zehn ehemaligen RAF-Terroristen, die seit 1979 unter dem Schutz des Staatssicherheitsdienstes in der DDR gelebt hatten.

Am 3. Oktober 1990 wurde nach 41 Jahren der Trennung mit dem Beitritt der DDR zur Bundesrepublik die Vereinigung der beiden deutschen Staaten vollzogen.

1

Hier im Norden nahe der dänischen Grenze lag der Herbst matt und geräuschlos auf den Weiden. Die feuchten Marschwiesen, die im Sommer zartgrün waren, erstreckten sich grau und eben wie Zinn bis zum Horizont, und Himmel und Erde verschwammen miteinander zu einer einförmigen Landschaftsfläche, die beim Betrachten manchmal den Eindruck erweckte, ganz nah zu sein und im nächsten Moment wieder sonderbar fern. Die einstigen Höfe, die im Abstand von hundert oder vielleicht zweihundert Metern entlang der schmalen Deiche aufeinander folgten, schienen den feinen hellgrauen Nebel nur zu dunkelgrauen Knoten zu verdichten, im Herbstmorgen ankernde Schatten, Bojen der Zivilisation hier draußen, wo nur noch die wohnten, die in dieser kargen Landschaft aufgewachsen waren, oder ein paar Zugereiste, die eine gewisse Abgeschiedenheit suchten.

Wie jeden Morgen lief Arnold Gnaatz, der Pfarrer von Harde, einer kleinen Gemeinde im Binnenland, über die weit geschwungenen Deiche. Sein Körper war durch den Lauf schwer geworden, und der Schweiß hatte seine Kleidung feucht werden lassen. Er vernahm seinen Atem, als wäre es nicht sein eigener, sondern der eines anderen, der ihm auf Schritt und Tritt folgte. Das Haus, auf das er zulief, war ein niedriger reetgedeckter Backsteinbau mit moosgrün gestrichenen Fensterrahmen und einem Spitzgiebel über dem Eingang, wie man es hier in der Gegend häufig findet. Auf der Fußmatte vor der Haustür hatte sich ein kleiner Stapel aus Tageszeitungen angesammelt, und das Zeitungspapier war durch die Herbstluft feucht und grau geworden. Das Politikerlächeln obenauf wirkte verquollen und maskenhaft, als habe sich die obere Schicht der Züge über Nacht von dem Gesicht des Mannes gelöst, so dass der verzerrte Blick jetzt beinahe etwas Dämonisches bekam.

Der Pfarrer verlangsamte seine Schritte, ohne dass er hätte sagen können, warum. Es war nicht ungewöhnlich, dass sich vor den Häusern hier Zeitungen ansammelten, wenn die Bewohner verreist waren. Sein Blick fiel auf die neben der Tür in Augenhöhe angebrachte Hausnummer, eine leicht bemooste Sieben, und es ging ihm durch den Kopf, dass die Sieben eine biblische Zahl war. Er dachte an die sieben Tage der Schöpfung oder das Buch mit den sieben Siegeln. Für jede der kleineren Zahlen ließen sich Bedeutungen finden, durch die ein hinter den Dingen verborgener Plan sichtbar zu werden schien, und auf einmal drängte sich ihm eine von diesen Bedeutungen mit seltsamer Intensität auf: die der sieben Todsünden. Die Assoziation beunruhigte ihn, und er bemühte sich, eine andere in den Vordergrund seiner Gedanken zu rücken, aber es gelang ihm nicht. Der Nebel, so schien es ihm, war noch dichter geworden, und er fragte sich, was er jetzt tun sollte.

Er lief eine Zeit lang auf der Stelle, und als sich nach einer Weile das Rauschen des Blutes in seinen Ohren beruhigte, glaubte er aus dem Innern des alten Gebäudes, aus dem Dunkel hinter den alten Fenstern gedämpfte Musik zu vernehmen. Das erschien ihm umso ungewöhnlicher, als die vor der Tür liegenden Zeitungen darauf schließen ließen, dass niemand zu Hause war. Das Bewegungsecho des Dauerlaufs in seinen Beinen verebbte jetzt ganz. Als Pfarrer kannte er die meisten Anwohner des Deiches, aber die Tür des Hauses mit der Nummer sieben, vor dem er jetzt stand, hatte sich seinen seelsorgerischen Diensten noch nie geöffnet. Wer auch immer hier wohnte, lebte ausgesprochen zurückgezogen. Eine Weile stand der Pfarrer lauschend da, verwirrt von der Musik, die, soweit sie sein Ohr erreichte, geprägt war von weiblichem Gesang in hohen, heftigen weltlichen Stimmlagen, Operngesang offenbar, der ihm bei seiner Vorliebe für die Choräle Buxtehudes oder die Motetten von Heinrich Schütz stets übertrieben vorkam, wie ein Suchen nach etwas, das ohne den Glauben nicht zu finden war.

Er wartete noch einen Moment ab, dann betätigte er die Klingel, und augenblicklich wurde die geisterhafte Opernmusik von einem Dingdong übertönt, dessen Gewöhnlichkeit vor dem Hintergrund der hysterischen Sopranklänge ihm einen kurzen Schrecken einjagte. Nach einer Weile läutete er noch einmal und trat dann, als wieder nichts geschah, einen Schritt zur Seite, um durch das Fenster neben dem Eingang zu sehen. Dahinter befand sich eine karge, mit gesprungenen Tonkacheln geflieste Diele, an deren Ende einige Mäntel hingen, die in dem schwachen Licht an ein paar dicht beieinander stehende Personen denken ließen, die herausstierten so wie der Pfarrer hinein.

Nach einem kurzen Zögern entschied er sich, um das Gebäude herumzugehen. Das feuchte Laub auf dem Boden dämpfte das Geräusch seiner Schritte, und als er auf der Rückseite des Hauses ankam, entdeckte er zu seiner Überraschung eine Tür, die nur angelehnt war und sich nach innen öffnen ließ, bis sie gegen ein im Weg liegendes Paar Schuhe stieß. Sie führte in einen kleinen quadratischen Flur, und von dort erreichte man durch eine zweite Tür ein Zimmer mit Bücherregalen, die bis unter die Decke reichten. Die Musik war jetzt deutlich und nah. Vielleicht hätte ein weniger geübtes Ohr den Wortlaut des Gesungenen nicht verstanden, aber dem Pfarrer entging der Text nicht, zumal er längst erkannt hatte, welche Passage dort zu hören war, denn zu berühmt war diese Arie, die Zeile, in der es hieß: »Der Hölle Rache kocht in meinem Herzen.«

Der Pfarrer, dem bewusst war, dass er sich einem Ort näherte, an dem zu sein ihm nicht zustand, ging auf die Tür im rückwärtigen Teil des Zimmers zu und öffnete sie. Der Raum dahinter war auf seiner linken Seite von einer Fensterfront begrenzt, durch die das Licht noch farbloser ins Zimmer fiel, als es draußen schon war. Dann wurde ein Stuhl sichtbar, auf dem ein Mann saß, dessen Kopf zur Seite gesunken war, als sei er im Sitzen eingeschlafen. Seine Hand- und Fußgelenke waren mit breitem schwarzem Klebeband an den Armlehnen und Beinen des Stuhls festgebunden. Es war ein einfacher Holzstuhl. Die Stimme der Sopranistin hüpfte durch eine Koloratur aus aneinander gereihten Ha-ha-Lauten, die wie Gelächter klangen. An der linken Schläfe des Mannes klebte eine trockene, matt verklumpte Masse. Seine Hautfarbe glich dem leeren Grau von angeschwemmtem Holz.

Ein stehender süßlicher Geruch füllte das Zimmer und kroch dem Pfarrer in die Nase. Er vermochte seinen Blick nicht von dem Toten zu wenden, den er auf etwa fünfzig schätzte. Der Mann war bei weitem nicht der erste Leichnam, den er zu Gesicht bekam, vielmehr besaß er eine gewisse Übung darin, in den erloschenen Mienen von Verstorbenen zu lesen, ob sie in Frieden gegangen waren oder voller Protest und Verzweiflung. Aber in den starren Zügen des Ermordeten, vor dem er nun stand, vermochte er keine klare Regung zu erkennen. Allenfalls ließ sich darin etwas finden wie Müdigkeit, ein schwer zu deutendes Einverständnis mit der Tatsache, dass es nun endlich vorbei sein sollte. Die Arie der Königin der Nacht verklang.

Gnaatz wandte sich ab, und allmählich gewann er die Fassung zurück. Irgendetwas musste nun geschehen – in seinem Glauben wurzelte das Gebot, dass es weiterzugehen hatte, was auch immer geschah, im Vertrauen auf Gott. Im Nebenraum hatte auf dem Schreibtisch ein Telefon gestanden, und er wollte schon dorthin umkehren, als die Stille, die den Ermordeten umgab, ganz unerwartet wieder durchbrochen wurde von dem gewaltigen, jedoch vollkommen deplatzierten Heraufziehen eines finster rollenden Donners. Die Fensterscheiben vibrierten für einen Moment in dem lauter werdenden, brodelnden Geräusch, und als es seinen drohenden Höhepunkt erreicht hatte, setzte das Orchester ein, und die Königin der Nacht erhob aufs Neue ihre Klage.

2

ANTON GLAUBERG, einer der beiden leitenden Kriminalbeamten im Landkreis Niebüll, zu dem auch Harde gehört, saß in seiner Küche vor einer Tasse Kaffee, der bereits lau geworden war. Er hatte nicht schlafen können und starrte aus dem Fenster in die heraufziehende Dämmerung. Die entlaubten Zweige der Ulmen, die in einiger Entfernung am Rand der Landstraße nach Leck standen, woben sich in den Herbstmorgen. Neben der gelegentlich röchelnden Kaffeemaschine stand ein altes, leise vor sich hin spielendes Kofferradio, und die Nachrichten, die Glauberg nun zum dritten oder vierten Mal vernahm, waren immer dieselben, als stehe die Welt dort draußen still. Die Wirtschaftsdaten hatten sich abermals verschlechtert, und es sah aus, als sei eine Rezession nicht mehr abzuwenden, in New York war eine Verkehrsmaschine abgestürzt, aber es hatte sich wohl um einen Unfall gehandelt, und in Afghanistan fielen die ersten Stellungen der Taliban-Milizen. Der Tag stieg in der Küche auf wie Nebel, und das Licht lockte aus den Dingen noch keine Farbe hervor.

Glauberg trank einen Schluck von dem lauwarmen Kaffee. Er hatte den gestrigen Abend mit seinem Sohn verbracht, der in der vergangenen Woche sieben geworden war, aber Sylvia hatte nicht gewollt, dass er dem Kindergeburtstag mit seiner Anwesenheit womöglich die Unbeschwertheit nehmen würde. Seit ihrer Trennung vor einem halben Jahr war ihr Verhältnis von knapper Kühle, und so hatte er den Jungen gestern Abend geholt und war mit ihm Pommes frites und Hamburger essen gegangen, bemüht, eine Unterhaltung in Gang zu bringen. Doch es war ihm schwer gefallen, mit dem Kind zu reden, in dessen Welt er zwei oder drei Mal im Monat nicht mehr als einen kurzen Blick warf.

Der Junge lebte seit einiger Zeit in dem schlichten Gut-und-Böse-Universum irgendwelcher Zeichentrickfiguren, über die er ohne jede Distanz sprach, und vielleicht gab es ja einen Zusammenhang zwischen seinem Rückzug in die Klarheit dieser künstlich erschaffenen Welt und der Trennung seiner Eltern. In seinem Gesicht fanden sich manche Züge seiner Mutter, die bei ihr am Ende hart geworden waren, verschlossen und abweisend, während sie sich bei dem Kind noch in ihrer Ursprünglichkeit zeigten, hübsch und manchmal ein wenig geziert und feminin. Die dünne kindliche Gesichtshaut wirkte in der eintönigen Beleuchtung des Schnellrestaurants verletzlich. Doch zugleich erschien das Kind selbstbewusst in seiner noch intakten Ganzheit, mit der es die nur mühsam übertünchte Brüchigkeit der Erwachsenenwelt unwissentlich-unschuldig herausforderte.

Wenn er groß sei, hatte der Junge gesagt, als sie nach dem Essen wieder im Wagen saßen, dahinrollend zwischen diesen beiden weiten Flächen: dem dunklen Land unter ihnen und dem kaum mehr helleren Himmel darüber, werde er auch einmal Polizist! Ja, ein berühmter Kommissar wolle er werden, in einer großen Stadt mit vielen gefährlichen Verbrechern. Glauberg hatte dazu genickt, und die Scheinwerfer fischten das gelbe Ortsschild von Süderlügum aus dem Blau des Abends. Als der Junge von ihm wissen wollte, warum er denn nicht auch in einer großen Stadt Verbrecher jage und ob es denn in Harde überhaupt echte Verbrecher gebe, hatte er gesagt, es gebe hier echte Verbrecher, aber nicht sehr viele zum Glück, denn Verbrecher seien ja nicht wirklich etwas Wünschenswertes, und je weniger es von ihnen gebe, desto besser. Der Junge schwieg daraufhin, doch es war deutlich zu spüren, dass er seinem Vater diese Bemerkung nicht glauben wollte. Im Universum seiner Figuren war er ein Held, und als solcher sah er sich auch einmal in der Welt der Erwachsenen. Und um ein Held zu werden, brauchte man Verbrecher, dazu waren sie da. Die kurzen, knorrigen Stämme der Weiden, die in einiger Entfernung vorbeizogen, verschmolzen mit der ländlichen Nacht, die bald dunkler war, als sie es in einer Stadt je sein konnte.

Glauberg stand auf und füllte die Kaffeetasse mit dem Rest aus der Glaskanne. Auf einer der Ulmen an der Straße nach Leck saß die ganze Zeit über ein schwarzer Vogel, wie ein Rest der Dunkelheit. Irgendwo auf der Grenze zwischen Nacht und Tag gibt es einen Moment der Klarheit, in dem die Dinge stillstehen und das Licht so zögernd auf den farblosen Oberflächen liegt wie ein kurzzeitig angehaltener Atem. In diesen Moment der Stille hinein klingelte im Flur der Wohnung das Telefon.

3

Als Anton Glauberg das Gebäude mit der Nummer sieben erreichte und seinen Wagen an der Deichböschung abstellte, standen dort bereits zwei Streifenwagen. Er stieg aus und begrüßte einen der Beamten, der mit dem Rücken gegen die Fahrertür gelehnt dastand und eine Zigarette rauchte.

»So etwas habe ich noch nicht gesehen«, sagte der Mann, als Glauberg ihn erreichte. Sie gaben sich die Hand. »Ein Einbruch war das nicht.«

Sie kannten sich, obwohl der Polizist aus Leck kam und

nicht aus Harde. Die Gegend war zu dünn besiedelt, um sich nicht zu kennen. Glaubergs Blick folgte dem Verlauf des Deiches, die Entfernung zum nächsten Haus betrug hundert, vielleicht zweihundert Meter. Die meisten Stallungen und Schuppen waren in den vergangenen Jahren abgerissen worden, und es standen nur noch die Wohnhäuser, umgeben von Bäumen und Sträuchern, die man gegen den Wind gepflanzt hatte.

Glauberg sagte: »Viel heller wird es heute wohl nicht mehr.«

»Ja«, nickte der Polizist.

»Was ist mit den Türschlössern?«, erkundigte er sich.

»Sie sind alle in Ordnung«, sagte der Beamte und zog an seiner Zigarette. »Der Hintereingang war nicht verschlossen. Das sagt der Pfarrer, der die Leiche vor einer guten Stunde gefunden hat. Wir warten auf die Spurensicherung. Es wird wohl jemand aus Flensburg kommen müssen.«

Glauberg nickte. »Wo ist der Pfarrer jetzt?«

»Im Haus«, sagte der Beamte.

Glauberg stieg die Deichböschung hinauf. Der feuchte Boden mit dem gebüschelten Gras war nicht besonders fest. Es hatte angefangen zu nieseln, und die Nebelschwaden hingen in der Luft wie Spinnweben. Die bezeichnete Hintertür stand offen, und er gelangte durch eine kleine Diele ins Haus. Dort stand Arnold Gnaatz vor einer Bücherwand und studierte die Titel. Er drehte sich um, als Glauberg auf ihn zukam.

»Man hat mich gebeten zu bleiben«, sagte der Pfarrer, »aber ich habe Ihren Kollegen bereits gesagt, dass ich um zehn eine Taufe habe.«

Glauberg nickte und gab dem Pfarrer die Hand. »Sie werden rechtzeitig in Ihrer Kirche sein.«

Gnaatz sagte: »Warum schauen Sie nicht auch mal bei uns rein? Ihre Frau hat sich in letzter Zeit gelegentlich blicken lassen. Wussten Sie, dass unser bescheidenes Gotteshaus aus dem frühen sechzehnten Jahrhundert stammt? Tycho Brahe soll dort einmal an einer Messe teilgenommen haben.«

»Wer war Tycho Brahe?«, fragte Glauberg und fügte dann hinzu: »Meine Frau und ich sind nicht mehr zusammen.«

»Ich weiß«, nickte Gnaatz. »Sie wären beide willkommen. Die Kirche ergreift in solchen Fällen keine Partei.«

Glauberg blieb einen Moment stehen. »Gott und ich, wir wären kein gutes Team. Er kennt immer schon die Wahrheit, während ich im Dunkeln tappe. Das würde auf Dauer nicht gut gehen.«

»Vielleicht hilft er Ihnen ja, ohne dass Sie es merken«, sagte der Pfarrer. »Glauben Sie mir, eine Kirche ist ein guter Ort, um in vielen Dingen Klarheit zu bekommen.«

Er hatte ein großes, durchgeformtes Gesicht mit affenhaft nah beieinander stehenden Augen, als habe das häufige Predigen vor seiner spärlichen Gemeinde sein Blickfeld in der Mitte verdichtet. Über den kurzen buschigen Brauen klebten ihm die Haare auf der Stirn, und ein Geruch nach erkaltetem Schweiß ging von ihm aus.

»Kommen Sie jeden Morgen hier vorbei?«, erkundigte sich Glauberg.

»Meistens«, sagte Gnaatz. »Manchmal belasse ich es bei einer kleineren Runde in der Nähe des Ortes, aber das ist selten.« Und als Glauberg nichts sagte, fügte er hinzu: »Die Zeitungen vor der Haustür sind mir aufgefallen. Es ist nicht meine Art, in fremde Häuser einzudringen, aber aus irgendeinem Grund habe ich es heute getan. Fragen Sie mich nicht, warum.«

Glauberg nickte. »Der Tote ist im Nebenraum?«

»Ja«, bestätigte der Pfarrer. »Einer Ihrer Beamten ist dort, aber ich habe den Eindruck, dass er nicht besonders glücklich darüber ist. Wenn es nicht ein Verstoß gegen seine Vorschriften wäre, hätte ich ihm angeboten, seinen Platz einzunehmen. Die Nähe von Toten ist für mich wohl weniger beunruhigend als für ihn.«

Glauberg begann ziellos durch den Raum zu gehen, als habe er vorerst keine Eile, den Leichnam zu sehen. Er sagte: »Was für ein Mensch war er?«

»Wie bitte?«, fragte Gnaatz.

»Der Ermordete. Sie haben sein Bücherregal studiert. Und Sie kennen sich mit Menschen aus. Gehörte er zu Ihrer Gemeinde?«

»Nein, ich habe ihn in der Kirche nie gesehen. Und von denen, die regelmäßig kommen, kannte ihn keiner.« Er machte eine kurze Pause, und mit einem Seitenblick auf den Kriminalbeamten fügte er hinzu: »Wir sind keine sehr große Gemeinde, aber Gott ist geduldig.«

Glauberg betrachtete nun seinerseits die Buchrücken. »Und was sagt Ihnen Ihr Gefühl?«

Gnaatz schwieg einen Moment. »Offenbar besaß er eine gewisse Bildung. Nietzsche, Sartre, Kafka. Leider sind es nicht immer die Gebildeten, die zu Gott finden. Sie erliegen dem Irrtum, Wissen sei Lebensinhalt genug.«

Nachdem er die Regale abgeschritten hatte, blieb Glauberg vor dem Schreibtisch stehen, der aussah, als sei er soeben erst verlassen worden. »Ja«, sagte er, »es gibt eine Menge Irrtümer.«

Als Gnaatz nicht widersprach und es nichts mehr zu reden gab, ging er zu der Tür im hinteren Teil des Raumes und betrat das Nebenzimmer. Dort war alles noch so, wie der Pfarrer es vorgefunden und wie man es Glauberg am Telefon mit wenigen teilnahmslosen Worten geschildert hatte. Eine Art Unbestimmtheit lag auf den Dingen, aber es war nur das Fehlen der Farben. In der Nähe des großen Stereoturms, in dem die knopf- und skalenreichen Fronten mehrerer Hi-Fi-Geräte übereinander gestapelt standen, hatte ein Polizeibeamter Posten bezogen, offenbar verunsichert von dem grausamen Arrangement der Dinge, so dass er beschlossen hatte, gar nichts zu tun.

Glauberg nickte ihm zu und sagte: »Sie können jetzt gehen, ich übernehme das hier.«

Dann betrachtete er den zusammengesackten Toten. An Hand- und Fußgelenken fanden sich an den Rändern der Klebebänder, mit denen er auf dem Stuhl festgehalten wurde, dunkle kranzförmige Hämatome auf der Haut. Sie mussten sich dort gebildet haben, als er noch lebte. Offenbar hatte der Mörder sich Zeit gelassen bei seinem kalten Geschäft. Glauberg stellte sich vor den Toten hin und schien dort selbst in eine leblose Starre zu verfallen. Er stand da, ohne sich zu rühren. Der Pfarrer, der zwei Schritte von ihm entfernt vor der Fensterfront abwartete, konnte sich dieses Schweigen nicht erklären. Es erschien ihm lang, und er betrachtete den Polizisten genauer: ein Mann in mittleren Jahren wie er selbst, mit einem phlegmatischen übernächtigten Gesicht, in dem die Nase groß wirkte zwischen den tief liegenden Mulden der

Augen. Sie waren blassbraun, und die Pupillen bewegten sich nicht. Gnaatz begann, den schweigenden Kriminalbeamten seelsorgerisch zu analysieren. Vielleicht war er so ein Mensch: von irgendetwas enttäuscht und zu keiner größeren Reaktion mehr fähig. Jemand, dessen Züge schon früh im Leben müde geworden waren. Und das Zweite, was er dachte, war, dass Glaubergs Schweigen das intensive Schweigen eines Beobachters sein könnte. Vielleicht speicherte er diesen Augenblick ab, der für ihn, den Ermittler, eine erste Spur war. Was sich ihm bot, war das Realität gewordene grausame Fantasiebild eines Mördergehirns. Und in irgendeiner Weise war der Täter darin noch anwesend, mit einer unsichtbaren, lautlosen Präsenz.

Dem Pfarrer fielen die ungewöhnlich großen Lautsprecherboxen im hinteren Teil des Raumes auf, die dort wie Totenwächter in den Zimmerecken standen. Die dunklen Membranen schwiegen jetzt. Der Tote musste der Musik und ihrer möglichst naturgetreuen Wiedergabe einen besonderen Wert beigemessen haben. Die Größe der Boxen kam dem Pfarrer vollkommen nutzlos vor. Niemals, dachte er, mit keiner noch so fortschrittlichen Technik würde es je gelingen, die sakrale Weite eines in der Kirche gesungenen Miserere in die Enge eines Wohnzimmers zu zwängen.

Irgendwann löste sich Glauberg aus seiner Starre, und er begann im Raum umherzugehen und seinen Blick hierhin und dorthin zu werfen. Gnaatz schien es angebracht, wieder zu sprechen, und er sagte: »Es fällt mir schwer, ihn dort so sitzen zu lassen und kein Tuch über ihn zu decken.«

Glauberg blieb stehen und sah ihn an: »Bekreuzigt man sich heutzutage noch, wenn man einen Toten sieht?«

Der Pfarrer sagte: »Es ist mir ehrlich gesagt nicht in den Sinn gekommen, aber vielleicht wäre es angebracht gewesen.«

Glaubergs Blick wanderte weiter. »Mag sein. Tote sind nicht unbedingt das, was wir sehen wollen.«

»Darum geht es nicht«, erklärte der Pfarrer. »Das Kreuz ist ein Zeichen der Demut.« Mit seinem Glauben wirkte er wie einer jener alt gewordenen Weltverbesserer, die zwar nichts erreicht, aber sich auch nie etwas haben zu schulden kommen lassen. Er brachte es fertig hinzuzufügen: »Wir müssen alle irgendwann sterben.«

Glauberg drehte sich noch einmal zu dem Toten um und betrachtete ihn jetzt von der Seite. »Ich hoffe, nicht so.«

Wieder entstand eine kurze Pause. Dann fragte der Pfarrer: »Wer tut so etwas?«

»Jemand, der von irgendetwas überzeugt ist, der an irgendeine Sache glaubt, scheint mir. – Was meinen Sie?«

Gnaatz schüttelte den Kopf. »Mit Killern kenne ich mich nicht aus.«

Glauberg ging zu der Fensterfront und sah hinaus. »Ich glaube nicht, dass wir es hier mit einem Killer zu tun haben. Eher schon mit einem Henker.« Er sagte es ohne besondere Betonung und fügte hinzu: »Und da ist die Kirche doch nicht ganz fachfremd.«

»Das ist lange her«, sagte Gnaatz.

»Sie haben Recht. Es ist nicht sehr originell, immer wieder darauf hinzuweisen.«

Der Pfarrer drehte sich zu den Lautsprecherboxen. »Als ich den Toten gefunden habe, war die Stereoanlage eingeschaltet, und eine CD spielte. Ich habe sie abgestellt. Ansonsten habe ich hier nichts angerührt.«

Etwas wie Interesse oder Neugier erwachte jetzt in Glauberg. Er sagte: »Eine CD läuft kaum länger als eine Stunde. Sie müssten dem Mörder beinahe begegnet sein.«

»Es wurde immer die gleiche Passage wiederholt, das kann schon seit Tagen so gegangen sein«, sagte Gnaatz. »Ich glaube, es war die Musik, die mich dazu gebracht hat, hier einzudringen.«

»Und Sie haben die CD aus der Anlage genommen?«

»Das war nicht nötig, ich habe sie auch so erkannt. Es war eine Passage aus der *Zauberflöte*. Kennen Sie die Arie der Königin der Nacht? Es ist eine ziemlich berühmte Arie.«

»Ich kenne mich mit Opern nicht aus.« Glauberg blieb vor der Anlage stehen. »Ich höre immer noch Platten. Hin und wieder kaufe ich welche auf Flohmärkten.«

»Ich habe den Player auf Pause gestellt«, sagte der Pfarrer. »Sie können jederzeit an der entsprechenden Stelle wieder einsteigen.«

Glauberg nickte, aber er rührte die Anlage nicht an. »Und Sie haben die Musik schon seit Tagen gehört?«

»Nein, nein«, sagte Gnaatz. Er schilderte, wie er die Leiche gefunden hatte und was ihm dabei durch den Kopf gegangen war. Durch diesen Bericht stellte sich etwas ein, das Ermittlungsroutine sein mochte und das sich mit der bleiernen Gegenwart des Toten nicht vertrug. Sie verließen den Raum und das Haus und blieben schließlich auf dem Deich stehen. Die Landschaft lag so flach wie ein riesiger Deckel auf dieser alten, mit allem Möglichen angefüllten Tonne: Erde.

Der Ermordete hieß Hans Jacobi. Glauberg fragte den Pfarrer, ob er ihm oder irgendeiner Menschenseele hier denn nie begegnet sei und ob er nie etwas Ungewöhnliches bemerkt habe, immerhin komme er jeden Morgen hier vorbei.

»Sie haben Recht«, sagte Gnaatz. Er schien selbst überrascht, dass ihm nun doch noch etwas einfiel. »Im Sommer stand hin und wieder, drei oder vier Mal vielleicht, ein Wagen vor dem Haus, der nicht hierher gehörte.«

»Das ist nicht besonders genau. Woran erkennt man, dass ein Wagen nicht hierher gehört?«

»Am Kennzeichen«, sagte der Pfarrer.

»Na gut«, sagte Glauberg. »Und?«

»Der Wagen kam aus Berlin.«

»Ach ja?«

»Ein hellblauer Kombi. Mehr kann ich Ihnen nicht sagen.« Da Glauberg über irgendetwas nachzudenken schien, nutzte Gnaatz die Pause, um seiner Aussage noch ein paar allgemeine Gedanken hinzuzufügen: »Ich versuche, ohne Auto zurechtzukommen. Wissen Sie, die Leute ziehen hierher, reißen die Scheunen ab und renovieren die Wohnhäuser, um ungestört zu sein. Sie wollen Individualisten sein und allein. Aber ohne Auto wären sie verloren. Und die Natur muss das alles ausbaden.« Er war in einen leicht predigenden Ton verfallen und entschuldigte sich: »Verzeihen Sie diesen nicht gerade sachdienlichen Einschub.«

Glauberg sagte: »Sie mögen die Menschen, die hier wohnen, nicht besonders?«

»Ein Pfarrer liebt alle Menschen«, entgegnete er. Doch nach ein paar Sekunden setzte er hinzu: »Wissen Sie, die, die jetzt hierher ziehen, wissen mit der Landschaft im Grunde nichts anderes anzufangen, als sie anzustarren. Sie leben nicht wirklich hier.«

»Leben Sie denn wirklich hier?«

Er überlegte einen Moment und sagte dann: »Für mich spielen Orte keine Rolle. Gott ist überall.«

»Mag sein«, sagte Glauberg. »Nur hier war er in letzter Zeit nicht.«

Es war inzwischen doch etwas heller geworden, aber nicht sehr viel. Der starke, intensive Geruch des Herbstes stieg aus den Marschwiesen auf. Die beiden Polizisten hatten sich in ihren Streifenwagen gesetzt und schwiegen hinter der Windschutzscheibe. In einiger Entfernung, dort, wo sich der Deich im Dunst verlor, wurden zwei Wagen sichtbar. Sie kamen näher.

Glauberg sagte: »Wir bekommen Besuch. In ein paar Minuten ist es hier mit der Ruhe vorbei. Wenn Sie noch rechtzeitig zu Ihrer Taufe kommen wollen, sollten Sie jetzt gehen. Die Kollegen vom BKA werden keine Rücksicht auf Ihre Termine nehmen.«

Gnaatz war erstaunt. »Sie glauben, der Fall ist mehr als eine lokale Angelegenheit?«

»Ich weiß, dass es so ist«, sagte er.

»Und trotzdem lassen Sie mich gehen?«

»Nicht wegen Ihrer Taufe«, sagte Glauberg, »das würde mich besser machen, als ich bin.« Und nach einer Weile fügte er hinzu: »Ich lasse Sie gehen, weil ich es nicht wissen dürfte.«

»Hm«, machte der Pfarrer.

»Nehmen Sie es als Beichte und reden Sie nicht darüber«, sagte er. »Es gibt doch so etwas wie ein Beichtgeheimnis.«

Gnaatz nickte. »Ja, das gibt es.«

»Und auch über das, was Sie hier gesehen haben, muss ich

Sie bitten, vorerst zu schweigen. Glauben Sie mir, der Fall hat eine gewisse übergeordnete Bedeutung.«

Der Pfarrer drang nicht weiter in ihn. Er sagte: »Wenn Sie noch Fragen haben, wissen Sie ja, wo Sie mich finden.«

Sie gaben sich die Hand, und der Pfarrer drehte sich in die Richtung, aus der er gekommen war. Der Schweiß in seinen Haaren, die sich in seinem Nacken lockten, war getrocknet, ebenso wie der Stoff des verwaschenen blauen Kapuzen-Sweatshirts, das er trug. Er hatte einen uneleganten, angestrengten Laufstil, und es schien so, als hätte er beständig eine Steigung zu überwinden. Während manche Körper beim Laufen leichter wirken, schien seiner schwerer zu werden. Irgendwann, als er sich so weit entfernt hatte, dass er nur noch unmerklich kleiner wurde, sah es so aus, als trete der Seelsorger auf der Stelle.

Die beiden Wagen, die sich aus der anderen Richtung dem Haus näherten, kamen auf den weiten Bögen der Deichstraße nur langsam voran. Ihre Schemen schoben sich an den Andeutungen verwitterter Weidezäune vorbei. Für einen Moment war Glauberg allein. Sein Gesicht bot sich der Herbstwelt regungslos dar. Es lag eine Art Ruhe darin, als befinde er sich in jenem stummen, alle Worte außer Kraft setzenden Bewusstseinszustand, der sich einstellt, wenn man sich selbst sterben gesehen hat.

Kurz bevor die beiden Wagen ihr Ziel erreichten, wandte er sich dem Haus zu und stieg die Deichböschung hinab. Es sah so aus, als habe er vor, mit den Polizisten zu reden, die in ihrem Streifenwagen auf weitere Anweisungen warteten. Als er die Sohle des Deiches erreichte, waren die beiden Wagen so nah, dass auf ihren Karosserien blasse Farben sichtbar wurden. Sie rollten auf das Gras der Böschung und hielten nach ein paar Metern an, so dass dort nun vier Wagen hintereinander standen, seltsam viele vor der Leere der Landschaft.

Aus dem ersten der beiden Wagen stieg eine Frau. Sie war um die dreißig und kam mit direkten, betont festen Schritten auf Glauberg zu. Sie trug Bluejeans und eine für die Jahreszeit etwas zu dünne sandfarbene Baumwolljacke. Mit dienstlicher Kühle stellte sie sich vor.

»Paula Reinhardt«, sagte sie und streckte ihm ihre Hand hin. In der Linken hielt sie ihren Ausweis. »Wir sind Kollegen. Die beiden dahinten sind von der Spurensicherung.« Sie wies auf den anderen Wagen, dem zwei Männer mit Arbeitstaschen entstiegen.

»Hm«, machte Glauberg, nachdem er einen kurzen Blick auf den Ausweis geworfen hatte, der sie zur Bundespolizistin machte. »Was verschafft uns die Ehre?«

Ihre Gesichtsfarbe war hell, ein nördliches Weiß. »Kann ich Sie einen Moment allein sprechen?«, sagte sie.

Glauberg nickte. Die Beamten aus dem Streifenwagen waren herangekommen, und er gab ihnen Anweisung, den Kollegen von der Spurensicherung die Lage zu erklären und sie zum Tatort zu führen. Dann stieg er mit Paula Reinhardt auf den Deich und blieb dort stehen, wo er zuletzt mit Gnaatz gestanden hatte. Sie sammelte sich einen Moment.

»Ich nehme an, der Name des Toten, Hans Jacobi, sagt Ihnen nichts«, begann sie. Sie hatte den Ehrgeiz, ihre Kompetenzen zu bekräftigen, aber in ihrer Art lag auch eine Unsicherheit, die sie zu verbergen suchte. Ihr Gesicht war oval, mit hohen Wangenknochen, und ihre Augen hatten ein unreines und nicht bemerkenswertes Blau, das ihrem Blick aber jene Qualität verlieh, die sie ihm wohl geben wollte: Distanz zu wahren.

Glauberg fragte: »Was sollte mir der Name denn sagen?«

Sie sagte: »Jacobi ist der Nachname seiner Mutter. Ursprünglich hieß der Mann Hans Wolgast.«

Glauberg zeigte sich überrascht. »Wolgast? Gab es nicht ein RAF-Mitglied mit dem Namen?«

Sie nickte. »Wolgast hat zehn Jahre – bis neunundachtzig – in der DDR gelebt und wurde kurz nach der Wiedervereinigung verhaftet. Der Fall ging damals nicht großartig durch die Presse, weil er von anderen – prominenteren, wenn Sie so wollen – überlagert wurde.«

»Das ist eine Weile her«, sagte Glauberg.

»Wolgast gehörte nicht zum harten Kern der RAF. Außerdem hat er sich nach seiner Festnahme kooperativ gezeigt, so dass es nicht zu einer umfangreichen Anklage gekommen ist. Er wurde – von der Öffentlichkeit mehr oder weniger unbemerkt – für seine RAF-Mitgliedschaft verurteilt, und die Sache war nach anderthalb Jahren Haft erledigt.«

Glauberg stellte fest: »Wir sind nicht darüber informiert worden, dass sich ein ehemaliges Mitglied der RAF und Kronzeuge der Bundesanwaltschaft im Landkreis niedergelassen hat. Ich nehme an, das heißt es doch, wenn Sie sagen, er habe sich kooperativ gezeigt.«

»Kronzeuge klingt ein wenig pompös. Das ist damals intern geregelt worden. Man hat Wolgast gestattet, sich unter dem Namen seiner Mutter hier anzusiedeln. Er kommt aus einer wohlhabenden Familie und hat dieses Haus hier geerbt und ein ausreichendes Vermögen dazu. Seine Familie schneidet ihn, hat ihn aber nicht vollkommen fallen lassen. Seit dreiundneunzig lebt er hier, die Kollegen in Flensburg wussten Bescheid.«

»Das ist ja erfreulich für die Kollegen in Flensburg«, sagte Glauberg mit Spott im Ton.

»Tut mir Leid, dass man Sie nicht informiert hat. Diese Dinge sind Sache Ihres Innenministeriums«, sagte sie. »Wahrscheinlich ist man davon ausgegangen, dass sich der Fall erledigt hatte.«

»So wie es aussieht«, bemerkte Glauberg, »war das ein Irrtum.«

»Vielleicht«, sagte sie.

Ihre Haare waren glatt und dunkelbraun mit einem rötlichen Schimmer. Sie strich sie ab und an hinter die Ohren, bis sie wieder nach vorn fielen und mit den Spitzen über den Kragen ihrer Jacke strichen. All ihren Gesten haftete eine Art übertriebene Tüchtigkeit an, sogar dieser. Ihr Verhalten war so, als müsse sie mit jeder Handbewegung etwas beweisen. Außer ihnen war niemand auf dem Deich. Sie standen eine Weile stumm nebeneinander.

Schließlich sagte Glauberg: »Sie haben es nicht sehr eilig, die Leiche zu sehen.«

»Warum sollte ich mich darum reißen, einen Hingerichteten zu sehen?«, sagte sie und ließ den Blick über die Wiesen wandern. Ein Schwarm schwarzer Vögel durchstöberte den Dunst.

»Ist das Ihr erster Mordfall?«, erkundigte sich Glauberg und wandte sich dem Haus zu.

»Wie kommen Sie darauf?«

»Nur so. Sie sind noch recht jung.«

»Man hat mich hierher geschickt, weil ich vor Ort bin.

Wir bilden einen Teil unserer Leute in der Nähe von Husum aus.«

»Das wusste ich nicht«, sagte er und fügte hinzu: »Sie sind in der Ausbildung?«

»Nein.« Sie war verärgert darüber, dass er das annahm. »Ich habe dort einen Kurs gegeben.«

»Ach ja? Was denn für einen Kurs? Nahkampf, Waffenkunde?« In seinem Ton lag wieder dieser trockene Spott.

»Aktenrecherche«, sagte sie und folgte ihm ins Haus.

»Klingt nicht sehr spannend.«

»Trauen Sie mir einen Mordfall nicht zu?«

Er drehte sich um und blieb stehen. »Ich glaube, ich könnte Sie mit gutem Grund das Gleiche fragen.«

Sie standen einander in der Mitte des Arbeitszimmers gegenüber. Sie sah ihn an, bereit, den Kampf aufzunehmen. »Ich mag auf Aktenrecherche spezialisiert sein, aber ich habe die volle BKA-Ausbildung, falls Sie das meinen.«

Er sagte: »Und nachdem Sie jahrelang hinter Ihrem Schreibtisch gesessen haben, wollen Sie sich jetzt beweisen, dass Sie wissen, wie das ist da draußen, wo die Mörder aus Fleisch und Blut sind und nicht aus Papier und Tinte.«

»Ich habe mich nicht um den Fall gerissen.«

»Ich wette eine Menge dagegen.«

»Es ist mir egal, was Sie denken«, sagte sie nachdrücklich und kurz. »Ich bin hier und ich werde erfolgreich sein.«

Offenbar hatte sie zu lange um diesen Augenblick gekämpft, um innerlich gelassen sein zu können. Glauberg wandte sich der Tür im hinteren Teil des Raumes zu. Die Bücher, die keiner mehr lesen würde, waren jetzt nur noch eine Wand aus Papier. Er blieb auf der Türschwelle stehen. »Es ist kein schöner Anblick, der sich Ihnen bieten wird.«

Sie sagte: »Machen Sie sich darüber keine Gedanken.«

Er ließ sie vorausgehen, und sie betraten das Wohnzimmer. Die Beamten der Spurensicherung hatten mit der ihnen eigenen Bedächtigkeit mit der Arbeit begonnen. Einer kniete auf dem Boden und zupfte mit einer Pinzette einzelne Fasern aus dem Teppich, während der andere den Toten von allen Seiten fotografierte. Die Verschlussgeräusche der Kamera folgten einander mechanisch wie Sekunden, die sich mühsam vorwärts schleppten. Die Sekunden waren zu Minuten geworden und die Minuten zu Stunden. Es schien keine Zeit mehr zu geben in diesem Zimmer.

Mit hochgeschlagenem Jackenkragen blieb Paula Reinhardt vor dem Toten stehen. Ihre Augenbrauen waren ebenso braun wie ihre Haare und schwach gewölbt. Die Flügel ihrer schmalen, geraden Nase wirkten beständig ein wenig eingezogen. Ohne sich dessen bewusst zu sein, schien sie sich in jedem Moment selbst zu kontrollieren. Offenbar hatte sie sich im Lauf der Jahre eine Art stete Wachsamkeit angewöhnt, und vielleicht war diese notwendig gewesen, um sich durchzusetzen. Der Fotograf wartete mit der nächsten Aufnahme, und als sie bemerkte, dass sie ihn aufhielt, trat sie zur Seite. Sie sagte: »Was ist mit dem Pfarrer, der ihn gefunden hat?«

»Offenbar kommt er jeden Morgen hier vorbei«, sagte Glauberg. »Er hat sich über die Zeitungen vor der Haustür gewundert.«

»Wieso haben Sie ihn gehen lassen?«

»Er musste zu einer Taufe. Wenn jemand abtritt, sollte

man nicht verhindern, dass ein Neuer dazukommt. Wir können seine Aussage jederzeit zu Protokoll nehmen.«

»Hatte er denn etwas Interessantes zu erzählen?«, erkundigte sie sich.

»Nicht sehr viel. Ein Punkt ist allerdings bemerkenswert«, sagte er und informierte sie kurz. Jedes Mal, wenn der Fotograf eine Aufnahme machte und ein Blitz dazu aufflammte, erschienen ihre überscharfen Schatten an den Wänden.

»Es lief Musik?«, fragte sie, darüber ebenso erstaunt, wie er es gewesen war. »Was denn für Musik?«

»Die CD liegt noch in der Anlage. Irgendeine Oper offenbar. Der Pfarrer kannte sie.«

Sie ging auf den Stereoturm zu, zog ein Tuch aus der Jackentasche, legte es sich um die rechte Hand, drückte auf den Auswurfknopf des Players, und die CD fuhr heraus. Sie beugte sich hinunter, um die Aufschrift lesen zu können. »Hm, Mozart. *Die Zauberflöte*.«

»Der Pfarrer hat von einer bestimmten Arie gesprochen«, sagte Glauberg und fügte hinzu: »Sie waren zu schnell, er hatte das Gerät auf Pause gestellt.«

Der Fehler war ihr unangenehm, und sie sagte: »Vielleicht waren *Sie* ja zu langsam.«

Er ging auf die Bemerkung nicht ein. »Es muss da irgendeine Königin geben. Kennen Sie sich mit Opern aus?«

»Eigentlich nicht. Die *Zauberflöte* habe ich als Kind einmal gehört. Ich bin in Berlin groß geworden.«

»In Berlin?« Er ging einen Schritt zurück, um dem Fotografen Platz zu machen. »Ich war in den Siebzigern gelegentlich dort.«

Sie schüttelte den Kopf. »Sicher nicht dort, wo ich herkomme. Ich bin im Osten aufgewachsen.«

»Ach!«, sagte Glauberg.

Der zweite Beamte begann mit der Suche nach Fingerabdrücken. Er entnahm seinem Koffer ein paar Gegenstände und ging auf die Musikanlage zu. Paula Reinhardt trat zur Seite. Eigentlich störten sie und Glauberg hier nur.

»Wundert es Sie, dass jemand aus dem Osten beim BKA ist?«

»Nein«, wehrte er ab. »Wieso sollte es?«

»Mir ist es eh gleich, ich habe mich inzwischen daran gewöhnt. – Im Übrigen«, fügte sie in einer Art hinzu, die deutlich machte, dass sie es längst müde war, darüber zu reden, »bin ich zu jung, um bei der Stasi gewesen zu sein, falls Sie sich darüber Gedanken machen sollten.«

Glauberg ging nicht weiter darauf ein und fragte: »Und was ist das nun für eine Arie?«

»So genau weiß ich das auch nicht mehr. Ich erinnere mich nur noch, dass die Auftritte der Königin der Nacht immer mit Blitz und Donner verbunden waren. Das hat mich als Kind sehr beeindruckt.«

Glauberg nickte. »Also haben wir es mit einem Verrückten zu tun. Mit einem, der Operngesang braucht, um seine Hinrichtungen vorzunehmen. Oder die Stimme einer bestimmten Sopranistin, die seinen Mutterkomplex anfeuert, damit er seinen Vater töten kann.« Es war unklar, wie ernst es ihm mit diesen Vermutungen war.

Paula Reinhardt sagte: »Ich würde bei einem ehemaligen Terroristen nicht unbedingt nach einem psychisch Gestörten als Mörder suchen.« Sie zog ein Plastiktütchen aus der Jackentasche und ließ die CD hineinrutschen.

Glauberg hob die Schultern: »Wer auch immer der Mörder ist – psychisch gestört ist er in jedem Fall.«

»Wer sagt denn, dass es ein Einzelner war«, bemerkte sie.

Die beiden Beamten der Spurensicherung nahmen keine Notiz von dem Gespräch. Sie gingen ihrer Arbeit nach, als wäre niemand sonst im Raum. Paula Reinhardt beugte sich hinunter und betrachtete das Klebeband, mit dem der Ermordete auf dem Stuhl festgebunden war. Nachdem sie auch einen Blick auf die Bänder an den Handgelenken geworfen hatte, richtete sie sich wieder auf. »So ein Klebeband bekommt man in jedem Schreibwarengeschäft«, stellte sie fest.

Glauberg hatte die ganze Zeit über seinen Platz an der Tür nicht verlassen. Aus dem Nebenraum drang kalte Luft ins Zimmer. Er sagte: »Fingerabdrücke und Klebebänder werden uns nicht weiterbringen. Wer auf diese Weise einen Mord begeht, macht keinen Anfängerfehler.«

Paula Reinhardt kam auf ihn zu und sah ihn an. In ihrem Blick hielt sie jene Distanz aufrecht, mit der sie ihn begrüßt hatte. Sie steckte die Tüte mit der CD in ihre Jackentasche. Dann sagte sie mit jener Art von Überbetonung, mit der man Selbstverständlichkeiten noch einmal einen Sinn zu geben versucht: »Jeder macht Fehler. Glauben Sie mir.«

Ein letzter Blitz tauchte den Raum in grelles Licht. Der Fotograf machte eine Detailaufnahme von der Schusswunde an der Schläfe. Der matte Blutschorf glänzte im Blitzlicht kurz auf. Die künstliche weiße Helligkeit umgab den Toten wie ein nutzloser Energiestoß. Er rührte sich nicht. Keiner rührte sich. Für einen Moment waren alle festgefroren im Lichtblitz. Der eine in gebeugter Haltung vor der Musikanlage, der andere mit dem Finger auf dem Auslöser hinter dem Fotoapparat, und Glauberg und Paula Reinhardt standen einander statuenhaft gegenüber. Für den Bruchteil einer Sekunde schien die Endgültigkeit, mit der das Leben aufhört, alle im Raum erfasst zu haben.

4

Glauberg bog von der Hauptstrasse ab und ließ den Wagen in den Ernst-Barlach-Weg rollen. Die rot verklinkerten Doppelhäuser, die zu beiden Seiten der Straße aufeinander folgten, wirkten sauber und neu. Vor sieben Jahren hatte man dieses Wohngebiet am Rand von Harde erschlossen. Die Sträucher in den Vorgärten ließen noch die Pläne erkennen, nach denen man sie einst gesetzt hatte. Alles hier war geplant. Die Häuser folgten einander so regelmäßig wie junge Pflanzen in einem Beet, aus dem glückliche Familien sprießen sollten.

Eine der Haushälften hatte Glauberg mit seiner Frau gekauft, kurz bevor Felix geboren worden war. Damals war ihre Ehe noch einigermaßen intakt gewesen, die Schwierigkeiten hatten erst mit dem Kind begonnen, das sie sich doch gewünscht hatten. Aber irgendwann fühlte Sylvia sich unausgefüllt, obwohl sie den Jungen liebte. Immer öfter war sie gereizt, wenn Glauberg abends nach Hause kam, und je gereizter sie wurde, umso später kam er nach Hause. Die Dinge entglitten ihnen unmerklich, und als ihnen bewusst wurde, dass es so nicht weitergehen konnte, war es zu spät. Irgendwann hatte es keine andere Lösung mehr gegeben, als sich zu trennen.

Glauberg ließ den Wagen an die Bordsteinkante rollen und stellte den Motor ab. Es war kurz vor vier, und es begann schon wieder dunkel zu werden. Im Laufe des Tages war der Nebel allmählich dünner geworden, und jetzt durchzogen blaugraue Adern die immer noch niedrige Wolkendecke. Es war aber noch nicht zu entscheiden, ob das Wetter nun besser werden würde.

Glauberg stieg aus dem Wagen und schlug die Fahrertür zu. Als er durch das Gartentor auf die Haustür zuging, blickte er nach rechts über die Flucht aus Vorgärten. Die Zäune folgten einander regelmäßig wie die Sprossen einer Leiter, die niemand aufgerichtet hatte. Sie verlor sich irgendwo vor dem dunkelnden Horizont.

Glauberg klingelte. Kurz darauf öffnete sich die Tür, und Sylvia stand ihm gegenüber. Sie hatte nicht mit ihm gerechnet.

»Du?«, sagte sie, und in diesem Du lag die ganze Verfahrenheit ihrer gescheiterten Ehe.

»Kann ich reinkommen?«

Sie zuckte mit den Schultern, drehte sich um und ging voraus in die Küche. Dort saß der Junge vor einem Marmeladenbrot und einer Tasse Kakao. Er grüßte seinen Vater flüchtig und ohne von dessen außerplanmäßiger Anwesenheit in besonderer Weise überrascht zu sein. Offenbar stellte das Fehlen eines Vaters in seinem Leben keinen größeren Mangel dar. Sie hatten sich gestern gesehen, und sie würden sich irgendwann wieder sehen. Glauberg verbrachte jedes zweite oder dritte Wochenende mit ihm. Über den Lippen des Jungen hatte sich ein dünner Strich aus angetrocknetem Kakao gebildet. Sylvia schickte ihn ins Wohnzimmer, mit der Erlaubnis, den Fernseher einschalten zu dürfen.

Als sie allein waren, sagte sie: »Also, was willst du?«

Er goss sich eine Tasse Kaffee ein und sagte: »Ich kann Felix am Wochenende nicht nehmen.«

Sie setzte sich. Die Küche war klein, und durch das auf den Vorgarten hinausgehende Fenster fiel nicht sehr viel Licht. »Was ist los?«, sagte sie. »Wir hatten das so ausgemacht.«

»Ich weiß«, nickte Glauberg und setzte sich ebenfalls. »Aber es ist etwas dazwischengekommen.«

»Was soll das heißen: Es ist etwas dazwischen gekommen?« Seit sie sich getrennt hatten, trug sie die Haare nicht mehr offen. Etwas abweisend Alleingelassenes umgab sie, immer wenn sie sich sahen. »Was denn?«

Er rührte einen Schuss Milch in seinen Kaffee. »Ich fahre morgen nach Berlin. Ich habe keine besondere Lust dazu, aber es lässt sich nicht vermeiden.«

»Nach Berlin?«, fragte sie und fügte hinzu: »Und das ist dir heute Morgen eingefallen? Wir haben erst gestern besprochen, dass du den Jungen am Samstag holst.«

»Ich weiß, es gefällt mir selbst nicht. Ich sage ja, dass ich nicht damit gerechnet habe.«

»Und was zwingt dich Wichtiges, nach Berlin zu fahren? Ich denke, du magst die Stadt nicht.«

Er sagte: »Ich kann nicht darüber sprechen.«

Sie sah ihn verärgert an. »Was soll das denn jetzt heißen?«

»Es ist dienstlich. Wir ermitteln in einer Sache, die noch nicht an die Öffentlichkeit soll.«

»Ach so! Das bin ich jetzt also für dich: Öffentlichkeit.«

»Sylvia, bitte.«

»Früher hattest du mehr Vertrauen.«

Er sagte: »Es tut mir Leid. Ich weiß, dass ich dir Schwierigkeiten mache.«

»Auf dein Mitgefühl kann ich verzichten!«, sagte sie bitter. Die Tonkulisse irgendeiner Fernsehserie, die der Junge sich ansah, drang aus dem Wohnzimmer in die Küche. In dem schwindenden Licht schienen die Schleiflackschränke um sie herum schwerer zu werden.

»Weißt du eigentlich, dass es immer so ist?«, sagte sie nach einer Weile. »Ich frage dich etwas, und du kannst nicht darüber reden – so ist es, seit wir uns kennen. Und je länger wir uns kennen, umso mehr verschließt du dich. Ist dir das eigentlich klar? Je länger wir uns kennen, umso weniger kannst du über irgendetwas reden. Über deine Arbeit nicht und über dich nicht. Über nichts.«

»Ich komme hier aus der Gegend«, sagte er. »Hier macht man nicht besonders viele Worte.«

»Etwas Besseres fällt dir dazu nicht ein?« Ihr Blick versuchte den seinen festzuhalten, aber es war schon zu dunkel im Raum, und er sah an ihr vorbei. »Du weißt genau, was ich meine.«

Er sagte: »Nein, ich weiß nicht, was du meinst.«

»Oh, doch«, sagte sie. »Und wenn nicht, dann ist genau das dein Problem.« Sie verstummte. Ihre Hände lagen in dem farblosen Licht auf dem Tisch wie Gegenstände. Eine Zeit lang saßen sie einander schweigend gegenüber. Irgendwann sagte sie: »Aber vielleicht ist es ja auch meins: Ich war zehn Jahre mit einem Mann zusammen, von dem ich nicht das Geringste weiß.«

Er füllte seine Tasse noch einmal auf. Der herbe Kaffeegeruch umgab sie. »Du weißt, was wir zusammen erlebt haben, du kennst unsere Geschichte. Du kennst die unsinnigen Dinge, die wir getan haben. Du weißt, wo wir waren und wie wir uns dort gefühlt haben. Du kennst alles, was für mich in den vergangenen zehn Jahren eine Bedeutung hatte.«

Sie schüttelte den Kopf. »Ich weiß, was ich erlebt habe, aber ich weiß nicht, was du erlebt hast. Ich habe mir nur eingebildet, es zu wissen – gesagt hast du nie etwas. Ich habe mich in den vergangenen Monaten manchmal gefragt, ob wir jemals etwas gemeinsam erlebt haben oder ob unsere Ehe nicht nur eine Illusion war. Ich wünsche mir wirklich sehnlichst, wir hätten eine gemeinsame Geschichte, aber wir haben sie nicht. Alles, was ich habe, sind meine Erinnerungen, in denen du vorkommst. Aber das reicht mir nicht. Ich will wissen, wie es in dir aussieht.«

Er sagte eine Weile nichts. Der Geräuschkulisse nach zu urteilen, sah sich der Junge im Wohnzimmer einen Zeichentrickfilm an. Der Fernseher sandte einen akustischen Hagel aus hellen Stimmen und artifiziellen Geräuschen durchs Haus, eine schnelle und sinnlose Abfolge von Lauten.

Glauberg sagte: »In mir? Da ist nicht viel.«

Sie wandte sich ab, im Profil und in dem schwachen Licht wirkte ihr Gesicht reglos und verhärtet. »Ach, hör doch auf.«

Er sagte: »Mein Gott, in mir ist das, was in allen Männern ist. Ich versuche, mich durchs Leben zu schlagen und meine Familie zu ernähren. Das ist es, was meinen Tag bestimmt. Und dazu jage ich seit Jahren irgendwelchen mittelmäßigen Kriminellen hinterher, so dass mein Sohn mich schon für einen Versager hält. Das ist der Teil meines Lebens, von dem du meinst, dass er dir fehlt. An dem teilzuhaben du einklagst. Warum reicht dir der andere denn nicht? Ich erinnere mich an Momente, da waren wir ...«, er brauchte eine Sekunde, um das richtige Wort zu finden oder sich dafür zu entscheiden, »... glücklich.«

»So?« Sie atmete abfällig aus. »Du hast nie auch nur ein Wort darüber verloren, wie du dich gefühlt hast. Wenn du glücklich gewesen bist, wieso erfahre ich das erst jetzt?«

»Du tust so, als hätte ich dir etwas verheimlicht.«

»Du verschließt deine Gefühle in dir – das ist es«, sagte sie und besann sich einen Moment. »Das Leben besteht aus mehr als aus einzelnen Momenten des Glücks. Was ist mit den Monaten und Jahren, die vor uns liegen? Was sollen sie sein? Ein Warten auf diese wenigen Stunden? Verstehst du denn nicht? Ich will wissen, mit wem ich verheiratet bin. Ich kann nicht mit einer Fiktion aus Erinnerungen zusammenleben. Vielleicht kann die Vergangenheit Lücken in der Gegenwart ausfüllen, aber sie kann sie nicht ersetzen. Ich will wissen, was du denkst.«

Sie sah ihn an, den Schatten, der er war. Er sagte: »Ich denke nichts. Jedenfalls nichts, was für unsere Ehe irgendwie von Bedeutung wäre.«

»Für eine Ehe ist alles von Bedeutung. Das ist es, was du nicht zu verstehen scheinst. Was habe ich davon, wenn wir miteinander schlafen und du zwei Minuten danach in Gedanken wieder bei einem deiner Fälle bist?«

Er sagte: »Was du sagst, ist Unsinn, aber es gibt trotzdem eine Antwort: Wir hätten uns geliebt.«

»Ich verstehe. Wieder einer dieser Momente.«

»Ja, wieder einer.«

»Es ist trostlos.«

»Nein, das ist es nicht. Es ist das Leben.«

»Wie weise du bist.«

»Und du bist verletzend.«

»Irgendwie muss ich mich ja wehren.«

»Gegen mich?«

»Gegen das, was du Leben nennst.«

»Was das Leben ist.«

»Nein. Niemals. Eher würde ich sterben.«

»So schnell stirbt man nicht.«

»Bist du dir sicher? Vielleicht sind wir ja schon tot.«

Er sagte eine Zeit lang nichts. Das nervöse bläuliche Geflimmer des Fernsehers drang vom Wohnzimmer als schwaches Lichtecho bis hinein in die Küche.

»Nein«, sagte er schließlich. »Tot zu sein ist etwas anderes.«

Wieder schwiegen sie eine Weile. Das Gespräch war an einen Endpunkt gekommen, so wie es immer an einen Endpunkt kam zwischen ihnen. Sie fanden keinen Ausweg aus all den Sackgassen des Redens. Glauberg stand auf und schaltete die Lichtleiste unter den Hängeschränken ein. Die beiden eingebauten Neonröhren zündeten zwei Mal, bis sie die Küche in eine indirekte gleichmäßige Helligkeit tauchten, die so metallisch war wie das Spülbecken. Er setzte sich wieder.

Irgendwann sagte er: »Ich habe gehört, dass du dich in letzter Zeit ab und an in der Kirchengemeinde hast sehen lassen.«

Sie antwortete mit spröder Gleichgültigkeit: »Etwas dagegen?«

»Nein, so meine ich es nicht«, erwiderte er ruhig und fragte: »Was hältst du von Gnaatz? Kann man ihm trauen?«

»Wie meinst du das? In welcher Hinsicht denn?«

»Ich frage mich bei Pfarrern immer, ob sie an das glauben, was sie sagen.«

»Das kann man sich bei jedem Menschen fragen.«

»Und? Glaubst du, dass er es ehrlich meint?«

Sie dachte einen Moment nach. »Ich vertraue ihm. Ich habe das Gefühl, er steht für das, was er sagt.«

Glauberg nickte. »Ja, den Eindruck habe ich auch.«

»Kennst du ihn denn?«

»Flüchtig. Kennen wäre zu viel gesagt.«

»Ich bin der Meinung, Felix braucht einen Halt. Kinder werden heutzutage mit so vielen Widersprüchen konfrontiert. Es überfordert sie. Ich will nicht, dass er sich irgendwann gegen uns wendet und die Menschheit verachtet, nur weil wir ihm nicht gesagt haben, dass es noch etwas anderes gibt, als Wohlstand anzuhäufen.«

Etwas missfiel ihm daran. »Du glaubst, die Religion kann einen davor bewahren, die Menschen zu verachten?«

Sie sagte: »Ich weiß es nicht. Aber einer von uns muss für Felix ja Entscheidungen treffen. Und du tust es nicht.«

»Du lässt mich nicht.«

»Das ist nicht wahr.« Sie stand auf, als hätten ihr die letzten Sätze das Stichwort geliefert: Es gab so viel zu entscheiden, so viel zu tun. Die Anforderungen des Tages waren es, vor denen zu fliehen sie ihm vorwarf. Das Abendessen war vorzubereiten und das Kind zu Bett zu bringen. Sie öffnete den Geschirrschrank und sagte: »Wann wirst du zurück sein?«

Er betrachtete sie, wie sie die Teller aus dem Schrank nahm. »Ich kann es noch nicht sagen. In ein paar Tagen, hoffe ich.«

Ihre mittelgroße Gestalt beugte sich über den Besteckkorb. Ihr Körper war ein Teil der Küche. Sie wollte es so, sie ließ ihn dazu werden. Es war ein Vorwurf. Glauberg sah sie an, den Vorwurf, den ihre eingespielten Bewegungen ihm machten. Draußen war es jetzt ganz dunkel. Sylvia war verstummt, und ihre Handgriffe blieben alltäglich und anklagend. Und in ihrer Summe drückten sie aus, dass es ihr egal war, wann er zurückkam.

5

In dieser Nacht hatte Glauberg nicht besonders gut schlafen können, wie er oftmals keinen festen Schlaf fand. Dann lag er auf der Couch und las und sah dem Sekundenzeiger zu und las. Oder er starrte in den leeren Raum der Nacht, der sich hinter dem Fenster öffnete wie eine Bühne für das stumme Theater der Gedanken. Ohne den Damm des Schlafs breiteten sie sich ungehindert in ihm aus. Die Uferlosigkeit der Stille. Nächte, nichts. Mit etwas Glück versickerte man.

Kurz nach fünf stand er auf und begann damit, seinen Koffer zu packen. Die Wohnung, in die er nach der Trennung von Sylvia vor sieben Monaten gezogen war, wirkte noch uneingerichtet. Hosen, Hemden und Unterwäsche stapelten sich in einem offenen Regal neben dem Bett, und Socken und Strümpfe lagen unsortiert in einer Ecke des Schlafzimmers herum. Ein Haufen getrennter Paare. Die Bücher, die er mitgenommen hatte, befanden sich zum größten Teil noch unausgepackt in einer der Umzugskisten im Flur. Viele waren es nicht, er hatte einfach welche aus dem Regal genommen, als er gegangen war, und in die Kiste geräumt. Manchmal, in den schlaflosen Nächten, nahm er eins heraus; auf diese Weise hatte er Camus und Chandler gelesen, weil er die Regalreihe mit den ersten Buchstaben des Alphabets erwischt hatte. Die Leseleuchte neben dem Bett gab ein einfaches, ruhiges Licht.

Als er mit dem Packen des Koffers so weit war, setzte er sich und trank einen Kaffee. Die Küche war größer als die in ihrem Haus, in der er gestern mit Sylvia gesessen hatte, aber schlichter eingerichtet. Die Schränke passten nicht zusammen, und neben der Spüle stand ein alter weißer Gasherd, den er nur selten benutzte. Die Flammen züngelten beim Anzünden, bis sie blassblau brannten. Genau so ein Herd hatte in jener Berliner Altbauwohnung gestanden, in der er vor mehr als zwanzig Jahren manchmal eine Woche oder zwei zugebracht hatte. Die vielen Zimmer und Flure dieser Wohnung waren in verwirrender Weise miteinander verbunden gewesen, und überall stieß man auf Türen, die fast immer offen gestanden hatten. Nur manchmal waren sie verschlossen gewesen. Durch die Fensterscheiben fiel das weiße Licht der Großstadt. Es war nicht immer ganz klar gewesen, wer in den einzelnen Zimmern wohnte und wer nicht, aber in einem davon hatte Glaubergs Halbbruder ein Bett, und dort übernachtete er bei diesen Besuchen. Damals hatte er noch jederzeit schlafen können, wo immer er sich hinlegte. Die Geräusche des Straßenverkehrs und die vielen hitzigen Gespräche in der Wohngemeinschaft trieben langsam davon, verloren sich in derselben bedeutungslosen Weite seines Schlafs.

Glauberg sah auf die Uhr, es war jetzt halb sieben, und er war mit allem so weit. Er ging noch einmal vom Schlafzimmer ins Bad und vom Bad in die Küche, und irgendwann klingelte es. Er nahm seinen Koffer, trat in den Flur und schloss die

Wohnung ab. Als er die Haustür öffnete, legte sich die Luft kühl und angefüllt mit dem schweren salzigen Geruch der nahen See auf sein Gesicht. Das herbstliche Wetter hatte sich nicht geändert seit gestern. Himmel und Erde hafteten aneinander.

Paula Reinhardt saß hinter dem Steuer ihres Wagens, der mit laufendem Motor am Bordstein stand, und begrüßte Glauberg mit einem Kopfnicken und der Frage, ob er gut geschlafen habe. Es war einigermaßen warm im Innern, da sie bereits die Strecke von Husum hier herauf hinter sich hatte. Glauberg zog die Beifahrertür zu.

»Nicht besonders«, sagte er, »und Sie?«

»Es macht mir nichts aus, wenig zu schlafen.« Sie trug ihre Haare hinter dem Kopf zusammengefasst, und die Linien ihres Gesichts waren klar. Sie wendete und bog auf die Landstraße nach Leck ein. »Ich habe mir gestern noch die wichtigsten Informationen über Hans Jacobi zufaxen lassen und Ihnen eine Mappe zusammengestellt. Sie liegt auf dem Rücksitz. Ich kann Ihnen aber auch das Wesentliche erzählen.«

Er sagte: »Zeit genug haben wir ja.«

Es war ruhig im Wagen, und sie fuhr nicht besonders schnell. Nebelbänke schwebten über den Marschwiesen. »Jacobis Laufbahn im linken Untergrund war ziemlich typisch für die späten sechziger und frühen siebziger Jahre«, begann sie, nachdem sie die Heizung etwas heruntergeregelt hatte. »Teilnahme an Springer-Blockaden, Wohngemeinschaftsmilieu, Mitarbeit bei verschiedenen antifaschistischen Komitees et cetera. Auf diese Weise ist er irgendwann, dreiundsiebzig oder vierundsiebzig, ins Umfeld der RAF geraten. Hin und wieder hat er Gelder und Material transportiert und bei logistischen Operationen geholfen – mehr aber wohl nicht. Soweit wir wissen, hat er nie selbst zur Waffe gegriffen. Ich habe die Vernehmungsprotokolle nicht vollständig gelesen und will nicht ausschließen, dass man nach seiner Festnahme das eine oder andere Detail unter den Tisch hat fallen lassen, um seine Kooperationsbereitschaft zu honorieren. Aber man wäre nicht so weit gegangen, ein Kapitalverbrechen zu decken.« Sie machte eine kurze Pause und fuhr dann fort: »In den späten Siebzigern oder Anfang der achtziger Jahre hat er sich in die DDR abgesetzt, so wie eine Reihe von RAF-Mitgliedern damals. Es hat wohl im Frühjahr achtundsiebzig einen ersten Kontakt zwischen der Abteilung XXII des Ministeriums für Staatssicherheit und Aktivisten der RAF und der Bewegung 2. Juni gegeben. Offenbar fand dieses Treffen auf dem Flughafen Schönefeld statt, und die Terroristen erhielten von Seiten des MfS die Zusicherung, ohne größere Komplikationen in die DDR einreisen zu können. Ein Teil dieser ersten Gruppe hat sich dann nach Bulgarien abgesetzt, wo das BKA sie ziemlich schnell aufgespürt hat. Sie wurden schon kurz darauf von Zielfahndern wieder festgenommen. Allerdings gibt es, was den Ablauf der Übersiedlungsaktion insgesamt angeht, nicht besonders viele Unterlagen. Vermutlich hat die Stasi zwischen dem Herbst neunundachtzig und der Erstürmung des MfS durch die Bürgerkomitees Anfang neunzig eine Menge Aktenmaterial zu diesen Vorgängen vernichtet.« Wieder unterbrach sie ihren Bericht für einen Moment und ließ den Wagen an eine Ampel heranrollen. »Wie auch immer«, fuhr sie schließlich fort, »Jacobi gehörte wohl nicht zu jener ersten Gruppe, die den Stasi-Kontakt eingefädelt hat. Er war eher einer von denen, die durch das Tor gegangen sind, nachdem es einmal offen stand. Was wir sicher wissen, ist, dass er im Frühjahr einundachtzig in Berlin-Treptow geheiratet hat. Seine Frau, eine gewisse Renate Siedler, lebt nach wie vor dort. Die beiden haben sich damals bei ihrer Arbeit als Krankenpfleger kennen gelernt. Als Jacobi Ende der Sechziger nach Berlin gekommen ist, hat er ein paar Semester Jura studiert, aber es ist nie etwas daraus geworden. Vielleicht hatte er das Gefühl, als Krankenpfleger für die Gesellschaft nützlicher zu sein. Allerdings hat ihm die Stasi nicht über den Weg getraut und Renate Siedler bereits ein halbes Jahr vor ihrer Hochzeit als IM angeworben. Unter dem Decknamen *Goldmarie* hat sie vierteljährlich ziemlich nichts sagende Berichte über Jacobi angefertigt und ihrem Führungsoffizier, einem gewissen Dolph Wagner, zukommen lassen. Sie selbst wurde von einer mit ihr befreundeten Stationsschwester observiert, die den Decknamen *Frau Holle* hatte und wiederum nichts von Renate Siedlers Nebenexistenz als *Goldmarie* wusste.«

»Hm«, machte Glauberg.

»Es war übrigens nicht der einzige Fall, in dem ein Ehepartner den anderen als IM überwacht hat«, fuhr sie fort. »Inzwischen sind die beiden wieder geschieden. Für den Prozess gegen Jacobi hat das BKA alle relevanten Akten der Stasi an sich genommen und ausgewertet, aber ich denke, durch den Mord hat sich die Lage jetzt geändert. Wir werden auf jeden Fall im Stasi-Archiv nach weiteren Unterlagen über ihn suchen müssen. Vielleicht hat man damals irgendetwas übersehen. Man hat nicht nach einem Mordmotiv gesucht.«

»Von Akten verstehen Sie ja etwas«, sagte Glauberg.

Sie sagte: »Was stört Sie daran eigentlich?«

»Nichts«, sagte er.

»Den Eindruck habe ich nicht.«

»Sie glauben, dass ich Sie verunsichern will?«

»Ich glaube, dass Sie ein Problem haben, mit mir zusammenzuarbeiten.« Sie schwieg eine Weile und nahm ihren Gedanken wieder auf: »Was das Motiv angeht, gibt es eine Menge Möglichkeiten. Es könnte sein, dass Jacobi als Konterrevolutionär und bourgeoiser Aussteiger hingerichtet worden ist. Vielleicht hat man ihn vor ein Revolutionsgericht gestellt und zum Tode verurteilt. Schleyer hat sich hinknien müssen und ist mit drei Kopfschüssen ermordet worden. Extremisten haben einen Hang zu Hinrichtungen. Vielleicht gibt ihnen die rituelle Dramaturgie von Exekutionen das Gefühl, im Recht zu sein.«

Glauberg sagte: »Oder jemand hat etwas für uns arrangiert, damit es nach einem Racheakt aussieht. Nach der Hinrichtung eines Verräters.«

Sie dachte einen Moment nach und sagte dann: »Dieser Jemand müsste Jacobis Vergangenheit aber zumindest gekannt haben, sonst macht das makabre Exekutions-Arrangement keinen Sinn. Es ist egal, von welcher Seite aus man die Dinge betrachtet, man kommt immer zu demselben Ergebnis: Der Mörder, gleich ob einer oder mehrere, muss ziemlich genau gewusst haben, wen er vor sich hat.«

»Ja«, sagte er. Die Straße führte in weitem Bogen über die Felder, vorbei an Windrädern, deren Flügel sich nicht bewegten. Der trübe Tag lieferte keine Energie. »Was ist mit der Musik?«

Paula Reinhardt sagte: »Die *Zauberflöte* ist ja im Zusammenhang mit dem Terrorismus nicht irgendeine Oper. Sie wurde an dem Abend gespielt, als Benno Ohnesorg erschossen wurde. Für die Linke ist der 2. Juni bis heute ein Gedenktag. Es könnte doch einfach nur ein zynischer Witz sein, ausgerechnet *die* Oper zur Exekutionsmusik zu machen, die man damals dem Schah und seiner Frau als Glanzstück der abendländischen Kultur präsentiert hat.«

»Ja, das wäre möglich«, sagte Glauberg und sah aus dem Fenster. »Ich nehme an, 1967 waren Sie noch gar nicht geboren.«

»Nein«, sagte sie und fügte nach einer Weile hinzu: »Ich habe mit all dem nichts zu tun. Die Kämpfe, um die es geht, sind weder die meiner Generation noch die des Landes, aus dem ich komme. Mir ist es egal, wer wann auf welcher Seite gestanden hat, für mich ist das ein Fall wie jeder andere. Und wenn irgendjemand meint, mit einer CD eine ideologische Visitenkarte abgeben zu müssen, dann ist mir das nur recht. Eine andere Bedeutung hat die Musik für mich nicht.«

Nach einer Weile sagte Glauberg: »Mich verbindet kaum mehr mit dem Terrorismus als Sie. Ich war sieben, als Benno Ohnesorg erschossen wurde.«

»Und siebzehn, als Schleyer ermordet wurde«, ergänzte sie. »Alt genug, um Partei zu ergreifen.«

Er sagte: »Wissen Sie, was mich am Terrorismus immer abgestoßen hat? Nicht so sehr die Bomben und die Gewalt, sondern die dahinter stehende Emotionalität. Dieser Glaube daran, es gebe so etwas wie Wahrheit.«

Sie schüttelte den Kopf. »Wir haben es längst nicht mehr mit heißblütigen Bombenlegern oder waffenunkundigen Intellektuellen zu tun, sondern mit kühl kalkulierenden Profis. Die, denen wir gegenüberstehen, sind handwerkliche Perfektionisten. Sie würden nicht so dick auftragen, eine Opernarie aufzulegen, wenn es nicht irgendeinen Grund dafür gäbe. Jemand, der einen terroristischen Tathintergrund nur vortäuschen wollte, würde auf so eine Idee nicht kommen, weil er Angst hätte zu übertreiben. Nein – wir müssen die Musik ernst nehmen, sie ist eine Botschaft.«

Glauberg sagte: »Es dürfte noch andere geben, die Jacobis Geschichte kennen, außer seinen ehemaligen Kampfgenossen. Das alles ist sehr lange her.«

Sie nickte. »Es gibt drei Vergangenheiten, in denen wir nach einem Tatmotiv suchen können: Jacobis Zeit in West-Berlin, seine Jahre im Osten und schließlich sein Leben in seinem Haus in Harde.«

»Da werden wir wohl nicht viel finden«, sagte er.

Sie fuhren durch Timmersiek. Ein Schild am Straßenrand zeigte an, dass sie sich der Autobahnauffahrt bei Harrislee näherten. Es war niemand auf der Straße. Der November hatte sich überallhin ausgedehnt und ließ keinen Raum für Bewegungen.

»Manchmal überrascht es mich, wie viel Vergangenheit sich im Laufe eines Lebens ansammelt«, sagte Glauberg. »Selbst wenn man das Gefühl hat, dass kaum etwas geschehen ist, hat man plötzlich so etwas wie eine Geschichte.«

»Sprechen Sie von Jacobi oder von sich?«

»Ich glaube, es ist bei jedem so.«

Sie erreichten die Autobahn, die sich breit und kaum befahren vor ihnen hinstreckte. Paula Reinhardts Hände lagen ruhig auf dem Lenkrad, hielten es lose umfasst, und ihre weißen Knöchel und die bläulichen Adern unter ihrer Haut waren deutlich zu erkennen. Auf der Frontscheibe hatte sich ein dünner Regenfilm gebildet, und Überlandleitungen spannten sich zwischen zwei Strommasten über die Fahrbahn. Die Maste wiederholten sich, kleiner werdend, in regelmäßigen Abständen bis zum Horizont, als wäre die Landschaft eine endlose Spiegelung ihrer selbst.

»Soweit ich mich erinnere«, sagte Glauberg nach einer Weile, »gab es noch einen zweiten – sagen wir – Todesfall, bei dem die *Zauberflöte* eine gewisse Rolle gespielt hat. Ich denke, das muss irgendwann Ende der Siebziger gewesen sein, achtundsiebzig oder so, auf jeden Fall nach der Schleyer-Entführung. Irgendein politischer Beamter wurde damals vor dem Opernhaus in Berlin auf offener Straße erschossen.«

»Sie meinen den Mord an Christian Curland.«

»Ja, so hieß der Mann. Für das Attentat wurde, soviel ich weiß, doch auch die RAF verantwortlich gemacht.«

»Zuerst ja – es lag auf der Hand«, bestätigte sie. »Aber es gab eine Menge Begleitumstände, die nicht recht ins Bild passten, so dass man die Theorie schließlich wieder fallen gelassen hat. Der Mord ist bis heute nicht aufgeklärt.«

»Gab es denn nicht die üblichen Bekennerschreiben?«

Sie nickte. »Die Echtheit dieser Schreiben war aber wohl eher zweifelhaft.«

»Ist sie das nicht immer?«

»Die RAF denkt eben nicht logisch.«

»Sagten Sie nicht, wir hätten es mit kühl kalkulierenden Perfektionisten zu tun?«

»Die Verschleierung ist Kalkül. Die Menschen sollen nicht mehr wissen, woran sie sind und wem sie glauben können. Darum geht es.«

»Was macht das BKA denn so sicher, dass es sich bei dem

Mord an Curland nicht um einen terroristischen Anschlag gehandelt hat?«, erkundigte er sich.

»Zunächst einmal war das Opfer für einen Terroranschlag untypisch«, sagte sie. »Curland arbeitete bei der Kreditanstalt für teilungsbedingte Sonderaufgaben und wickelte DM-Transfers in die DDR ab – ein heikles Thema damals. Erinnern Sie sich noch an den Milliarden-Kredit, den Franz Josef Strauß dreiundachtzig den Genossen vermittelt hat? Strauß war ein guter Freund von Schalck-Golodkowski, und die Angelegenheit hat seinerzeit hohe Wellen geschlagen – auch und gerade im konservativen Lager. Aus linker Sicht hätte es keinen Sinn gemacht, jemanden umzubringen, dessen Job es war, der DDR gelegentlich unter die Arme zu greifen.« Sie dachte einen Moment nach und fuhr dann fort: »Wie auch immer, seine Arbeit für die in Bonn ansässige KftS führte Curland in den siebziger Jahren regelmäßig nach Berlin. Ein oder zwei Mal im Monat hatte er dort zu tun, und dadurch war im Lauf der Jahre eine Situation entstanden, die die Angelegenheit zusätzlich etwas delikat gemacht hat: Man fand nämlich heraus, dass er nicht allein in der Oper gewesen war ...«

»Hm«, machte Glauberg. »Ich nehme an, es war nicht seine Frau, die ihn begleitet hat.«

»Nein, seine Frau war an dem Tag in Bonn, als er ermordet wurde«, bestätigte sie.

»Er war also mit einer Geliebten dort.«

»Wer sagt, dass es ei*ne* Geliеb*te* gewesen sein muss?«, korrigierte sie ihn. »Die Ticketverkäuferin in der Oper hat Curland damals anhand von Fotos identifiziert. Sie konnte sich erinnern, dass er zwei Karten gekauft hatte. Nur wissen wir bis heute nicht, mit wem er in der Vorstellung war. Die- oder derjenige konnte nie ermittelt werden, aber man muss wohl annehmen, dass es sie oder ihn gab.«

»Wenn ich das richtig verstehe, dann hat man sich damals dafür entschieden, den Curland-Mord nicht der RAF anzulasten, um etwas Dampf aus der Angelegenheit zu nehmen.«

»Wenn Sie so wollen: ja. Terroristische Attentate haben immer zwei Aspekte: Sie lenken den Blick der Öffentlichkeit auf die Täter. Sie lenken ihn aber auch auf die Opfer, und das ist nicht immer wünschenswert.«

Glauberg sagte: »Sie sind gut informiert.«

»Das ist mein Job«, nickte sie und wurde nachdenklich. »Wir sollten die Dinge vorerst nicht komplizierter machen als nötig. Jacobi hat nach seiner Verhaftung mit der Bundesanwaltschaft kooperiert. Er hat ausgesagt, was er über die Führungsstruktur der RAF wusste, und es ist doch nahe liegend, dass er sich damit in linksextremistischen Kreisen nicht eben beliebt gemacht hat. Das ist ein Tatmotiv. Die RAF lebt in der Vergangenheit. Sie ist ein kleiner, ideologisch verblendeter Kreis, der die Realitäten nicht mehr zur Kenntnis nimmt.«

»Wie das Politbüro«, sagte Glauberg.

Sie schwieg einen Moment lang und sagte: »Ich sehe da tatsächlich keinen allzu großen Unterschied. Es ist ja nicht das erste Mal, dass sich eine Regierung im Nachhinein als kriminelle Vereinigung erweist, auch wenn es sich am Ende nur noch um verkalkte Greise gehandelt hat, die ihre Fehler noch nicht einmal eingesehen haben, als es vorbei war.«

»Offenbar war das bei Jacobi anders«, sagte Glauberg, »er hat sich von seiner Vergangenheit gelöst und ist in sein Haus am Deich gezogen. Gedankt hat ihm das Schicksal die späte Einsicht aber nicht.«

»Ich kann mich nicht dazu durchringen, ihn zu bemitleiden«, sagte sie kühl und hielt ihren Blick geradeaus gerichtet.

»Mitleid wäre wohl auch das falsche Wort. Es ist ja eher eine Art Ironie des Schicksals, nach der Kapitulation noch das Opfer einer versprengten Guerillaeinheit zu werden.«

»Nach was für einer Kapitulation? Glauben Sie etwa, der Krieg ist vorbei?«

»Ist er es denn nicht?«

»Es sieht doch eher so aus, als beginne er gerade erst.«

»Doch nicht hier. Sie sagen es ja selbst: Die RAF gehört der Vergangenheit an.«

»Es geht nicht um die RAF. Gerechtigkeit und Freiheit werden immer Feinde haben.«

»Und Sie glauben, auf der Seite der Gerechtigkeit zu stehen?«

Die Linie ihres schmalen Kinns verharrte einen Moment im blassen Licht. »Wir sind Polizisten. Woran sollten wir denn sonst glauben?«

Nach einer Weile sagte Glauberg: »Es ist nicht nur ein Job für Sie, nicht wahr? Es ist mehr.«

Sie schwieg, und ihr Blick folgte nachdenklich den Leitplanken am Straßenrand. »Ja«, sagte sie schließlich. »Das kann schon sein.«

Glauberg drehte sich nach vorne, wo die graue Wolkenplatte über dem Land ein paar Risse bekommen hatte. Ein blaues Schild mit einer Radiofrequenz zog vorbei, als gebe es irgendwo im Himmel eine Stimme, die das Recht hätte, für alle zu sprechen. Das nächste Schild kündigte die Ausfahrt Tarp an. Ein paar Stunden lang würden die Ränder der Straße ihnen den Weg noch vorgeben und sich dann zum Netz jener weitläufigen Stadt verzweigen, in der Glauberg vor langer Zeit ein paar Mal gewesen war. Er sah Paula Reinhardt an. Ihrer Art, sich zu verschließen, haftete etwas Dichtes an, und auf ihrem hellen Gesicht war nicht zu lesen, was wirklich in ihr vorging. Im Seitenfenster hinter ihrer Armbeuge schien die Landschaft stillzustehen, und die Vorwärtsbewegung des Wagens verlor sich für einen Moment in der Weite der Felder.

6

Das Hotel, in das sie am frühen Nachmittag ihre Koffer trugen, lag in einem unattraktiven Teil der Stadt. Das Verkehrsrauschen der Kreuzung zweier sechsspuriger Straßen lag in der Luft, und ein schwerer kalter Wind fuhr ihnen ins Gesicht, als sie aus dem Wagen stiegen. Paula Reinhardt trug lediglich ihr Gepäck aufs Zimmer und machte sich dann auf den Weg zur Berliner Außenstelle des BKAs, um von dort aus das weitere Vorgehen im Fall Wolgast/Jacobi mit ihren Wiesbadener Vorgesetzten und den Kollegen vor Ort zu besprechen. Im Laufe des Tages sollte noch eine Reihe von Unterlagen über Jacobi und das Verfahren gegen ihn dort eintreffen. Außerdem wurden ihr für die Zeit ihrer Berliner Ermittlungen ein Schreibtisch und ein Computerterminal zur Verfügung gestellt, von dem aus sie direkten Zugriff auf die Datenbanken des BKA hatte.

Bevor sie sich wieder in den Wagen setzte, fragte sie Glauberg, ob er nicht mitkommen wolle, aber der zeigte sich nicht interessiert. Nein, sagte er, er habe vorerst kein besonderes

Interesse daran, ihrer Behörde einen Besuch abzustatten. Dort sehe man in ihm ja wohl mehr einen unvermeidlichen Störenfried bei den Ermittlungen. Paula Reinhardt widersprach dem, aber ohne allzu große Vehemenz. Sie sagte, sie könne noch nicht sagen, wann sie wieder im Hotel sein werde, und sie verabredeten sich für den nächsten Morgen. Die Nachforschungen sollten am nächsten Tag mit der Vernehmung von Renate Siedler beginnen.

Nachdem Paula Reinhardt gegangen war, verließ Glauberg sein Zimmer und bat an der Rezeption um das Telefonbuch von Berlin. Das Hotel umfasste vier Etagen in einem lieblosen 60er-Jahre-Bau. Im Erdgeschoss, das nicht dazugehörte, befanden sich ein Zeitungs- und Zigarettenkiosk und ein indischer Imbiss, aus dem es nach Curry und Honig roch. Über dem Eingang stand auf einem weißen Brett mit verschnörkelten Buchstaben *Mahatma 2*.

Hinter dem Rezeptionstresen aus imitiertem Nussbaum saß ein gelangweilter Student, der Glauberg das Telefonbuch reichte. Der Polizist blätterte eine Weile darin, bis er offenbar gefunden hatte, wonach er suchte, und notierte sich eine Adresse. Dann verließ er das Hotel. Auf der Straße schlug ihm wieder der kalte Wind ins Gesicht. Der Herbst, der sich am Meer in einen lautlosen Nebel gekleidet hatte, war hier zum Skelett der Jahreszeit geworden: hart, bleich und von erschreckend scharfen Konturen. Bei der Anreise waren sie, kurz bevor sie das Hotel erreicht hatten, an einem Medien-Markt vorbeigekommen. Dorthin wandte Glauberg sich. Gelegentlich blieb er auf dem Gehweg stehen und betrachtete die Fassaden der Häuser. Sie waren, wie fast überall in Berlin, vier- oder fünfstöckig und zum Teil vor, zum Teil erst nach dem Krieg erbaut worden. Das zernarbte Gesicht der Stadt. Einmal starrte Glauberg die Fassaden minutenlang an, von den Fußgängern umflossen wie eines jener Hindernisse, die man bewusst kaum wahrnimmt.

Schließlich erreichte er den Parkplatz, den man vor dem Medien-Markt angelegt hatte. Er betrat den hellen, sonderbar nach nichts riechenden Verkaufsraum und suchte nach der Abteilung für Hi-Fi-Anlagen und CD-Player. Zwanzig oder dreißig Geräte standen dort knopfreich und stumm in einem langen Wandregal nebeneinander. Glauberg ging an ihnen entlang, sie glichen einander wie seine Schritte. Am Ende der Reihe ließ er sich von einem Verkäufer ein paar Discmans zeigen. Es war ein junger Bursche mit aus der Stirn pomadisierten Haaren und einer gelangweilten, verdrossenen Art. Seiner müde vorgetragenen Ansicht nach waren die kleinen Geräte mit den Springdeckeln alle irgendwie empfehlenswert. Glauberg nahm schließlich eines, das gerade im Angebot war.

Danach ging er in die CD-Abteilung und suchte dort das Regal mit den Opernaufnahmen. Es gab insgesamt vier Einspielungen der *Zauberflöte*, und es war auch jene darunter, die sich bei Jacobi gefunden hatte. Er nahm sie, ging zu den Kassen am Ausgang und bezahlte. Inzwischen war es auf der Straße dunkel geworden. Die Neonreklamen der Stehrestaurants und der Obst- und Gemüseläden, der Ramschmärkte und der Waschsalons bildeten einen künstlichen, vielfarbigen Horizont, einen leuchtenden Streifen dort, wo hinter den Dünen im Norden die Sonne unterging. Darüber versank die Stadt in der Dunkelheit der Herbstnacht. Die Dunkelheit war nicht vollkommen, sondern ein dichtes schmutziges Glimmen.

Zurück beim Hotel, setzte Glauberg sich ins *Mahatma 2*, und eine angenehme, leicht verbrauchte Wärme umfing ihn. Der Imbiss war schmal und leer, und an den Wänden hingen gebatikte Tücher und Teppiche mit den Abbildungen statisch lächelnder Göttinnen. Glauberg nahm Palak Panir und einen Zimttee und setzte sich an den kleinen Tisch neben dem Fenster. Er stellte den Discman neben den Teller und blätterte beim Essen in dem Begleitbüchlein mit dem Text der Oper. Dann legte er die erste der beiden CDs ein und sah hinaus auf die Straße. Die Fensterscheibe war nicht besonders klar, und in manchen Bereichen schienen die Lichter der vorüberfahrenden Wagen zu flackern. Der Schein der Straßenlaternen spiegelte sich auf dem Lack der Karosserien und in den gebogenen Front- und Seitenscheiben.

Glauberg vertiefte sich in die Klänge der Oper. Die Ouvertüre begann mit ein paar langsamen, gemessenen Akkorden, die aber bald von einem schnellen und ungreifbaren Motiv abgelöst wurden, das sich stetig zu vervielfältigen schien. Danach folgten ein paar einleitende Arien, die schließlich zum Auftritt der Königin der Nacht führten, der vom Rollen eines Donners begleitet wurde. Sie sang: *Zum Leiden bin ich auserkoren, denn meine Tochter fehlet mir*. Auf der Straße trieben Gesichter und Schriftzüge auf dem Fluss der Lichter. Auf dem Asphalt mischten sich alle Farben und Beleuchtungen zu einem tiefdunklen Violett. Es kamen jetzt regelmäßig Gäste in den Imbiss. Jedes Mal, wenn die Tür sich öffnete, wehte die Kälte herein wie ein Stück vom Umhang der Nacht.

Irgendwann wechselte Glauberg die CD, niemand beachtete ihn. Der Verkehr auf der Straße ließ allmählich nach, und noch einmal trat die Königin der Nacht auf. Diesmal schwor sie Rache und versuchte ihre Tochter zu einem Mord zu überreden. Ihre Koloratur klang wie Gelächter und Leiden. Glauberg spielte die Arie noch einmal und noch einmal.

Kaum noch Lichter kreuzten jetzt durch den spiegelverkehrten *Mahatma-2*-Schriftzug auf dem Imbissfenster. Die Nacht draußen musste sehr dunkel sein, auf dem Land wäre sie wohl schwarz gewesen. Irgendwann wirkten die Lichter draußen wie der Rest einer großen Erregung, wie ein erschöpftes Zurücksinken in einen Schlaf, dem keine Tiefe gelang, der stets auf der Schwelle zu einem neuen Aufflackern stand von Ruhelosigkeit und Überreizung.

7

DAS HAUS, in dem Renate Siedler wohnte, lag in einer Seitenstraße, die vor einem quer ins Stadtbild gebauten Nachkriegswohnblock endete. Das Kopfsteinpflaster war stark gewölbt, und die Linden zu beiden Seiten hatten den Beton der Gehwege aufgebrochen. Eine Kohlenhandlung hatte ihre Präsenz über ihre staubigen Schaufenster hinaus ausgedehnt und war zu einer Art Fleck im Nebeneinander der Fassaden geworden. Der Himmel über der Stadt war von einem ebenen dichten Weiß, als wäre er aus Porzellan.

Paula Reinhardt parkte den Wagen am Straßenrand, stieg aus und schloss ab. Sie folgte Anton Glauberg, der die schwere zweiflüglige Haustür schon erreicht hatte und an der Fassade hochsah. Die verwitterten Holzläden vor den Erdgeschossfenstern waren herabgezogen, doch die Haustür stand offen, und sie betraten das Treppenhaus, in dem es nach Kalk und altem Linoleum roch. Es war ruhig, als wäre niemand da, und ihre Schritte hallten wider in der Leere vor den geschlossenen Türen.

Sie erreichten den dritten Stock, in dem Renate Siedler wohnte, und klingelten. Es dauerte eine Weile, dann wurden Schritte hörbar. Schließlich öffnete sich die Tür, und eine Frau um die fünfzig stand vor ihnen.

Paula Reinhardt sagte: »Frau Siedler?« und hielt ihr den BKA-Ausweis hin. »Es geht um Ihren geschiedenen Mann. Dürfen wir hereinkommen?«

Renate Siedler sah sie erstaunt, jedoch nicht verunsichert an. Die Tatsache, dass sie kaum einen Blick auf den Ausweis warf, zeigte, dass die Begegnung mit Kriminalbeamten für sie keine neue Erfahrung war. Überrascht war sie offenbar nur deshalb, weil diese Erfahrung für sie schon einige Jahre zurücklag. Sie trat zur Seite und ließ die beiden hinein. Sie gingen ins Wohnzimmer, in dem es nicht besonders hell war. Dort begann Paula Reinhardt das Gespräch mit nüchterner Förmlichkeit.

Sie sagte: »Es tut mir Leid, Ihnen mitteilen zu müssen, dass Ihr geschiedener Ehemann gestern Morgen tot aufgefunden worden ist.«

Renate Siedler hatte eine mittelgroße, gedrungene Statur, und ihr Gesicht war blass und ein wenig verbraucht. Ihre Augen, die einmal mandelförmig und schön gewesen sein mochten, wurden nun von den größer und gröber gewordenen Flächen der Stirn und der Wangen bedrängt und umwölbt, und der Ansatz ihrer aufgehellten blonden Haare wirkte kraftlos und dünn. Doch lag in ihrer Art eine gewisse Akzeptanz des Alterns, als habe ihr Leben sich über alle Unebenheiten der Biografie hinweg aus irgendeiner vergangenen Jugend mit ruhiger Stetigkeit entwickelt.

Sie sagte: »Tot? Wie ist er gestorben?«

Paula Reinhardts Gesichtsausdruck veränderte sich nicht, als sie erklärte: »Leider auf eine sehr unangenehme Weise. Er ist ermordet worden. Man hat ihn auf einen Stuhl gefesselt und dann mit einem Kopfschuss getötet.«

Renate Siedler wandte sich ab. Durch die alten Fenster drang nicht sehr viel Licht in den Raum. Nach einer Weile sagte sie, ohne sich umzudrehen: »Warum so ein Tod?«

»Wir wissen es nicht.« Paula Reinhardt ließ ihr etwas Zeit. Dann fragte sie: »Hatten Sie noch Kontakt zu ihm?«

Sie drehte sich um und schüttelte den Kopf. »Nein. Zuletzt habe ich ihn Anfang einundneunzig bei seinem Prozess gesehen, aber unsere Ehe bestand schon damals nur noch auf dem Papier.«

Paula Reinhardt sagte: »Ich will Ihnen nicht sämtliche Fragen noch einmal stellen, die Sie seinerzeit schon beantwortet haben. Ich kann alles Nötige in den Akten nachlesen. Aber die Dinge haben sich geändert durch das, was geschehen ist.« Sie machte eine Pause, und ihre Anwesenheit in der Mitte des halbhellen Raumes wirkte statisch und unmotiviert. »Ich muss Sie also bitten, noch einmal über Ihren geschiedenen Ehemann nachzudenken. Kennen Sie jemand, der ihm den Tod wünschen würde? Diesen Tod?«

Renate Siedler wandte sich der Sitzgarnitur zu und bot ihnen an, Platz zu nehmen. Dann setzte sie sich selbst und sagte mit einer leichten Verbitterung im Ton: »Warum kommen Sie mit dieser Frage denn zu mir? Wir im Osten mögen uns vielleicht allesamt gegenseitig bespitzelt haben und waren nicht die Penibelsten, wenn es um Grundrechte ging, aber gegenseitig hingerichtet haben wir uns nicht. Ich weiß, dass man heutzutage allgemein der Ansicht ist, der Sozialismus wäre eine Katastrophe gewesen, und vielleicht war er das ja, aber für uns war er eben auch Alltag und ganz normal. Wir haben nicht ständig im Ausnahmezustand gelebt, sondern in einem Land, das aus unserer Sicht recht gut funktioniert hat. Die vielen Zwänge, so merkwürdig es klingt, haben uns ein Gefühl von Sicherheit gegeben, während die Zwänge, denen wir jetzt ausgesetzt sind, uns bedrohen. Aber wie will man diese Empfindungen jemandem vermitteln, der aus dem Westen kommt?«

»Ich bin Ost-Berlinerin«, gab Paula Reinhardt zurück, die ihr jetzt gegenübersaß, während Glauberg auf dem Sofa zwischen den beiden Platz genommen hatte. »Aber ich bin es gewohnt, für eine Westdeutsche gehalten zu werden. Den meisten fällt es schwer, sich an den Gedanken zu gewöhnen, dass das Bundeskriminalamt keine reine Westinstitution ist.«

Renate Siedler sagte: »Als man mich vor zehn Jahren das erste Mal verhört hat, war es jedenfalls so. Auf einmal hieß es, ich hätte jahrelang mit einem Kriminellen zusammengelebt. Das war doch absurd. Aber im Grunde ist es egal: Geheimdienste sind ja doch alle gleich. Was spielt es schon für eine Rolle, ob BKA oder Stasi.«

»Gewisse Unterschiede gibt es da schon. Zum einen ist das BKA kein Geheimdienst. Und zum anderen fordern wir keine Berichte von Eheleuten über ihre jeweiligen Partner an.«

Renate Siedler nahm sich eine Zigarette aus der Schachtel auf dem Tisch und zündete sie sich in Ruhe an. Nach ein paar

Zügen sagte sie: »Ach, Mädel, was glaubst denn du? Denkst du, nur weil du aus dem Osten kommst, könntest du wirklich mitreden? Wie alt warst du denn, als es mit dem glorreichen Sozialismus vorbei war? Siebzehn, achtzehn? Goldene Jahre. Da kümmert man sich doch nicht um Politik. Sich verlieben und schwärmen, glücklich oder unglücklich sein kann man überall. Und als die Reihe an dir war, dein Herz zu verlieren, da hatte sich der großartige Traum vom brüderlichen Miteinander auf einmal erledigt. Zu dir ist keiner gekommen und hat gesagt, nun bespitzel den Liebsten mal schön und schreib auf, was der den lieben langen Tag so macht und denkt, sonst müssen wir dich leider nach Anklam versetzen. Glaub mir, das ist nicht angenehm, wenn man vor so eine Wahl gestellt wird.« Sie zog an der Zigarette und blies Rauch aus. »Nun gut, ich war damals keine achtzehn mehr, aber was ändert das schon? Es gab niemanden, bei dem ich mich hätte beschweren können, und keine Institution, die für meine Rechte zuständig gewesen wäre. Und da sagt man sich schon mal schnell, na, was soll's schon, dann schreibe ich eben alle drei oder vier Monate so einen Aufsatz, und das war's dann. Haben wir in der Schule ja auch gemacht: ›Was ich beim Ernteeinsatz gelernt habe‹, oder: ›Wie wir bei den Jungen Pionieren ein Floß gebaut haben‹. So ungefähr hab ich mir das vorgestellt, und so ungefähr war es dann auch.«

Paula Reinhardt schüttelte den Kopf. Ihr Gesicht hatte einen harten, kategorischen Ausdruck angenommen. »Das glaube ich Ihnen nicht«, sagte sie. »Ich glaube Ihnen nicht, dass Sie so naiv gewesen sind. Sie wussten sehr wohl, dass es nicht ums Ernten oder um Flöße ging. Und Sie konnten sich denken, dass die Stasi nicht an den Banalitäten Ihres Ehealltags interessiert war, sondern an dem, was Ihr Mann Ihnen womöglich anvertrauen würde.«

Sie nickte. »Ich behaupte ja nicht, dass mir nicht klar gewesen wäre, woher er gekommen war. Wenn Sie sich noch an irgendetwas aus Ihrer DDR-Vergangenheit erinnern, dann sollten Sie eigentlich wissen, dass es so eine Art Aura gab, wenn jemand aus dem Westen kam. Vielleicht habe ich sogar insgeheim gedacht, wer aus dem Westen kommt, der geht auch wieder in den Westen, und vielleicht nimmt er dich ja mit. Und dafür, so dachte ich, kann man schon mal ein paar Aufsätze schreiben, in denen ja nichts steht. Das zu verurteilen wäre selbstgerecht. Das können nur die, die das Glück hatten, nie in so einer Situation gewesen zu sein. Was haben *Sie* denn für Ihre Freiheit getan, wenn ich mal fragen darf? Nichts, nehme ich an. Gar nichts.«

»Ich tue jetzt etwas dafür«, entgegnete Paula Reinhardt knapp, »und es geht hier nicht um mich.« Sie schwieg einen Moment, und eine angespannte Stille füllte den Raum. »Ich habe die Berichte, die Sie Ihre Aufsätze nennen, übrigens gelesen«, fuhr sie schließlich fort, »und sie klingen keineswegs so naiv, wie Sie das hier darstellen wollen. Dafür, dass Ihnen der Sozialismus angeblich so wenig am Herzen lag, haben Sie seine terminologischen Nuancen und gewisse dialektische Feinheiten aber ziemlich genau getroffen.«

»Ach Gottchen«, stieß sie hervor, »haben Sie dieses ganze Zeug wirklich gelesen?«

»Einen Teil davon.«

»Na, Mädchen«, sagte sie und drückte ihre Zigarette in den Aschenbecher, »das haben wir doch alles so gelernt. Das alberne Vokabular, dieses ganze Imperialismusgeschwafel und die Arbeiter-und-Bauern-Rhetorik. Du bist doch auch hier zur Schule gegangen, nun tu doch nicht so scheinheilig. Wie kann man denn seine eigene Herkunft derart verleugnen? Mag ja kein schöner Staat gewesen sein, in dem wir aufgewachsen sind, aber eins ist sicher: Wir werden ihn nicht mehr los. Gegen die Vergangenheit hilft keine Revolution. Wenn wir so tun, als hätten wir nie woanders gelebt als im Westen, machen wir uns etwas vor. Uns fehlen die nötigen Antennen, um uns im Kapitalismus zu orientieren. Wir werden nie in der Lage sein, herauszufinden, wer auf unserer Seite ist und vor wem wir uns hüten müssen. In dem Land, in dem wir aufgewachsen sind, wusste man wenigstens, wer wo steht.«

»Ach so? Ihr Mann wusste aber nicht, wo Sie stehen. Oder haben Sie ihm jemals von Ihrer Zweitexistenz als *Goldmarie* erzählt?«

Renate Siedler schwieg für einen Moment. »Nein«, sagte sie dann, »habe ich nicht.« Sie zündete sich noch eine Zigarette an, aber nicht aus Nervosität, sondern weil es ihr rauchend leichter fiel, über die Vergangenheit zu reden. »Ich will nichts beschönigen: Ich bin nicht stolz darauf, über Jahre diese Berichte geschrieben zu haben. Ich kann Ihnen nicht erklären, warum ich es getan habe, ich kann Ihnen nur sagen, wie es war oder besser, wie es schließlich gekommen ist. Zuerst habe ich mich dafür gehasst, das ist wahr. Aber nachdem wir zwei oder drei Jahre miteinander verheiratet waren, hatte ich mich an diese – wie soll ich sagen – Form der Besinnung gewöhnt. Ich habe viel erfahren dabei, über mich, über meine Ehe und über mein Leben. Ich habe mir Gedanken gemacht, für die ich sonst keinen Platz hatte. Zwar stand nichts von dem, was mir durch den Kopf gegangen ist, am Ende in den Berichten, die ich abgegeben habe. Die waren nichts sagend. Aber für mich habe ich aufgeschrieben, worüber ich nicht reden konnte. Ich musste das irgendwann. Und ohne diese Aufzeichnungen wäre ich heute nicht die, die ich bin. Nur dadurch habe ich ein paar Dinge verstanden. Je länger ich mit Hans zusammen war, umso klarer habe ich gesehen, dass er gelitten hat. Er verschloss etwas in sich, an dem er mich nicht teilhaben lassen wollte oder konnte. Wir haben nie viel geredet, und wenn man sich kennen lernt, spielen Worte keine große Rolle. Wir haben all die Dinge getan, die man tut, wenn man verliebt ist, aber irgendwann habe ich festgestellt, dass ich nicht zu ihm vordringen konnte. Wir waren zusammen und waren es doch nicht. Und ich habe mich gefragt, ob wir überhaupt jemals etwas zusammen erlebt hatten oder ob all das nicht nur eine große Illusion gewesen war, die Illusion der Liebe ...« Sie lachte trocken auf und blies den Rauch in die Luft, als seien dessen verwehende Kringel jene Liebe, von der sie gesprochen hatte. »Na ja«, fuhr sie fort, »unsere erste Zeit war glücklich, das war sie wirklich. Was er in sich verschloss, musste mit dem zu tun gehabt haben, was er hinter sich gelassen hatte, und es schien uns nicht zu betreffen. Heute wäre ich da skeptischer. Ich glaube, dass die Systeme die Menschen nicht wirklich verändern. Wir passen uns an, aber irgendetwas in uns ist unabänderlich.«

Während sie geredet hatte, war die zweite Zigarette, an der sie gelegentlich gezogen hatte, heruntergebrannt. Sie drückte sie aus.

Glauberg sagte: »Vielleicht würde Ihr Mann noch leben, wenn er sich Ihnen gegenüber geöffnet hätte.«

Sie sah ihn überrascht an. »Wie kommen Sie denn darauf?«

»Ich weiß es nicht«, sagte er. »Es ist so eine Idee.«

Sie dachte einen Moment darüber nach. Dann sagte sie: »Seine terroristische Vergangenheit bedeutete mir nicht wirklich etwas. Ich hatte gelernt, dass die, mit denen er gekämpft hatte, auf der richtigen Seite standen. Sie waren für mich Patrioten. Mein offizieller Auftrag war es, herauszufinden, ob Hans nicht in Wirklichkeit ein Agent war, der seine Vergangenheit nur erfunden hatte, um in den Osten zu kommen. Aber ich habe mir gesagt, wer kommt schon freiwillig in den Osten!, und habe diese Aufgabe nie sehr ernst genommen.« Sie machte eine kurze Pause und fügte dann hinzu: »Das ist alles so lange her. Was hätte es ihm denn genützt, wenn er über sich geredet hätte? Wie soll Reden helfen?«

»Vielleicht so, wie Schreiben helfen kann«, sagte Glauberg.

Sie hob die Schultern. »Ja, vielleicht.«

Paula Reinhardt sagte: »Es stimmt, dass sich keine Informationen über seine Vergangenheit und auch sonst nichts Verwertbares in Ihren Berichten findet. Aber woher sollen wir wissen, dass Sie uns nicht genauso täuschen, wie Sie seinerzeit die Staatssicherheit getäuscht haben?«

Renate Siedler sah sie an. Dann entgegnete sie: »Ehrlich gesagt ist es mir gleichgültig, was Sie denken.« Die beiden Frauen saßen einander distanziert gegenüber. »Vielleicht hätten Sie sich nicht auf die andere Seite schlagen sollen, dann würden Sie manche Dinge besser verstehen.«

Paula Reinhardt stellte fest: »Es gibt keine andere Seite mehr.«

Renate Siedler schüttelte den Kopf. »Wenn Sie das glauben, dann sind Sie zu jung für diesen Fall.«

»Nein«, entgegnete sie, »ich dürfte keinen Tag älter sein.«

Renate Siedler schwieg. Ihre Hände lagen ruhig in ihrem Schoß. Die Haut war faltig und blass, und weder an der Rechten noch an der Linken trug sie einen Ring. Schließlich sagte sie: »Ich kann Ihnen nicht weiterhelfen. Was ich über meinen Mann weiß, habe ich schon vor Jahren gesagt. Es ist alles irgendwo protokolliert. Wenn Sie sonst keine Fragen mehr haben, würde ich Sie bitten zu gehen.«

Einen Moment lang saßen sie schweigend da. Aus der Wohnung über ihnen fielen schleppende, dumpfe Schritte in die Stille, und eine Diele knarrte.

Glauberg erhob sich langsam und sagte: »Nein, wir haben keine Fragen mehr.«

8

Auf der Strasse machte Paula Reinhardt ihm den Vorwurf, nicht entschieden genug vorgegangen zu sein: Man hätte mehr aus Renate Siedler herausholen können, wenn man den Druck erhöht hätte.

»Sie hätten sie ja stärker unter Druck setzen können«, sagte Glauberg. »Ich habe mich schließlich zurückgehalten.«

Außer ihnen war niemand auf dem Bürgersteig. Dort, wo die Nebenstraße endete, floss der Verkehr sechsspurig vorüber, und die Glaskuppel eines neu errichteten Bankgebäudes schwebte über den Giebeln. Es war nicht zu bestimmen, wie viel Zeit während des Gesprächs mit Renate Siedler verstrichen war, weil sich das Licht auf der Straße nicht verändert hatte. Es war einer jener Herbsttage, die über Stunden bleiben, wie sie sind: Sie kommen, ziehen sich hin und gehen dann wieder.

Paula Reinhardt öffnete die Fahrertür. »Sie haben behauptet, wir hätten keine Fragen mehr.«

»Ich hatte keine mehr.«

»Wir hätten sie auf Dolph Wagner ansprechen sollen, ihren ehemaligen Führungsoffizier. Ich bin sicher, sie weiß mehr, als sie zugibt.«

»Vielleicht hat sie es satt, ständig Auskunft geben zu müssen, egal in welchem System sie lebt.«

»Wir haben sie noch nicht einmal nach ihrem Alibi gefragt.«

»Wozu auch? Sie war es nicht. Fragen Sie doch einfach im Krankenhaus nach.«

»Das habe ich schon. Sie hatte Spätschicht.«

»Na also.«

»Sie könnte mitten in der Nacht hier losgefahren sein.«

Glauberg zog die Augenbrauen hoch. »Eine nächtliche Tour von Berlin nach Harde, ein ausgeklügelter Ritualmord, die ganze Strecke zurück – und das alles in sechzehn Stunden ohne Schlaf?«

Sie zog unwirsch die Wagentür zu. »Warum denn nicht?«

»Kommen Sie!«

»Wenn ich hasserfüllt wäre, würde ich es schaffen.«

»Hatten Sie den Eindruck, dass sie hasserfüllt war?«

Sie ließ den Motor an, und ein paar Tauben flatterten vor ihnen auf. Kurz darauf fuhren sie auf der Frankfurter Allee stadtauswärts Richtung Osten. Der Verkehr floss ruhig die breite Straßenschneise hinunter, vorbei an Häuserfronten, die sich Kilometer um Kilometer kaum änderten.

Paula Reinhardt sagte: »Ich verstehe die Mentalität hier vielleicht besser als Sie.«

»Sie meinen die Mentalität im Osten?«

Sie nickte. »Ja, die meine ich.«

Glauberg sagte: »Gibt es diese Unterschiede zwischen Ost- und Westdeutschen denn wirklich? Vielleicht sind sie künstlich und bringen uns nicht weiter. Ich glaube, die meisten verstecken sich dahinter.«

Sie schüttelte den Kopf. »Ich halte nicht viel von diesem Ossi-Wessi-Gerede, aber ganz so einfach, wie Sie glauben, ist es nun auch wieder nicht. Die Leute hier spüren natürlich, dass man sie im Westen für wehleidige Faulenzer hält, die es nicht packen, ihr Schicksal in die eigene Hand zu nehmen. Die Köpfe stecken auf beiden Seiten voller Vorurteile, und daran wird sich nichts ändern, solange die Probleme politisch nicht gelöst sind.«

Sie setzte den Blinker und bog in eine Nebenstraße. Der Wagen rollte an einer lang gestreckten verrußten Fassade mit bleigrauen Fenstern vorbei, die den gesamten menschenleeren Straßenzug dominierte und nur an einer Stelle für eine Durchfahrt unterbrochen war. Dahinter öffnete sich ein Hof, in dessen funktionsloser Weite hier und da ein paar Autos parkten. Fünfstöckige Plattenbauten mischten sich mit älteren Teilen des Gebäudekomplexes, dessen Rauputz umso schmutziger wirkte, je näher man den Mauern kam. Es roch nach Kohle und Staub. Paula Reinhardt steuerte den Wagen über den Hof, vorbei an einem flachen Transformatorenhaus und einem hoch umzäunten Müllcontainer-Stellplatz. Daneben lag ein Haufen weißgrau glänzender Aluminiumrohre für irgendein neues Belüftungssystem, das offenbar für diese Gebäude gedacht war, die so sehr nach Abriss verlangten.

Glauberg sagte: »Ich glaube nicht, dass es um Politik geht. Ich denke, jeder hat eine bestimmte Geschichte, mit der man irgendwie klarkommen muss, ganz gleich, wo man aufgewachsen ist. Das kann einem keiner abnehmen.«

Paula bog um die Stirnseite eines Gebäudeflügels und ließ den Wagen eine Betonrampe herunterrollen, an deren Ende sie abrupt bremste. Über dem Hauseingang, auf den sie zuging, nachdem sie ausgestiegen war und die Wagentür verärgert hinter sich zugeschlagen hatte, summten die schmutzigen Filterkästen einer Klimaanlage. Auf den Backsteinen der Eingangsüberdachung prangte der Bundesadler, schattenhaft schwarz auf goldenem Grund mit roter Umrandung. An den Hauswänden führten Aufputzkabel zu alten DDR-Leuchten, neben denen Videokameras montiert waren, die den Eingang überwachten.

»Nein«, sagte sie gereizt, während sie auf die Drahtglastür zustrebte, »das kann niemand. Aber die Dinge einfach nicht zur Kenntnis zu nehmen ist auch keine Lösung. Wissen Sie, wo wir hier sind? Dieser ganze Komplex, all diese grauen, gesichtslosen Gebäude sind das ehemalige Ministerium für Staatssicherheit. Dreißigtausend Leute haben hier zum Schluss gearbeitet und waren mit nichts anderem beschäftigt, als ihre Nasen in Angelegenheiten zu stecken, die sie nichts angingen!«

Sie drückte die Tür auf, und Glauberg folgte ihr in einen

kleinen, gelblich gestrichenen Eingangsbereich mit Scheuerspuren an den Wänden und einer Pförtnerloge rechts, hinter deren Glasabtrennung ein Beamter mit hellblauem Hemd und dunkelblauer Jacke saß. In seinem Blick erschien zunächst eine gewisse Überraschung und dann dienstliche Empörung, als Paula Reinhardt sich nicht mit irgendeinem Anliegen an ihn wandte, sondern ihm nur ein kurzes Nicken darbot und weitereilte. Glauberg folgte ihr, obwohl der Protest des Beamten, wenn auch gedämpft durch die Glasscheibe, hinter der er saß, jetzt unüberhörbar war. Paula Reinhardt wandte sich nach links in einen niedrigen halbhellen Gang, sie hatte ihre verstimmte Rede nicht unterbrochen:

»Was wissen *Sie* denn von der Geschichte, mit der wir Ihrer Meinung nach *irgendwie klarkommen* müssen? Nichts. Von den Bespitzelungen und den Abermillionen von Akten, die hier gelagert sind und in denen nichts steckt, außer Anlass zu Misstrauen und Hass. Ja sicher, damit muss man irgendwie klarkommen. Na schön! Sehen Sie sich an, womit wir klarkommen müssen!«

Sie blieb vor einer neu eingebauten Aufzugtür stehen und drückte den Knopf. Rohe Kabelstränge liefen über die Betonwände, die noch nicht verschalt worden waren. Aus dem Gang hinter ihnen drangen erboste Stimmen und hektische Schritte. Die Fliesen auf dem Boden und die unverputzten Wände verliehen allen Geräuschen einen knappen, nackten Klang. Die Aufzugtüren öffneten sich. Die Stimmen und Schritte des Wachpersonals klangen jetzt nah und überreizt. Glauberg folgte Paula Reinhardt in den Fahrstuhl, dessen Türen sich langsam wieder schlossen, und mit einem Mal war es still, und ein leichter Ruck ging durch die

Kabine. In ihrer Stimme lag ein bitterer, anklagender Ton, als sie sagte:

»Wie sind *Sie* denn aufgewachsen? Mit ein paar Abhängigkeiten von Eltern und Lehrern vielleicht, und dann haben Sie sich irgendwann davon gelöst und waren frei und haben sich nur noch um Ihren eigenen Kram gekümmert. Aber diese Chance haben wir nie gehabt. Immer war da jemand, der uns gesagt hat, was wir tun sollten oder nicht tun durften. Und wir wussten genau, irgendwo in diesem Land gibt es eine Stelle, da wird dein ganzes Leben protokolliert. Da steht, was du machst, mit wem du zusammen bist, wovor du Angst hast und wie oft du dir zum Teufel noch mal die Zähne putzt. So habe ich mir das immer vorgestellt. Egal, wo du bist, und egal, was du machst – irgendjemand weiß davon. Und das ist ein furchtbares Gefühl!«

Die Aufzugtüren öffneten sich, und sie traten aus der Kabine in einen Gang, der schmal war und dunkel und tief. Es roch nach altem, saurem Papier und dem braunen Linoleum des Bodens. Wie Kugeln auf einem Rechen-Abakus hatte man hohe grau lackierte Regalschränke auf Schienen lückenlos hintereinander geschoben. Zwei oder drei tiefe Fluchten aus gelben oder roten Aktendeckeln zweigten nach rechts und links ab, zwischen denen die Bürger eines Staates zu Loseblattsammlungen geworden waren. Über allem lag nicht mehr als ein farbloser Beleuchtungsschleier. Das Schweigen der Aktenmasse schien die Zeit anzuhalten.

Paula Reinhardt sagte: »Glauben Sie mir, es ist ein bitteres Gefühl, zu wissen, dass es einen Ort wie diesen gibt, wo sich alles findet, was Ihr kleines unbedeutendes Ego ausmacht. Und was sich dort nicht findet, sind Sie auch nicht. Es gibt keinen Freiraum, so habe ich es empfunden. Das ist Sozialismus: dass irgend so ein Bürohengst einem dabei zusieht, wie man sich unter der Bettdecke was Gutes tut, und dieses kleine einsame Glück anschließend hier landet, in diesem grauen Leichenhaus der Diktatur. Das waren wir nämlich allesamt: Leichen. Wir waren Aktengespenster.«

Bewegungslos stand sie in dem staubigen Licht. Der angestaute Zorn, mit dem sie sich bis hierher durchgekämpft hatte, konnte sich nicht weiter entladen, und ihre sonst so zielstrebige wenn auch gelegentlich etwas angestrengt wirkende Art kapitulierte vor den Papierkilometern, die hier und über ihr und unter ihr gelagert waren. Was sie umgab, schien nicht aus dem herkömmlichen Stoff der Moleküle zu bestehen, sondern aus korrumpierter Materie, die sich dazu hergegeben hatte, all das zu erschaffen, diese Maschinerie des verwalteten Misstrauens, einzig konstruiert, um biologisches Leben in bürokratischen Tod zu verwandeln. Es würde niemals möglich sein, das Ausmaß des Unrechts, das sich mit diesen Aktenbergen verband, wirklich zu erfassen, und das Einzige, was ihr blieb, war ihr Ehrgeiz und ihr Stolz.

Nach einer Weile sagte Glauberg: »Sie kennen sich hier gut aus.«

Sie nickte nachdenklich. »Ich habe insgesamt mehr als ein Jahr hier gearbeitet. Glauben Sie mir, ich weiß, wovon ich rede.«

»Während Ihrer Ausbildung?«

»Danach«, sagte sie. »Wir haben versucht, uns ein Bild von der Zusammenarbeit des MfS mit der westdeutschen Linken zu machen, aber wir sind nicht wirklich weitergekommen. Die meisten Akten darüber waren neunundachtzig nicht hier archiviert, sondern wurden irgendwo innerhalb des Ministeriums bearbeitet oder herumgereicht. Und bis zur Erstürmung des MfS Anfang neunzig hat man vernichtet, was man irgendwie in die Finger bekommen konnte. Es gibt fünfzehnhundert Säcke mit ungeordneten und zerrissenen Akten, die die Bürgerbewegung in den Büros noch gefunden hat, und erst siebzig dieser Säcke haben wir gesichtet und inhaltlich rekonstruiert. Säcke voller Schnipsel. Es ist ein hoffnungsloses Puzzle, weil uns die Zeit davonläuft.«

Die Fahrstuhltüren hinter ihnen hatten sich wieder geschlossen, und man hörte, dass sich die Kabine erneut aufwärts bewegte.

Glauberg sagte: »Wissen Sie denn schon, wonach Sie jetzt suchen wollen?«

Mit einem kurzen Achselzucken sagte sie: »Wie Sie sehen, gibt es Material genug.«

Die Fahrstuhltür öffnete sich, und drei Beamte standen in der Kabine, bereit, herauszustürmen und die Eindringlinge zu stellen. Sie blieben überrascht stehen, als sie diese direkt vor sich sahen. Paula Reinhardt drehte sich um und zog ihren Dienstausweis hervor. Sie sei vom Bundeskriminalamt und angemeldet, erklärte sie. Die Beamten zeigten sich ob des überfallartigen Eindringens dennoch empört und wiesen sie darauf hin, dass sie sich trotz ihrer Position am Eingang registrieren zu lassen habe. Sie nickte, es sei ein spezieller Fall gewesen und sie komme sofort.

Dann wandte sie sich an Glauberg. »Wenn es Sie interessiert, wühlen wir uns hier gemeinsam durch.«

Er winkte ab. »Sie machen das schon.«

Sie sah ihn an. »Sehen wir uns heute Abend?«

Er sagte: »Wir haben einen indischen Imbiss beim Hotel. Ich habe dort gestern gegessen. Es war ganz passabel.«

»Ich weiß noch nicht, ob ich es schaffe.«

»Wenn nicht«, sagte er, »sehen wir uns morgen früh.«

Sie nickte und sagte: »Ich bringe Sie noch hinaus.«

Sie drehten sich zu den wartenden Wachbeamten um. Rechts stand ein Metallrohrsessel mit ocker-grünem Polsterbezug, und auf dem Eisenholm, der die Rückenlehne hielt, klebte ein Schildchen mit einer eingestanzten Inventarnummer und der Aufschrift *Volkseigentum*. Der Sessel stand etwas verloren neben der Aufzugtür herum. Es sah so aus, als habe sich schon seit langem niemand mehr darauf niedergelassen.

9

Nach einer Stunde Fahrt mit der U-Bahn stieg Anton Glauberg in Kreuzberg am Mehringdamm aus. Von dort waren es noch zehn Minuten bis zu einer Nebenstraße, die er einmal auf und ab ging, bis er vor einem hell gestrichenen Hauseingang stehen blieb. In den Putz hatte man tiefe rechteckige Fugen gezogen, so dass es aussah, als sei das Haus aus großen Steinblöcken zusammengefügt worden. Glauberg betrachtete das Klingelbrett und drückte schließlich auf einen der vielen Knöpfe. Kurz darauf meldete sich eine Stimme und fragte, wer dort sei. Nachdem Glauberg seinen Namen gesagt hatte, kehrte für einen Moment Stille ein.

»Na, so etwas!«, sagte die Stimme dann. »Komm herauf!«

Ein Summen ertönte, und Glauberg drückte die schwere Tür auf. Der Hausflur war bernsteinfarben gekachelt, und im Hinterhof hatte man auf Kiesbeeten Rhododendron und Wacholder gepflanzt. Im Quergebäude stieg Glauberg vier Stockwerke hoch und erreichte eine Wohnungstür, die nur angelehnt war. Er öffnete sie und trat ein. Der Mann, der ihm aus der Tiefe des Wohnungsflurs entgegenkam, lächelte einnehmend und streckte ihm die Hand hin. Er war groß und robust, und seine Bewegungen waren tatkräftig und von einer Art rücksichtslosen Selbstverständlichkeit. Ein Mensch auf dem Höhepunkt seines Lebens, ein attraktiver Mittfünfziger mit kurzen grauen Haaren.

»Anton Glauberg!«, rief er aus. »Das ist aber eine Überraschung.«

»Du wohnst also immer noch hier«, sagte Glauberg, und sie gaben sich die Hand. »Die alte Adresse. Und du hast mittlerweile eine Anzeige im Telefonbuch: Veith Seewald, Fotograf. Das sieht sehr etabliert aus.«

»Ich *bin* etabliert«, sagte der andere fröhlich. »Das Leben hat es gut mit mir gemeint. Was ich wollte, habe ich bekommen. Diese Wohnung zum Beispiel, sie war von jeher mein Traum. Ich habe sie inzwischen ein wenig verändert und erweitert. Hier links, der große Raum, in dem wir immer gesessen und uns die Köpfe heiß geredet haben – vielleicht erinnerst du dich noch –, ist jetzt mein Atelier.«

Er betrat ein hohes, weitläufiges Zimmer mit Parkettfußboden. Zwischen schwerem schwarzem Vorhangstoff hingen Jalousien vor den Fenstern, deren Lamellen das Licht in dünne Scheiben schnitten. Stative mit Lampen und Reflektoren standen herum, ausgerichtet auf einen Punkt im hinteren Teil des Raumes, und großformatige Fotografien lehnten an den Wänden oder lagen auf dem Boden herum, Gesichter und Körper, denen ein Knopfdruck zeitlose Jugend verliehen hatte.

Seewald wandte sich wieder in den Flur. »Und hier, das Zimmer deines Bruders ist jetzt die Dunkelkammer.« Er öffnete die Tür, und Glauberg starrte in den lichtlosen Raum, in dem es nach Essig und einer bestimmten Art von Unbenutztheit und Leere roch. »Ich brauche sie schon lange nicht mehr. Die Zeiten, in denen ich meine Filme selbst entwickelt habe, sind längst vorbei, aber ich bin sentimental«, sagte er und schloss die Tür wieder. »Dort rechts ist mein Archiv und links mein Büro. Im hinteren Teil, zur Küche hin, habe ich meine Geräte und was man sonst noch so an Requisiten braucht. Aber du kennst die Zimmer ja – mein Gott, dass wir uns nach so langer Zeit wiedersehen! Lass uns nach oben gehen. Ich habe vor ein paar Jahren den Dachboden gekauft und ausgebaut. Da wohne ich jetzt.«

Am Ende des Flurs führte eine Treppe nach oben, die neu war. Glauberg folgte ihm hinauf. Das Dachgeschoss war kühl und modern eingerichtet. Durch eine große Fensterfront übersah man die Stadt, weit und offen, ein Meer ohne das Spiel der Wellen.

»Du hast dich gut eingerichtet«, sagte Glauberg. »Und ich habe gedacht, das Leben in dieser Wohnung sei eine Form des Protests gewesen.«

»Das war es, und das ist es immer noch!«, rief der Fotograf gut gelaunt aus. »Ein Protest gegen den Siegeszug der Doppelhaushälfte!«

Sie setzten sich in die restaurierte Jugendstil-Sitzgarnitur vor der großen Glasfläche. Es war so viel Licht um sie herum, dass sie keine Schatten warfen, als wären ihre beiden Körper von einer eleganten Stofflosigkeit.

Glauberg fragte: »Wo sind denn alle geblieben, die hier gewohnt haben?«

»Die meisten habe ich aus den Augen verloren, sie sind nach und nach ausgezogen«, sagte Seewald. »Irgendwann gab es die Möglichkeit, die Wohnung zu kaufen, aber alle fanden es entweder unethisch oder hatten kein Geld. Ich hatte auch kein Geld, aber wofür gibt es Banken? Ich habe die Sache nicht an die große Glocke gehängt, sondern gehandelt. Solche Wohnungen waren vor der Vereinigung praktisch nichts wert, und neunundachtzig hätte ich von einem auf den anderen Tag das Sechs- oder Siebenfache dafür bekommen können, als ich selbst bezahlt habe. Es ist unglaublich. Aber ich liebe diese Wohnung, und als sie mir gehörte, habe ich die leer werdenden Zimmer nicht mehr vermietet. Es kamen ja auch allmählich Kinder, und da habe ich dann ein wenig Druck gemacht. Für Kinder ist so ein Leben, wie wir es geführt haben, doch nichts. Und jetzt wohne ich hier seit mehr als zehn Jahren alleine. Ist das nicht großartig?«

»Du hast deine Leidenschaft zum Beruf gemacht«, stellte Glauberg fest. »Ich erinnere mich, dass du immer schon fotografiert hast. Aber der Inhalt deiner Bilder hat sich geändert. Du fotografierst jetzt Frauen, habe ich gesehen.«

»Ich fotografiere Menschen«, verbesserte er ihn. »Aber du hast schon Recht mit deiner Beobachtung, dass es sich zumeist um Frauen handelt. Die Menschheit will Jugend und Schönheit sehen, und soll ich dir etwas gestehen: ich auch. Ist etwas Schlechtes daran? Es klingt so nörgelig, wie du es sagst. Vor dreißig Jahren habe ich den Protest und das Aufbegehren fotografiert, denn ich war mittendrin. Es war ein Teil meines Lebens, und wenn du so willst, bin ich als Fotograf der Jugend treu geblieben. Ich sehe keinen Widerspruch zwischen dem, was ich war, und dem, was ich bin, sondern die Entfaltung meiner Person. Man darf sich nicht von sich selbst entfernen, warum sollte ich mich also zu etwas zwingen? Es wäre unkünstlerisch, das Leben zu verachten.« Er schlug ein Bein über das andere und streckte den Arm auf die Sofalehne. Der Tag schien hier drinnen heller zu sein, als er es draußen war.

Glauberg sagte: »Ich war mit fünfzehn das erste Mal hier, und es schien mir alles so bedeutend.«

Seewald lachte: »Damals hat es etwas bedeutet, mein Lieber, und heute bedeutet es nichts. Dein Bruder wusste das.«

»Er war mein Halbbruder«, sagte Glauberg. »Er glaubte an die Veränderung der Welt.«

»Er hat an nichts geglaubt!«, entgegnete Seewald entschieden und von sich selbst überzeugt. »Nur warst du damals nicht in der Lage, das zu durchschauen.«

»Aber du hast es gewusst.«

Er nickte. »Dein Halbbruder und ich, wir waren uns auf eine bestimmte Weise sehr ähnlich«, sagte er, und es schien ihm jetzt zu gefallen, so unerwartet diesen Erinnerungen nachzuhängen. Es entstand eine kurze Pause. Dann erkundigte er sich: »Sag, wie geht es deinem Bruder? Seht ihr euch regelmäßig?«

»Er ist tot.«

Seewald sah ihn an, und es lag nicht nur Erschrecken über diese Nachricht in seinem Blick, sondern eine sonderbare, schwer zu deutende Irritation. Seine Laune zerfiel, und mit einem Mal fühlte er sich offensichtlich unwohl. »Tot, sagst du?«

»Irgendjemand hat ihn auf bestialische Weise ermordet.«

Seewald schwieg. Man hörte hier oben kaum etwas von der Stadt, so dass es für Momente ganz ruhig war. Irgendwann sagte er mit nüchterner Stimme, als habe er endlich begriffen: »Du bist hier, weil du seinen Mörder suchst, nicht wahr? Du bist *wirklich* Polizist geworden, wie du es schon damals vorhattest.«

»So ist es.«

Seewald empörte sich. »Und wieso kommst du zu mir?«

Glauberg sah ihn direkt an und schien im Gesichtsausdruck seines Gegenübers irgendetwas zu suchen. Dann sagte er: »Du bist einer der Letzten, die ihn lebend gesehen haben.«

Seewald machte eine verärgerte Gebärde der Abwehr. »Wie kommst du denn darauf?«

»Weil dein Wagen vor seinem Haus ein paar Mal gesehen worden ist. Du warst stets über Nacht da, aber der Pfarrer des nahe gelegenen Dorfes macht auf den Deichen jeden Morgen seinen Dauerlauf. Pfarrer stehen sehr früh auf, sie beginnen den Tag mit Gott.«

Nach einer Weile sagte Seewald. »Tja, vor Gott kann man sich nicht verbergen.«

»Was wolltest du von ihm?«

»Muss ich darüber reden?«

»Du bist verdächtig.«

»Das ist ein Witz.«

»Nein, es ist kein Witz. Hast du ein Alibi?«

Seewald schwieg einen Moment. Dann sagte er: »Woher soll ich das wissen? Ich weiß ja nicht, *wann* er ermordet wurde.«

»Vor drei oder vier Tagen. Wir wissen es nicht genau.«

»Ich war die ganze Woche über in Berlin.«

»Kannst du das beweisen?«

»Was hättest du denn gerne? Eine lückenlose Aufstellung meiner Termine?«

»Ja, zum Beispiel.«

Seewald fand langsam zu seiner kraftvollen, selbstbewussten Art zurück. Wie um zum Angriff überzugehen, beugte er sich ein wenig vor und sagte: »Ich habe schon damals nicht verstanden, wieso du unbedingt Polizist werden wolltest. Es war wohl ein Fehler, dass wir dich in diesem Punkt nicht wirklich ernst genommen haben. Sonst hätten wir uns mehr Mühe gegeben, dir die Sache auszureden.«

»Ihr hättet sie mir nicht ausgeredet«, sagte Glauberg. »Ich bin immer mit einem Gefühl von Stolz nach Berlin gekommen, und hier zu wohnen war für mich aufregend. Wieso hätte ich darin einen Widerspruch zu meinem Wunsch sehen sollen, Polizist zu werden? Ihr wart für mich keine Verbrecher.«

»Und jetzt hältst du mich für einen?«

»Ich mache meine Arbeit«, sagte er und schwieg einen Moment. Dann fragte er: »Was wolltest du von ihm? Warum hast du ihn in den vergangenen Monaten besucht? Doch nicht, um über die alten Zeiten zu plaudern, nehme ich an?«

»In gewissem Sinn schon«, sagte Seewald und hatte sich jetzt wieder ganz im Griff, ließ aber die Attitüde des gut gelaunten Gewinners. Er redete sachlich und ohne Aggression. »Ich war mit einem Kollegen dort, wir wollen ein Buch über RAF-Aussteiger machen. Wie sie leben, was sie über die ganze Geschichte jetzt denken. Das ist alles. Und dein Bruder war ein Teil dieses Projekts. Hat er dir nicht davon erzählt?«

»Wir haben seit Jahren nicht mehr miteinander geredet«, sagte Glauberg.

Das überraschte ihn. »Aber ihr wart praktisch Nachbarn.«

Glauberg schwieg lange. Dann sagte er: »Ich wusste zwei Jahre lang gar nicht, dass er in dieses Haus am Deich gezogen war. Wir hatten uns mehr als fünfzehn Jahre nicht mehr gesehen, als wir uns in Niebüll in einem Teeladen begegnet sind. Was für ein bizarrer Moment. Wir haben uns an einen der Tische gesetzt, aber es stellte sich heraus, dass wir uns nichts zu sagen hatten. Er fragte mich, ob ich Polizist geworden sei, und ich sagte ja. Ich habe seine Missbilligung deutlich gespürt. Ich fragte ihn, ob es ihm gut gehe, und er sagte ja. Das ungefähr war der Inhalt unseres Gesprächs. Genau genommen stellte sich heraus, dass uns eigentlich nichts miteinander verband. Dass wir Halbbrüder waren, hatten wir erst mit zwölf oder dreizehn erfahren. Neben meiner Mutter wusste niemand außer unserem Vater davon, weil sie auf seinen Wunsch hin seine Vaterschaft nie offen gelegt hatte. Er war verheiratet und sah seine gesellschaftliche Stellung gefährdet. Er hat meine Mutter finanziell bis zu seinem Tod unterstützt, und gelegentlich hat er uns besucht, obwohl ihr Verhältnis, glaube ich, nur von kurzer Dauer gewesen ist. Als ich vierzehn war, setzte er sich auf einmal vor mich hin und sagte mir, ich hätte einen Bruder. Da hatte er nicht mehr lange zu leben, der Krebs wühlte wohl schon in seinem Körper, obwohl man ihm noch nicht das Geringste ansah. Er war so ein Mensch, der nie etwas nach außen ließ, nicht einmal seinen nahen Tod. Er sagte mir also, ich hätte einen Bruder in Berlin, und wenn ich wollte, sollte ich ihn einmal besuchen, es sei wichtig, jemanden zu haben, auf den man sich verlassen könne, denn die Bande des Blutes seien immer noch die verlässlichsten. Das sagte er. Ich weiß es noch, weil ich es damals nicht verstanden habe. Ich begriff nur, es gab da jemanden, den ich kennen lernen sollte. Aber wir hatten uns nie viel zu sagen, mein Bruder und ich, schon der Altersunterschied verhinderte das. Außerdem war er ähnlich verschlossen wie mein Vater. Er trug eine Menge mit sich herum und gehörte nicht zu denen, die in der WG große Reden geschwungen hätten. Nun, das weißt du ja. Seltsamerweise denke ich heute, dass wir uns auf eine Weise durchaus ähnlich waren. Er konnte Ungerechtigkeiten nicht ertragen, und eigentlich war es bei mir nicht anders. Nur dass wir vollkommen andere Schlüsse für unser Leben daraus gezogen haben. Seltsam, nicht? Wir waren uns ähnlich und doch grundverschieden. Und als wir einander in diesem Teeladen gegenübersaßen, überwog die Verschiedenheit. Wir hatten uns nichts zu sagen, und wer weiß, vielleicht war er sogar misstrauisch, sich mit einem Polizisten zu unterhalten, obwohl sein Fall ja abgeschlossen war. Er hatte sich in sein Haus am Deich zurückgezogen und wollte von der Welt nichts mehr wissen. Er konnte sich diese Haltung leisten, das war ein weiterer Unterschied zwischen uns: dass er Geld hatte und ich nicht. Aber das hat nie eine Rolle gespielt. Letztlich war ich immer froh, dass unser Brudersein ein Geheimnis war, das wir vor der Welt hatten. Und das ist es bis heute geblieben. Als ich vor zwei Tagen vor ihm stand, vor seinem toten, schweigenden Körper, ging mir durch den Kopf, dass die unsichtbaren, nie sehr dicht geknüpften Fäden zwischen uns nun endgültig zerrissen waren. Für die Welt hatte es sie nie gegeben. Für die Welt waren wir zwei Menschen ohne Berührungspunkte, die ihr jeweiliges und unterschiedliches Leben lebten. Aber doch war es für mich, als ich dort stand, auf einmal so, als wäre ein Teil von mir getötet worden. Ich habe es selbst nicht verstanden. Vielleicht gibt es die Bande des Blutes ja doch. Ich glaube nicht daran, und doch habe ich noch nie so ein tiefes Bedürfnis verspürt, ein Verbrechen aufzuklären, wie in diesem Moment. Es ist, als hätte ausgerechnet mein Bruder, der Polizisten gehasst hat, den Beweis erbracht, dass ich den richtigen Beruf ergriffen habe. Ich werde seinen Mörder finden.«

Der Himmel, der sich seit dem Morgen nicht verändert hatte, wurde nun allmählich dunkler und die Horizontlinie deutlicher, weil aus den Straßen und von den Dächern das Licht schneller wich als aus der weißen Wolkenfläche darüber. Bald schon würden die ersten Neonlichter aufflammen.

Seewald sagte: »Ich habe weder deinen Bruder noch dich jemals verstanden. Du hast Recht, ihr seid euch ähnlich: Ihr beide habt etwas Unbarmherziges. Es gibt ein Maß an Ungerechtigkeit, ohne das das Leben nicht funktionieren und die Menschheit auf der Stelle treten würde – so sehe ich es. Mir ist jede Form von Fundamentalismus fremd. Was soll ich sagen? Das Leben ist kein Schachspiel, sondern eine Swingerparty. Ich mag ein Egoist oder Hedonist sein, aber sicher kein Mörder. Aus welchem Grund denn?«

Glauberg sagte: »Ich weiß es noch nicht. Vielleicht gibt es einen Punkt in deiner Vergangenheit, der einem erfolgreichen Fotografen nicht gut zu Gesicht steht. Mein Bruder könnte davon gewusst haben.«

»Was für ein Punkt sollte das wohl sein? Ich sage dir, da ist nichts. Glaubst du, irgendjemand in den Redaktionsstuben interessiert sich dafür, ob ich jemals einen Stein geworfen habe? Dabei habe ich es nicht einmal. Es käme mir primitiv vor, mir die Finger schmutzig zu machen. Wofür denn? Ich habe nie etwas mit diesem anarchistischen Unfug anfangen können, der so viele damals den Verstand gekostet hat. Ich habe hier in dieser Wohnung gelebt, weil Wohngemeinschaften so etwas waren wie eine reich gedeckte Tafel. Ideologien haben mich nie interessiert, sie hatten keine Macht über mich. Was sind denn Ideologien gegen Bilder! Bilder belegen alles, egal, auf welcher Seite du stehst. Die Karriere eines Fotografen kann nichts zerstören. Wenn du ein gutes Bild hast, kaufen sie es dir ab, egal, was für ein Mensch du bist.« Er machte eine kurze Pause und fügte schließlich hinzu: »Es tut mir Leid, aber du musst dir einen anderen Schuldigen suchen.«

Glauberg sagte: »Was ist mit dem Buch über RAF-Aussteiger, das du schreiben willst? Ich kann mir nicht vorstellen, dass mein Bruder bereit war, über Dinge zu reden, mit denen er abgeschlossen hatte.«

»Nein, dazu war er nicht bereit, da hast du Recht. Wir haben ihm keine Wahl gelassen. Wir haben ihm damit gedroht, sein Inkognito zu lüften. Entweder er redet mit uns, oder wir reden über ihn. Das war die Alternative, vor die wir ihn gestellt haben. Das mag nicht sehr gentlemanlike gewesen sein, aber es ist nicht die Aufgabe von Journalisten, andere zu schonen.« Er stand auf und sagte in einer Art, mit der er wieder zu der generösen Pose des Beginns zurückfinden und das Gespräch in eine andere Richtung lenken wollte: »Aber ich möchte nicht, dass wir uns nach so langer Zeit streiten. Es ist furchtbar, was geschehen ist, und gerade deshalb sollten wir Verständnis füreinander haben. Dein Bruder war ein

Mensch, den ich bewundert habe. Er war so sehr viel konsequenter und ehrlicher als ich. Ich denke, *so* sollten wir ihn in Erinnerung behalten.« Er wandte sich zu einem Buffet, auf dem ein paar blitzende Flaschen und Gläser standen. »Möchtest du etwas trinken?«

Glauberg schüttelte den Kopf und sagte, ohne auf den angebotenen Stimmungswechsel einzugehen: »Mit wem willst du dieses Buch machen?«

»Mit Anselm Wilke. Er schreibt für *MAX*, den *Spiegel* und die *FAZ*. Es ist ein ausgesprochen seriöses Projekt, und es wäre mir lieb, wenn das Ganze vorerst unter uns bleiben würde. Solche Ideen sollte man nicht herausposaunen, denn es kann schnell passieren, dass irgendjemand sie dir mit irgendeinem eilig hingeschmierten Schund kaputtmacht.«

»Wo finde ich diesen Wilke?«, fragte Glauberg.

»Ich gebe dir seine Adresse«, sagte Seewald.

Glauberg schwieg einen Moment. Dann sagte er: »Wie habt ihr meinen Bruder überhaupt gefunden?«

»Eine Detektei hat das für uns hingekriegt. Ich kannte ja seine Schwäche für den Norden. Und dass es dort irgendwo ein Haus gab, das er liebte, davon hatte er manchmal gesprochen. Eigentlich war er ein sonderbarer Mensch.«

Glauberg sagte: »Einer seiner Fehler war, dass er dir vertraut hat. Und du gehst hin und erpresst ihn.«

»Er war auch nicht gerade zimperlich in der Wahl seiner Mittel.«

»Das ist etwas anderes. Er hat dir als Freund vertraut.«

»Ich bitte dich. Freunde hat man mit sieben.« Er blieb auf halbem Weg zum Buffet stehen. Sein wuchtiger, beweglicher Körper vereinnahmte die Weite der Wohnung mit der zufriedenen Aura des Besitzers. »Ich weiß ja nicht, was dein Bruder im Einzelnen gemacht hat, aber es ist doch klar, dass man ihm für seine Bereitschaft auszusagen irgendetwas angeboten hat. Und ich bin nun einmal der Meinung, die Öffentlichkeit hat ein Recht, zu erfahren, wie die Dinge unter der Oberfläche gedeichselt werden.«

Glauberg schüttelte den Kopf. »Es ist nichts gedeichselt worden. Mein Bruder hat zu Protokoll gegeben, was er über die RAF wusste, und dafür hat man ihn halbwegs glimpflich davonkommen lassen. Es war ihm kein Kapitalverbrechen nachzuweisen.«

»Glaubst du das wirklich?« Er kam einen Schritt näher und wurde noch größer und übermächtiger. »Ich möchte dich etwas fragen: Hast du eigentlich nie versucht, aus der Provinz wegzukommen? Dein Gerechtigkeitssinn war doch fundamental, soweit ich mich entsinne. Lässt sich denn ein so brennendes Bedürfnis nach Aufklärung an der Waterkant stillen, oder hat man dich einfach nicht aus der Provinz fortgelassen? Und da frage ich mich doch, warum wohl?«

Glauberg schwieg eine Weile. Schließlich sagte er: »Nein, du irrst dich. Niemand weiß, dass wir Brüder waren.«

Seewald wandte sich wieder dem Buffet zu und ließ seinen Blick über die Flaschen wandern. »Im Übrigen wollten wir nur die Story«, sagte er, als verliere er allmählich das Interesse an dem Gespräch. »Wir hätten deinem Bruder sein Inkognito wirklich gelassen. Es ging uns nicht darum, ihn zu zerstören. Letztlich sind Journalisten wie Kommissare: Sie verschaffen sich ihre Information mit allen möglichen Mitteln, um sie dann irgendwie zusammenzusetzen. Also bitte keine moralischen Vorwürfe. – Willst du nicht doch einen?«

Er nahm die Glenfiddich-Flasche in die Hand und betrachtete sie prüfend. Dann öffnete er sie und goss sich einen zwei Finger breiten Streifen ins Glas, ein goldener Farbklecks im kühlen Interieur.

Glauberg sagte: »Ich nehme an, du hast bei den Interviews Bilder von meinem Bruder gemacht.«

Er nickte. »Insgesamt haben wir uns drei Mal mit ihm getroffen. Wir waren übrigens über Nacht dort, weil *er* das so wollte.«

Glauberg fragte: »Kann ich ein paar von den Bildern sehen?«

Seewald stellte das Glas ab, wandte sich zur Treppe und ging hinunter. Glauberg sah hinaus, den Blick nachdenklich in die Weite der Stadt getaucht, über der in der Wolkendecke jetzt eine leichte Marmorierung sichtbar wurde. An einem Tag wie heute gewannen die Dinge erst am Abend Tiefe. Nach einer Weile kehrte Seewald mit den Fotografien zurück und legte sie auf den Tisch. Alle Aufnahmen waren in Schwarzweiß und offenbar bei schwacher Beleuchtung aufgenommen worden und zeigten Glaubergs Halbbruder mal von vorne, mal im Profil, aber stets aus großer Nähe. Selten war mehr im Bild als sein Gesicht, und auf dem ersten Foto trat sein Alter mit überdeutlicher Klarheit hervor, als hätten sich die fünfzig Jahre seines Lebens an der Oberfläche jenes Sekundenbruchteils gespiegelt, in dem die Aufnahme entstanden war. Die Falten, die seine Stirn überzogen, ließen ihn in der Erstarrung müde erscheinen, und die Adern an seinen Schläfen zeichneten sich deutlich ab, weil etwa dort, neben seinem rechten Auge, sein Gesicht am hellsten angeleuchtet wurde, soweit man bei dem Licht, in dem er saß, von Helligkeit sprechen konnte. Er wirkte angespannt, und stets lag eine misstrauische Wachsamkeit in seinem Blick, egal ob er zuhörte oder selbst redete. Es schien, als verteidigte er sich in dem dunklen, vielleicht nur von einer Glühbirne stammenden Licht, und es war nicht auszumachen, in welchem Raum er saß, ob in jenem großen Wohnzimmer, in dem er ermordet worden war, oder in dem Zimmer davor mit den Bücherregalen und seinem Schreibtisch. Auf einem der Bilder rauchte er, und der Rauch hing wie ein durchscheinendes Wesen vor seinem Gesicht, so dass es aussah, als starre er den grauen Schleier an oder durch ihn hindurch, irgendwohin, auf einen weit entfernten Punkt. Alles, was die Bilder festgehalten hatten, war seine alt gewordene Hülle, die er zurückgelassen hatte als leeren Leib für seinen Mörder.

Glauberg legte die Bilder, nachdem er sie lange betrachtet hatte, vor sich auf den Tisch. Er sagte: »Kann ich die Abzüge haben?«

Seewald nickte. Er hatte sich wieder hingesetzt und abgewartet. Jetzt fragte er: »Wieso stand über den Mord eigentlich nichts in der Zeitung?«

»Offenbar war kein Journalist dabei, als er hingerichtet wurde«, sagte Glauberg mit bitterer Ironie und machte eine kurze Pause. Dann fügte er hinzu: »Aus welchem Grund hätten wir die Meldung an die Presse weitergeben sollen?«

In den Fenstern der Häuser, auf die sie hinabsahen, gingen erste Lichter an. Räume wurden sichtbar und alltägliches Leben.

Seewald sagte: »Was ist, wenn ich es täte?«

»Was?«

»Die Presse informieren.«

»Das würde ich dir nicht raten.«

»Du drohst mir?«

»Du bist einer der Hauptverdächtigen.«

»Ach, hör auf!«, sagte er und fügte hinzu: »Offenbar bin ich das ja unabhängig davon, ob der Mord in den Zeitungen steht oder nicht.«

»*Du* stündest in den Zeitungen«, sagte Glauberg. »Und im Übrigen: Was hättest du denn davon, wenn du die Nachricht weitergeben würdest?«

»Ich könnte Wilke anrufen«, erklärte er. »Für ihn wäre es eine starke Geschichte, und ich hätte die Bilder dazu: letzte Worte und Augenblicke eines Terroristen. Die RAF ist längst ein Mythos. Wir würden eine Menge Geld machen.«

»Du bringst mich auf ein Mordmotiv, an das ich noch gar nicht gedacht habe und das doch eines der ältesten ist: Habgier«, sagte Glauberg. »Wäre das nicht eine neue Art von Verbrechen: einen Mord zu begehen, um anschließend an dessen journalistischer Vermarktung zu verdienen? Vielleicht hast du es ja doch getan – ich bin von deiner Unschuld keineswegs überzeugt. Aber wenn du es nicht warst, dann läuft irgendwo dort draußen der Mörder meines Bruders herum und wartet nur darauf, dass seine Tat in der Presse groß rauskommt. Und je länger dies nicht geschieht, umso nervöser wird er werden. Unsere einzige Chance ist es, dass er einen Fehler macht. Dass er sich zu der Tat bekennt und selbst mit ihr an die Öffentlichkeit geht. So könnten wir zu einer Spur kommen. Es ist vielleicht unsere einzige Chance.«

Seewald sagte: »Du appellierst an mein Gewissen?«

Glauberg schüttelte den Kopf. »Nein«, sagte er, »ich frage mich lediglich, ob du vielleicht ein Interesse daran haben könntest, den zu schützen, der einen deiner ältesten Freunde getötet hat.« Er stand auf. Einzelne Lichter hatten jetzt die ganze Stadt überzogen, eine Saat, die bald aufgehen würde in Licht und Rhythmus. Glauberg steckte die Fotografien ein. »Ich gehe jetzt. Du brauchst mich nicht hinunterzubringen. Ich finde den Weg.«

Seewald sagte: »Und es stimmt wirklich? Du hast deinen Bruder jahrelang nicht mehr gesehen?«

»Es ist so, wie ich es erzählt habe. Wir hatten uns nichts zu sagen.«

Seewald schwieg eine Weile. Dann sagte er: »Ich bin mir nicht sicher, ob ich dir das glauben soll. Vielleicht hast du ihn gesehen und weißt etwas und hast irgendeinen Verdacht.«

Glauberg wandte sich zum Gehen. Er sah Seewald an, der nun auch aufgestanden war. Seine robuste große Gestalt wirkte in jedem Licht unerschütterlich. Er schien einer jener Menschen zu sein, um die selbst unheilbare Krankheiten einen Bogen machen, weil sie befürchten müssen, besiegt zu werden.

»Ja«, sagte Glauberg und nickte nachdenklich, »du magst Recht haben. Vielleicht habe ich einen Verdacht.«

Dann ging er und stieg hinab in jene Wohnung, in der er vor langer Zeit ein paar Mal gewesen war in dem Bewusstsein, jung zu sein und es immer zu bleiben. Und dort blieb er stehen und schloss die Augen und rührte sich einige Momente lang nicht.

10

Eine Viertelstunde nachdem er Seewald verlassen hatte, wartete Glauberg auf die U-Bahn und kaufte sich eine Zeitung. Die Blätter in seiner Hand zitterten leicht, als der Zug sich näherte, ein anschwellendes, gedehntes Pfeifen drang über den Bahnsteig, und plötzlich stand er in der Hülle aus Lärm, die den Zug umgab, und warme, trockene Luftwirbel zerrten an dem Papier. Er sog ihren Geruch ein, diesen unterirdischen Geruch nach Staub und Metall.

Als er das Hotel erreichte, war es dunkel geworden, und die Äste der Bäume auf dem Mittelstreifen schimmerten blass. Glauberg betrat das *Mahatma 2*. Das Lächeln der sechsarmigen Göttin auf dem Seidendruck neben der Toilettentür schwebte porzellanhaft über den Tischen. Eine Dampfwolke stieg zischend aus einer Pfanne auf. Glauberg setzte sich und schlug die Zeitung wieder auf. Inzwischen galt es als erwiesen, dass der Absturz von New York ein Unfall gewesen war, offenbar hatte sich das Seitenruder beim Start gelöst.

Während er las, fragte ein Stimme: »Darf ich mich dazusetzen?«

Er blickte auf, es war Paula Reinhardt. Sie sah verändert aus, sie trug eine Brille mit einem dünnen bronzefarbenen Gestell und ovalen Gläsern. Das schlichte Modell nahm ihrem Gesichtsausdruck etwas von der Strenge, mit der sie das Leben anging, und ließ sie auf eine studentinnenhafte Weise jünger aussehen. Ein wenig wirkte es, als käme sie soeben aus irgendeiner Bibliothek, und in ihren Augen fand sich die Anstrengung der langen, stillen Konzentration, die hinter ihr lag, das stundenlange Blättern in verstaubten Akten.

Glauberg sagte: »Die Brille steht Ihnen gut.«

»Meinen Sie das ernst«, sagte sie und setzte sich, »oder ist das wieder nur eine Ihrer Sticheleien?«

»Sie glauben, dass ich Sie provozieren will?«

»Ich weiß nicht, was ich von Ihnen halten soll. Sie sind nicht gerade redselig.«

»Ich sage, was ich denke. Die Brille durchbricht die Härte, mit der Sie sich umgeben. Sie macht Sie verletzlicher.«

»Was wissen Sie schon von mir.«

»Nichts«, sagte er.

Sie nahm die kleine, in grünen Kunststoff eingeschlagene Karte zur Hand. »Haben Sie schon etwas gegessen?«

Glauberg faltete die Zeitung zusammen. Nachdem sie bestellt hatten und Paula mit zwei Flaschen Bier und Gläsern vom Tresen zurückgekommen war, erkundigte er sich: »Wie ist es bei Ihnen gelaufen? Haben Sie etwas herausgefunden?«

»Ich habe mir noch einmal die Aufzeichnungen von *Frau Holle* angesehen, der Stationsschwester, die Renate Siedler zu observieren hatte.«

»Und? Sind die Berichte interessant?«

»Wie man es nimmt. Im Wesentlichen bestätigen sie das Bild von Jacobi, das wir durch Renate Siedler haben.«

»Was uns nicht unbedingt weiterbringt.«

»Das dachte ich auch irgendwann. Es bringt uns nicht nur nicht weiter, es verhindert sogar jede Annäherung an Jacobi.«

»Vielleicht war er so.«

»Schwer zugänglich? Kann sein. Aber dass zwei Menschen

sich in der Beurteilung einer Person derart einig sind, kam mir plötzlich seltsam vor.«

»Sie meinen *Frau Holle* und Renate Siedler?«

Sie nickte, nahm die Bierflasche zur Hand und füllte ihr Glas. »Es müsste zwischen den Berichten der beiden doch zumindest in den Details irgendwelche Abweichungen geben, aber tatsächlich wirken sie wie aus einem Guss.«

Glauberg sagte: »Und was, glauben Sie, steckt dahinter?«

»Na ja, was wohl? Dass die Berichte nicht von zwei Personen stammen, sondern von einer.«

»Sie meinen, Renate Siedler und *Frau Holle* haben gemeinsame Sache gemacht?«

»Warum nicht? *Frau Holle* hieß übrigens Helga Hannig. Die beiden waren gut befreundet.«

»Gut genug, um sich abzusprechen?«

»Es wäre denkbar«, sagte Paula Reinhardt. »Wenn Renate Siedler Gefallen am Schreiben gefunden hat, wie sie es behauptet, dann hätte sie neben ihren *Goldmarie*-Berichten auch Helga Hannigs *Holle*-Aufzeichnungen verfassen können. Das lag doch nahe.«

»Sie halten das für möglich?«

»Ich glaube, bei den Stasi-Akten ist alles möglich.«

Glauberg sagte: »Das klingt aber nicht so, als wäre die Stasi ein dämonisches Überwachungssystem gewesen. Ich meine, wenn man sie so leicht hinters Licht führen konnte.«

Sie trank einen Schluck, stellte ihr Glas wieder auf den Tisch und sagte: »Ich glaube, das Problem bei der Stasi ist, dass sie beides sein konnte: dämonisch und lächerlich. Und vielleicht ist es im Nachhinein gar nicht möglich zu entscheiden, was von beidem in einem speziellen Fall zutrifft.«

Glauberg sah hinaus. Der Verkehr strömte in anrollenden und abebbenden Wellen von Scheinwerfern und Heckleuchten vorüber. Nach einer Weile fragte er: »Haben *Sie* eigentlich eine Stasi-Akte? Ich nehme an, Sie haben längst danach gesucht.«

Sie nickte nachdenklich. »Ja, gesucht habe ich. Ich konnte aber keine Unterlagen finden. Neunundachtzig war ich neunzehn und offenbar nicht der Beobachtung wert. Um Polizistin zu werden, war es wohl gut so.«

»Vielleicht wäre es nützlich gewesen, nachweislich oppositionell gewesen zu sein.«

»Ich war ja nicht oppositionell«, sagte sie.

»Und Ihre Familie? Ihre Eltern?«

»Ich bin bei meiner Mutter aufgewachsen. Meinen Vater habe ich nie kennen gelernt. Er hat meine Mutter verlassen, als ich drei oder vier war.«

»Tut mir Leid.«

»Das muss es nicht. Es bedeutet mir emotional nichts. Ich war damals noch zu klein.«

»Und Sie haben ihn nie wieder gesehen?«

»Das war nicht möglich. Er hat meine Mutter nicht einfach nur verlassen, sondern ist in den Westen gegangen.«

»Hm ...«, machte Glauberg und schwieg.

»Ach, wissen Sie, im Nachhinein kann ich ihn ja verstehen.«

»Dass er Frau und Kind verlassen hat, nur um für sich selbst ein vermeintlich besseres Leben herauszuholen?«

»Ihn dafür zu verurteilen wäre ziemlich moralisch.«

»Ist es denn keine moralische Frage?«

»Wenn man in einer Diktatur lebt, ist alles und jedes eine

moralische Frage. Das macht die Dinge schwierig. Man muss wohl andere Maßstäbe anlegen.«

»In einer lächerlichen Diktatur«, sagte Glauberg.

»Eben nicht nur ...«

»Nein, natürlich nicht.« Er machte eine Pause. Die Kälte draußen schien den Lichtern besonders scharfe Konturen zu verleihen.

Sie sagte: »Ich weiß ja nicht einmal, wie gut sich meine Eltern überhaupt verstanden haben. Meine Mutter hat nie viel über meinen Vater geredet. Offenbar war es kein großer Verlust für sie, dass er gegangen ist. Vielleicht war es mit der Ehe ja nicht weit her. Nachdem er geflohen war, wurde sie ein paar Mal vorgeladen, aber man hat ihr wohl geglaubt, dass sie nichts von seinen Plänen gewusst hatte. Es wird auch darüber noch irgendwelche Aktennotizen oder Protokolle geben, aber weiß der Teufel, wo die sind. Warum hätte ich danach suchen sollen? Meine Mutter wird der Stasi bei diesen Vernehmungen nicht mehr erzählt haben als mir. Und eigentlich interessiert mich das alles auch gar nicht mehr. Meine Erinnerungen an die DDR sind die an ein graues, langweiliges Land voller Schnüffler und Aufpasser, und das Einzige, was dieser Staat mir mitgegeben hat, ist der brennende Wunsch, dass es nie wieder so weit kommt.« Sie schwieg eine Weile und trank einen Schluck Bier. Schließlich fügte sie hinzu: »Außerdem ist meine Mutter vor drei Jahren gestorben – also was soll das alles.«

»Und nach Ihrem Vater haben Sie nie gesucht?«

Sie schüttelte den Kopf: »Nein, warum?«

»Ist das nicht ein natürliches Bedürfnis?«

»Wieso sollte es das sein? In der Natur verschwinden die

Väter meist auch ziemlich schnell. Ich glaube nicht an Familienbande.«

»Das klingt so, als seien Sie doch verärgert, dass er Sie verlassen hat.«

»Nein, so ist es nicht«, widersprach sie. »Er hat die Entscheidung getroffen, nichts mit mir zu tun haben zu wollen, und warum sollte ich ihn zu etwas anderem zwingen?«

Glauberg drang nicht weiter in sie. Es war voller geworden um sie herum und lauter. Ein Radio neben den Gewürzen spielte Oldies, *Good Times* lief und *California Dreaming*, und gelegentlich sandte der Spielautomat neben der Toilettentür hastige artifizielle Tonfolgen aus, und goldene Lichtschauer, die über seine Front flirrten, verhießen Glück und Vergnügen. Ihre beiden Gerichte wurden ausgerufen, Glauberg stand auf und nahm die Teller am Tresen entgegen. Es roch nach Curry und Öl. Paula Reinhardt wandte ihm den Rücken zu, sie trug eine Jeansjacke, die sie nicht ausgezogen hatte, und ihre Haare waren zu einem kurzen Zopf zusammengefasst, der über dem Kragen einen Teil ihres Halses freigab, umsponnen von den dünnen Schleiern herausgerutschter Strähnen.

Als er wieder saß, fragte sie: »Was ist mit Ihnen? Warum sind Sie Polizist geworden?«

Er sagte: »Ich wollte immer schon Polizist werden.«

»Reicht Ihnen denn der Job dort oben an der Küste? Waren Sie nie ehrgeizig?«

Er zuckte mit den Schultern. »Mein Ehrgeiz ist es, irgendwann noch einmal acht Stunden am Stück zu schlafen.«

Es entstand eine Pause. Dann sagte sie: »Das stimmt nicht. Ich weiß, dass Sie sich einmal um eine Stelle in Berlin beworben haben.«

Er sah sie an. »Ach? Woher haben Sie das denn?«

Die Sache war ihr unangenehm. »Aus Ihrer Personalakte. Ich wollte wissen, mit wem ich es zu tun habe.«

Er aß weiter. »Gute Vorbereitung. *Sie* sind ja offensichtlich ehrgeizig. Was ist Ihr Ehrgeiz?«

Sie sah hinaus. Gelegentlich warf einer der Passanten einen Blick in den Imbiss. »Ich will die Gesellschaft schützen, was sonst.«

Er nickte. »Das wollte die Stasi auch.«

»Damals gab es keine Regeln.«

»Gibt es denn heute welche?«

»Das anzuzweifeln wäre nicht gerade staatstragend.«

»Glauben Sie, dass man staatstragend denken muss, um ein guter Polizist zu sein?«

»Aus welchem Grund jagen Sie denn den Viehdieben in Ihrem gottverlassenen Norden hinterher?«

»Vielleicht mag ich ja die Bauern.«

Sie sah ihn an. Die heikle Gegnerschaft, die ihr Verhältnis prägte, ließ sie einen Moment zögern. Dann sagte sie: »Wissen Sie, was ich glaube? Sie mögen überhaupt nichts mehr. Die Kraft, sich auf irgendeine Seite zu stellen, ist Ihnen schon vor langer Zeit verloren gegangen.«

»Seit wann erfordert es Kraft, sich auf irgendeine Seite in dieser Welt zu schlagen?«, sagte er. »Kraft erfordert es, es nicht zu tun.«

Sie schüttelte den Kopf. »Ich bin in einem Land voller kraftloser Menschen aufgewachsen, in einem Land voller Mitläufer.«

»Soll ich Ihnen etwas verraten? Ich auch.«

»Das ist nicht das Gleiche.«

»Nein«, sagte er, »ist es wohl nicht.«

Sie schwieg. Offenbar spürte sie, dass sie im Moment in keiner guten Position war, ihn moralisch zu belehren. Sie sagte: »Ich bin nicht stolz darauf, dass ich mir Ihre Dienstakte habe kommen lassen, aber wäre es besser gewesen, ich hätte Ihnen verschwiegen, dass ich sie gelesen habe? Ich wollte wissen, mit wem ich zusammenarbeiten würde, das ist nicht ungewöhnlich.«

Er kaute auf einem Stück Huhn herum und sah hinaus. Er fragte: »Was stand denn sonst noch in meiner Personalakte?«

»Nichts Besonderes«, sagte sie. »Dass Sie verheiratet sind und einen Sohn haben.«

»Ich lebe von meiner Frau getrennt.«

»Das tut mir Leid.« Sie ließ offen, ob auch das in seiner Akte gestanden hatte.

»Das muss es nicht. Wir haben uns auseinander gelebt. Solche Dinge kommen vor.«

»Was ist mit Ihrem Sohn?«, erkundigte sie sich. »Haben Sie ihn nicht auch verlassen?«

»Sie meinen, wie Ihr Vater Sie verlassen hat? Das ist etwas anderes.«

»Woher wollen Sie das wissen? Sie kennen weder meinen Vater noch meine Mutter. Vielleicht haben Sie nicht genug um Ihre Ehe gekämpft.«

»Mag sein«, sagte er. »Aber ich bin nicht fortgelaufen. Ich bin nicht an einen Ort gegangen, von dem ich mir mehr für mein Leben versprochen habe.«

»Vielleicht liegt das daran, dass Sie es aufgegeben haben, mehr für Ihr Leben herausholen zu wollen …« Sie brach ab und fügte nach einer Weile hinzu: »Entschuldigen Sie, ich habe kein Recht dazu, so zu reden ...«

Jedes Mal, wenn draußen ein Bus vorüberfuhr, vibrierte das Glas mit dem spiegelverkehrten *Mahatma-2*-Schriftzug leicht. Glauberg sah hinaus. Irgendwann sagte er: »Es ist schon in Ordnung. Wir können über mich reden, aber erwarten Sie nicht zu viel. Ich glaube nicht, dass es sich lohnt, um meine Person ein Geheimnis zu machen oder um irgendwen heutzutage. Was wäre da zu finden? Ich meine, wir schlagen uns alle irgendwie durch.«

Er schob seinen Teller zur Seite und sah weiter hinaus, wo die Leute die Hände vor der Brust verschränkten, um ihre Mäntel gegen die Kälte zusammenzuraffen. Eine Frau, deren Alter nur schwer zu schätzen war, ging gestikulierend vorüber und redete engagiert und kopfschüttelnd ins Nichts. Ein Hund wartete an der Tür auf einen jungen Burschen, der am Tresen die Schaumlöffel anstierte, die unter dem Abzug hingen, und die runde weiße Uhr daneben. Es war halb zehn. Der gedämpfte Straßenlärm – das Hupen, die Motoren, ein Martinshorn – schien der Novemberdunkelheit eine Art karge Lebenswärme zu geben. Auf der gelblichen, mit kleinen Rauten geprägten Tapete klebten hier und da erschlagene, vertrocknete Mücken, Reste des vergangenen Sommers. Und auch die alten Songs im Radio waren wie Splitter der Vergangenheit, als ließe sich alles, was in einem Leben gewesen war, auf eine Hand voll Strophen und Refrains reduzieren.

11

Es war kurz vor elf, als Anton Glauberg das Hotelzimmer betrat. Er schloss die Tür hinter sich, und von der Straße her fiel das Licht einer Tankstelle in den Raum, die links an der nahen Kreuzung rund um die Uhr geöffnet hatte. Der gerahmte Kunstdruck über dem Bett, eine impressionistische Naturszene, verlor in dem dünnen Schein seine Farben. In den Stores vor den Fenstern verfing sich das Licht zu einem welligen Schleier aus passivem Gelb.

Glauberg ging ins Bad und nahm eine Schachtel Melabon von der Ablage unter dem Spiegel. Er drückte eine Tablette in ein Glas, ließ Wasser hineinlaufen und beobachtete, wie sie allmählich zerfiel. Gelegentlich schwenkte er das Glas mit einer langsamen kreisförmigen Bewegung, und die Tablettenflocken bildeten einen kleinen Wirbel in der Flüssigkeit. Glauberg schaltete das Licht im Bad wieder aus und kehrte mit dem Glas zurück ins Zimmer. Auf der gegenüberliegenden Straßenseite standen vier Taxen hintereinander, und rechts stach über den Dächern der Häuser ein Kirchturm in die Nacht, Schwarz in Schwarz und doch sichtbar, auch ohne die roten Lichter an seiner Spitze. Die Straße war jetzt leer, eine lange Bahn, auf der hin und wieder ein Pulk weißer, dann roter Lichter dahinrollte, eine Hand voll Wagen jeweils, die deutlich und nah klangen, weil ihre Fahrgeräusche nicht eingebettet waren in das übliche Rauschen des Verkehrs am Tag. Dann wieder herrschte Ruhe, und von der Bewegung blieb nichts übrig als das Warten der Taxen auf der anderen Straßenseite.

Glauberg trank einen Schluck und schwenkte das Glas noch einmal herum, die Tablette war jetzt zerfallen und bildete einen gelblichen Bodensatz. Er trank den Rest, verzog das Gesicht und ging noch einmal ins Bad, um den bitteren Nachgeschmack mit klarem Wasser hinunterzuspülen. Dann setzte er sich auf die Bettkante, beugte sich vor, stützte seine Ellbogen auf die Knie und schloss für einen Moment die Augen. Aus einem der Nachbarzimmer tönte die gedämpfte, unverständliche Stimme eines Nachrichtensprechers, und auf dem Hotelgang wurde eine Zimmertür aufgeschlossen.

Auf dem Nachttischschrank stand das Telefon, Glauberg nahm den Hörer zur Hand und wählte. Es dauerte eine Weile, und dann sagte er: »Ich bin's … Wahrscheinlich hast du die Klingel abgestellt, ich konnte mich nicht früher melden, aber ich dachte, ich probiere es trotzdem … Das mit Felix tut mir Leid. Ich nehme ihn, sobald ich wieder da bin, aber die Dinge hier gehen langsam voran. Sag dem Jungen, dass die Verbrecher in der Großstadt nicht sehr viel spannender sind als die bei uns, er weiß dann schon, was ich meine. Aber wenn er will, nehme ich ihn mal mit und zeige ihm hier alles … Wir können ja zusammen nach Berlin fahren … Ich mag die Stadt wirklich nicht besonders, aber vielleicht würde es uns gefallen, im Sommer vielleicht … Ich glaube, ich habe dir nie erzählt, dass ich früher gelegentlich hier war. Ist schon eine Weile her. Es ist nicht so wichtig …« Er machte eine Pause, der Anrufbeantworter am anderen Ende der Leitung wartete geduldig auf einen nächsten Satz. »Na ja, ich denke, irgendwann nächste Woche bin ich wieder zurück. Ich melde mich vorher noch mal … Also dann … mach's gut …«

Er legte auf. Auf einem Gestell neben dem Bett lag sein

Koffer, den er nicht ausgepackt hatte. Irgendetwas wurde über die Straße gerufen. Der Fernseher stand dunkel in der Ecke, lediglich auf der Mattscheibe glommen ein paar Reflexe und Lichtschimmer, die sich keiner Quelle zuordnen ließen. Irgendetwas von der Stadt war in diesem Raum, aber es hatte keinen Charakter, keine unverkennbare Gestalt. Es waren die Echos eines Randbezirks, der irgendwo auf der Welt hätte sein können. Fortgang und Berührungslosigkeit. Der Geruch nach Straßen, Hunden und Wänden.

12

DOLPH WAGNER, ehemaliger Oberst der Abteilung XII des MfS und Führungsoffizier von Renate Siedler und Helga Hannig, wohnte in einer aufwendig sanierten, im Berliner Bezirk Pankow gelegenen Wohnanlage aus den zwanziger Jahren des vergangenen Jahrhunderts, in deren Mitte ein quadratischer Park mit einem schönen alten Baumbestand aus Platanen und Ahorn den unruhigen Betrieb der Stadt angenehm dämpfte. Die sandfarben verputzten und mit herrschaftlichen Veranden versehenen Wohnhäuser lagen an einem flaschenförmigen gepflasterten Straßenzug, der vorbeiführte an neu angelegten Vorgärten, in denen Edelstahl-Lichtsäulen zu beiden Seiten der Wege aus dem Boden ragten. Ein frischer hellblauer Himmel lag im Geflecht der Äste wie in großen Körben, in die die spätherbstlich tief stehende Sonne die Baumkronen des kleinen Parks verwandelt hatte.

Paula Reinhardt steuerte den Wagen von der Hauptstraße

auf das gewölbte Kopfsteinpflaster vor den Häusern und ließ ihn kurz darauf an den Bordstein rollen. Glauberg stieg aus, schlug die Tür zu und sah sich um. Sie gingen durch eines der Gartentore und klingelten. Wagner wohnte im zweiten Stock. Er war um die sechzig, nicht besonders groß und etwas korpulent und stand in der Tür mit einem breitlippigen Lächeln.

»Kommen Sie herein, ich habe Sie schon erwartet«, sagte er mit einer leicht näselnden, irgendwo zwischen Überdruss und Scharfsinn angesiedelten Stimme. »Kommen Sie!«

Er trug eine dachsgraue Anzughose und ein fein gestreiftes blassgrünes Hemd, und seine wenigen Haare klebten pomadisiert an seinem runden, mit einer kleinen gebogenen Nase verzierten Kopf. Paula Reinhardt hatte ihn vor zwei Tagen angerufen und diesen Termin mit ihm vereinbart, ihm bei der Gelegenheit aber nicht gesagt, worum es ging. Es war nicht leicht gewesen, ihn zu erreichen, da er ein viel beschäftigter Mann war. Bereits im Dezember neunundachtzig hatte er seinen Dienst bei der Staatssicherheit quittiert und einen der vielen unrentablen Staatsbetriebe erworben, eine Importfirma für russischen Tee, die er bis zur Währungsunion so weit umstrukturiert hatte, dass sie, profitierend von seinen präzisen Kontakten in die damals noch existierende Sowjetunion, erste Gewinne abwarf. Mittlerweile hatte er auch alle westdeutschen Konkurrenten so weit aus dem Markt gedrängt, dass er das Geschäft mit mittelasiatischem Tee beherrschte. Dementsprechend knapp war seine Zeit bemessen, aber für ein Gespräch mit dem BKA, ließ er Paula Reinhardt am Telefon wissen, erübrige er mit dem größten Vergnügen einen Vormittag.

Auf dem Weg durch den Flur sagte er: »Es ist für mich immer eine große Freude, mich mit Menschen aus meiner ehemaligen Branche zu unterhalten. Ich habe ja leider nur noch viel zu selten Gelegenheit dazu.« Sie setzten sich ins Wohnzimmer, in dem das Herbstlicht die Möbel und Wagners Schädel mit seidigem Glanz überzog. Er schlug ein Bein über das andere und fragte: »Was kann ich für Sie tun?«

»Sagt Ihnen der Name Hans Jacobi beziehungsweise Wolgast etwas?«, begann Paula Reinhardt das Gespräch.

»Hans Wolgast?«, wiederholte er und dachte einen Moment nach. »Ja«, sagte er dann, »ich denke schon. Er ist Ende der Siebziger oder Anfang der Achtziger aus der BRD in die DDR übergesiedelt – ein bedauerlicherweise ja eher seltener Fall.«

»Das kann man so sagen«, nickte Paula Reinhardt. »Selten – und noch seltener freiwillig.«

»Wie kommen Sie denn darauf?«, protestierte Wagner mit einem süffisanten Lächeln. »Wir haben doch niemanden gezwungen, zu uns zu kommen!«

»Etwa so, wie Sie niemanden gezwungen haben zu bleiben? Da war ich wohl stets etwas zu zaghaft, als ich vor der Mauer immer Halt gemacht habe.«

»Oh!«, machte er und hob die Augenbrauen. »Sie sind eine ehemalige Mitbürgerin! Na, das freut mich aber ganz besonders.«

Sie ging auf seine ironisierenden Floskeln nicht ein und sagte: »Sie wissen sehr genau, wovon ich rede. Jacobi wurde in der Bundesrepublik steckbrieflich gesucht. So viel zur Freiwilligkeit seiner Übersiedlung in die DDR.«

Wagner gab seiner Stimme den erfahrenen Ausdruck eines

Menschen, der die Dinge besser einzuordnen vermag. »Das mag ja sein, aber zunächst einmal war er überzeugter Sozialist und die DDR somit seine natürliche Heimat.« Er spreizte seine kleinen gepflegten Hände. »Was ist denn nun mit diesem Hans Wolgast oder Jacobi? Ich nehme an, es gibt einen bestimmten Grund, warum Sie so einen alten, eingestaubten Fall noch einmal ans Tageslicht zerren.«

»Hans Jacobi ist tot«, sagte sie kurz. »Und er ist auf eine ziemlich unangenehme Weise ums Leben gekommen. Man hat ihn in seinem eigenen Haus nach Revolutionsart mehr oder weniger hingerichtet.«

Wagners rundes Gesicht verzog sich zu einem Ausdruck affektierten Schmerzes, und gedehnt und näselnd rief er aus: »Tot, sagen Sie! Das ist bedauerlich!« Dann entspannten sich seine Züge wieder. »Aber verzeihen Sie, wenn ich nicht wirklich erschüttert bin. Es sterben jeden Tag so viele Menschen auf dieser Erde. Überhaupt hat das Leben, so wie es ist, ja eine Menge bedauerlicher Aspekte.«

»Ach ja?«, sagte Paula Reinhardt. »Und die wären?«

»Ungerechtigkeit, Lüsternheit, Habgier«, sagte er. »Ach – es ist wirklich nicht erfreulich, was uns die Natur so alles in die Wiege gelegt hat.«

»Ihre Domäne war ja weniger die Habgier, sondern mehr die Neugier«, merkte sie an, »oder vielleicht auch beides.«

Er lächelte wieder. »Na, so etwas! Sie ärgern sich, weil ich ein erfolgreiches Unternehmen aufgebaut habe und es mir besser geht als Ihnen?« Er ließ die Frage einen Moment im Raum stehen und fügte dann verwundert hinzu: »Ich verstehe gar nicht, warum man als ehemaliger Oberst der Staatssicherheit einen so schlechten Ruf genießt. Immerhin hatte der

Sozialismus es sich zum Ziel gesetzt, einige der besonders unangenehmen Eigenschaften der Schöpfung zu korrigieren.«

»Ach so!«, sagte sie. »Indem Sie Renate Siedler dazu gezwungen haben, ihren Mann zu observieren, glaubten Sie, die Habgier aus der Welt zu schaffen?«

Er wurde ernst. »Ja, ich gebe zu, dem ungeübten Verstand mag dies sonderbar erscheinen. Doch könnte ich Ihnen eine einwandfreie dialektische Argumentationskette aufbauen, an deren Ende sich Ihre Frage mit einem sehr schlichten und unwiderlegbar logischen Ja beantworten ließe.«

»Jacobi war ein Krimineller, dem Sie Asyl gewährt haben«, sagte sie. »Sparen Sie sich die sozialistische Rhetorik von einer besseren Welt.«

Jetzt wurde er streng: »Ich bitte Sie! Jacobi war ein kleiner Fisch. Ich kann Ihnen, was die Suche nach seinem Mörder angeht, vermutlich nicht weiterhelfen. Aber was heißt schon kriminell? Das heißt gar nichts! Moral ist eine beständige Creatio ex nihilo. Was den Römern selbstverständlich schien, erscheint uns abscheulich, und was die einen kriminell nennen, gilt anderen als heldenmütig. War Robin Hood ein Krimineller oder ein Held? – Der Marxismus kann es sich als Verdienst anrechnen, diesen ständigen Widerspruch zwischen Gut und Böse, zwischen Eigentumsdelikt und Heldentat dialektisch aufgelöst und fruchtbar gemacht zu haben. Die DDR war, wenn Sie so wollen, die vielleicht noch unvollkommene, aber sehr ernst gemeinte Institutionalisierung des Robin-Hood-Prinzips: Nehmt es den Reichen und gebt es den Armen. Und ich weiß beim besten Willen nicht, was sich dagegen einwenden lässt? – Seien wir doch nicht naiv«, fügte er hinzu. »Glauben Sie etwa, in Robin Hoods Bande sei es stets demokratisch zugegangen? Ohne eine Art von Führerprinzip werden wir keine Gerechtigkeit erlangen. Das mag aus dem Munde eines Sozialisten anstößig klingen, ist es aber keineswegs. Der Zusammenbruch der DDR hat ja gerade eines deutlich gemacht: Die Menschen wissen bedauerlicherweise nicht immer, was gut für sie ist. Wir brauchen den Kommunismus nicht, weil die Menschen gleich sind, sondern weil sie ungleich sind. Es gibt kluge und weniger kluge. Dumme und schlaue. Überlegene und unterlegene. Das ist die Struktur, die die Natur uns vorgibt. Wir können uns dieser Struktur unterwerfen oder wir können sie zurückweisen. Wir können unserer Natur unterliegen oder uns ihr als überlegen erweisen. Das ist die Entscheidung, die wir treffen müssen ...«, und mit einer flatternden, ungeduldigen Geste seiner kleinen gebräunten Hand beendete er seine Rede und sagte: »Im Übrigen handelte es sich bei Jacobis Taten, soviel ich weiß, doch selbst aus westlicher Sicht um anarchistische Kavaliersdelikte. Was hat er denn eigentlich genau angestellt?«

Paula Reinhardt sagte: »Genau genommen hätten wir das gerne von Ihnen gehört. Immerhin haben Sie ihn jahrelang observieren lassen.«

Er machte ein gequältes Gesicht. »Mit sehr mäßigem Erfolg, wie ich zerknirscht eingestehen muss. Renate Siedler hat versucht, uns mit ihren Berichten an der Nase herumzuführen, und uns mit puren Banalitäten abgespeist. Sie müssen wissen, dass die meisten IM-Berichte Dokumente der Belanglosigkeit sind. Wie hätte aus einem Volk von Arbeitern und Bauern über Nacht auch eines von scharfsinnigen Beobachtern werden sollen? Nein – unsere Aufgabe war es, aus diesen täglichen Zeugnissen einfältigsten Spitzeltums die Aussagen herauszufiltern, die einer genaueren Beachtung überhaupt wert waren. Mir schien, Renate Siedler hatte dieses Prinzip durchschaut, und ich habe sie gewähren lassen, weil ich angenommen habe, dass sie irgendwann einen Fehler machen und etwas preisgeben würde, ohne sich dessen bewusst zu sein. Aber es ist nie etwas in dieser Richtung geschehen, und schließlich war ich der Meinung, dass dies einen schlichten Grund hatte: Es gab einfach nichts, was sie uns hätte sagen können.« Er unterbrach seine Rede mit einer relativ ungekünstelt wirkenden Nachdenklichkeit und fuhr nach einer Weile fort: »Was die Struktur der RAF angeht, waren wir tatsächlich nicht sehr erfolgreich. Die Gespräche mit jenen Revolutionären, denen wir Schutz vor Verfolgung boten, waren stets von großer Herzlichkeit, weil wir uns ideologisch sehr nah waren, aber ich hatte den Eindruck, dass man uns dennoch nie vollkommen getraut hat. Im Grunde waren die RAF-Kämpfer, ohne sich dessen bewusst zu sein, vom westlichen Virus des Individualismus infiziert. Sie misstrauten der Partei und jeder Form der Institution. Dennoch waren diese Gespräche ein sehr angenehmer Teil meiner Arbeit. Wir haben uns nie lumpen lassen, wenn es darum ging, systemflüchtige Bürger der BRD in den Schoß des Sozialismus aufzunehmen, und es ist bedauerlich, dass nie besonders viel dabei herausgekommen ist. Wenn ich dennoch eine Vermutung in Bezug auf Jacobis Tod äußern darf, dann die, dass er nicht zu denjenigen gehörte, die dafür umgebracht werden, weil sie etwas Bestimmtes getan haben, sondern dafür, dass sie etwas wissen.«

Paula Reinhardt sagte: »Das ist nicht sehr präzise.«

»Sie erwarten von mir eine präzise Lösung Ihres Problems?« Er lächelte undurchsichtig. »Verzeihen Sie, wenn ich das einmal so anmerke, aber Ihre Behörde scheint mir ausgesprochen ineffizient zu sein, wenn es um die Bekämpfung von Verbrechen geht.«

»Wir haben nicht die Möglichkeit, mit Bombenlegern Krim-Sekt zu trinken«, stellte sie fest. »Und es gehört zu unserer Arbeit, uns an die demokratischen Spielregeln zu halten.«

Er schüttelte den Kopf: »Offen gesagt, ich glaube eher, dass Sie diese Regeln stümperhaft brechen.« Er machte eine kurze Pause, und als Paula Reinhardt auf die Bemerkung nicht einging, fuhr er fort: »Verwirrung stiften, falsche Spuren auslegen, von offensichtlichen Zusammenhängen ablenken sind von jeher wichtige Instrumente der Subversion. Und es erstaunt mich, wie schlecht man sich in Ihrer Behörde auf diese versteht. Nehmen wir einmal die angeblich politisch motivierten Attentate der neunziger Jahre, die Schüsse auf Rohwedder, den Bombenanschlag auf Herrhausen und dergleichen mehr. Über die Behauptung, diese gingen auf das Konto der RAF, kann jeder, der auch nur ansatzweise mit der Theorie und Praxis des politischen Attentats vertraut ist, nur schmunzeln. Man hat sich ja seitens Ihrer Behörde nicht einmal die Mühe gemacht, die Täterschaft von Terroristen zweifelsfrei nachzuweisen.«

»Die RAF hat sich zu den Attentaten bekannt.«

»Papperlapapp!«, unterbrach er sie barsch. »Die Urheberschaft dieser angeblichen Bekennerschreiben ist doch vollkommen unklar. Jeder Hornochse kann so ein Schreiben anfertigen. Wieso bedarf denn die Echtheit dieser Briefe überhaupt einer Prüfung? Wenn jemand sich zu erkennen geben will, dann gibt er sich *eindeutig* zu erkennen. Was zum Teufel soll denn eine Verschleierung, wenn man nichts anderes sagen will als: Ich war's! Man kann daraus nur einen Schluss ziehen: Entweder sind Bekennerbriefe unzweifelhaft echt – und wenn nicht, dann sind sie falsch. Und so ist es: Die Täterschaft der RAF ist nicht im Geringsten bewiesen, sondern sie wurde schlicht verkündet, und alle haben es nachgebetet – das kam mir übrigens irgendwie bekannt vor, wenn Sie mir gestatten, das an dieser Stelle einmal anzumerken. Die erste und einfachste aller kriminalistischen Fragen, nämlich die nach dem Nutznießer der jeweiligen Verbrechen, wurde im Falle dieser Attentate ja nicht einmal ansatzweise gestellt. Und wenn ich Sie wäre, würde ich genau in dieser Richtung suchen: Jacobi war ein Mitläufer, und wie so mancher Mitläufer wusste er mehr, als ihm zu wissen zustand. Ich nehme an, aus irgendeinem Grund ist dieses Wissen jetzt für jemanden zur Bedrohung geworden, und deshalb musste Jacobi sterben, und zwar so, dass es nach einem Attentat der RAF ausgesehen hat, einer Hinrichtung nach Revolutionsart. Die wahren Hintergründe des Verbrechens werden woanders liegen, das sagt mir mein Gefühl als ehemaliger Beamter der Staatssicherheit. Und glauben Sie mir: Dieser Instinkt ist immer noch sehr wach.«

Es entstand eine längere Pause. Zum Schluss hatte er ernstlich und mit Engagement doziert. Offenbar fühlte er sich in seiner Rolle als alternder Spionagespezialist ausgesprochen wohl. Die Regale an den Wänden standen voller Bücher, er war ein gebildeter Mann.

Nach einer Weile sagte Anton Glauberg: »Sagt Ihnen die KftS etwas?«

Wagner ließ sich einen Moment Zeit und begann irgendwann bedächtig zu nicken. »Ich nehme an, Sie meinen die Kreditanstalt für teilungsbedingte Sonderaufgaben.«

Glauberg nickte. »Eine kleine, unauffällige Institution, um der DDR finanziell gelegentlich unter die Arme zu greifen. Eine ungewöhnliche deutsch-deutsche Kooperation in den Zeiten des Kalten Krieges, finden Sie nicht?«

Wagner drückte die weichen Kuppen seiner gespreizten Finger in Brusthöhe gegeneinander. »Ja, es war eine erstaunlich fruchtbare Form der Zusammenarbeit in schwieriger Zeit«, bestätigte er. »Aber als ehemaliger Bürger der Deutschen Demokratischen Republik muss ich doch darauf hinweisen, dass Ihr Land, also die damalige BRD, bei dieser Sache keineswegs so uneigennützig war, wie Sie es jetzt darstellen.«

Glauberg sagte: »Sie meinen, es hat eine Gegenleistung für die gewährten Kredite gegeben?«

»Es gibt immer eine Gegenleistung«, erklärte er feinsinnig lächelnd. »Ein fundamentales Prinzip des menschlichen oder staatlichen Miteinanders lautet: Nichts ist umsonst. Was heißt denn schon Kredit? Wissen Sie, die über die KftS geflossenen Gelder sind in der DDR zunächst einmal auf Zwischenkonten geparkt worden, von wo aus ihre Reise dann an ihren eigentlichen Bestimmungsort weiterging. Ich will Sie nicht mit unnötigen Details langweilen, aber es gab Geschäfte, die in der BRD aus innenpolitischen Gründen nicht gerade opportun waren oder die sich ihr außenpolitisch verboten. Für dieses Problem hat die DDR der BRD eine diskrete Lösung angeboten, indem wir für manche Transaktionen die nötige finanztechnische Infrastruktur zur Verfügung gestellt haben. Und für die dabei anfallende Verwaltungs- und Vermittlungstätigkeit haben wir dann eine angemessene Provision einbehalten. Ein einfaches marktwirtschaftliches Prinzip, mit dem allen Beteiligten gedient war.«

Glauberg sagte: »Sie meinen, die Bundesrepublik hat die DDR als Geldwaschanlage benutzt?«

»Sehen Sie«, sagte Wagner ruhig, »aus Ihrem Mund klingt das wieder so negativ. Wir Deutschen scheinen einfach nicht in der Lage zu sein, eine positive Einstellung zu pragmatischen Lösungen zu gewinnen. Das ist das furchtbare Erbe des Idealismus«, sagte er und besann sich kurz. »Marx hat es versucht: Er wollte der Idee die Materie, den Stoff, die Praxis zurückgeben, aber mit dem Herzen sind wir ihm nicht gefolgt. Wir sind und bleiben hoffnungslose Romantiker, und das wird uns als Volk eines Tages untergehen lassen, so wie bereits die DDR untergegangen ist. Ich bedaure das sehr, denn der Marxismus ist die einzige einem rationalen Menschen mögliche Geisteshaltung. Aber unser Volk ist nicht rational. Es ist ein Volk aus Schwärmern und Angsthasen. Glauben Sie mir, ich weiß, wovon ich rede, denn ich habe diesem Volk jahrzehntelang in die schrebergärtnerische Seele geschaut. Und es stimmt ja: Wir sind *ein* Volk. Ja, das sind wir …«, sagte er und brach nachdenklich ab. »Aber vielleicht führt uns das etwas zu weit von unserem Thema fort …«

Paula Reinhardt hatte die ganze Zeit über mit wachsender Unruhe zugehört. Jetzt sagte sie: »Die DDR ist nicht am deutschen Wesen zugrunde gegangen, sondern weil sie eine Diktatur war.«

Wagner sah sie mit väterlicher Langmut im Blick an: »Ich

sage Ihnen etwas: Als Polizistin haben Sie sich für das falsche System entschieden. Glauben Sie mir das. Bei uns hätten Sie sicher etwas werden können mit Ihrer Sturheit und Ihrer Überzeugung, auf der richtigen Seite zu stehen. Wo waren Ihre Eltern denn tätig?«

»Meine Mutter war Sekretärin im Außenhandelsministerium.«

»Ja!«, rief er beinahe empört aus. »Aber da hatten Sie doch die besten Voraussetzungen für eine Karriere im Staatsdienst!«

»Und mein Vater hat sich in den Westen abgesetzt.«

»Ach!«, winkte er ab. »Darüber hätten wir doch hinweggesehen. Wir waren doch keine engstirnigen Bürohengste. Glauben Sie mir, wenn ich die Sache zu entscheiden gehabt hätte, hätten Sie Ihre Chance bekommen. Dann wären Sie in einer wirklich professionell agierenden Truppe gewesen. Entschuldigen Sie, wenn ich einfach keine Bewunderung für das BKA aufbringen kann. Soviel ich weiß, ist ja nicht ein einziger der RAF-Morde nach Schleyer bis heute aufgeklärt.«

»Glauben Sie etwa, Sie seien erfolgreicher gewesen?«, sagte sie abfällig.

Er nickte. »Ich zweifle nicht eine Sekunde daran.«

»Aus einem einfachen Grund vermutlich«, sagte sie verärgert. »Wahrscheinlich stecken Sie dahinter!« Sie stand auf und wandte sich an Glauberg: »Was mich betrifft, so habe ich allmählich genug gehört. Ich denke, wir können gehen.«

Glauberg sah sie an und nickte langsam. »Ja«, sagte er, »Sie haben wohl Recht.«

»Sie wollen schon gehen?«, sagte Wagner mit offenbar echtem Bedauern. »Nun wurde es doch gerade interessant.

Aber ganz, wie Sie wollen. Sollten Sie noch Fragen haben, dann rufen Sie mich jederzeit an. Ich werde Ihnen mit meinen langjährigen Erfahrungen gerne zur Seite stehen.«

»Vielen Dank«, sagte Paula Reinhardt abweisend, »aber wir kommen schon zurecht.«

Wagner begleitete sie zur Tür. Im Flur hingen zwei Originale von A. R. Penck, die von einem eigens gesetzten Licht, das er erst jetzt einschaltete, elegant beleuchtet wurden. Er versicherte noch einmal, wie sehr es ihn gefreut habe, diese Unterhaltung zu führen, es habe ihn verjüngt. Mit diesen Worten ließ er die beiden Polizisten hinaus, und mit einem leisen Schnappen schloss sich die Tür hinter ihnen. Das Treppenhaus war hell und roch nach frischer Farbe. Das Licht der Herbstsonne lag wie Seide auf den Wänden und fiel von dort auf die gewachsten Holzstufen. Sie gelangten zurück zur Haustür. Es war ein milder Tag.

13

Als sie im Wagen saßen, sagte Glauberg zu Paula Reinhardt, es habe Wagner vermutlich gefallen, dass es ihm gelungen sei, sie zu provozieren. Sie steuerte den Wagen eine Einkaufsstraße mit Apotheken und Gemüseläden hinunter. Auf den Werbeplakaten, die rechts und links vorüberzogen, herrschte Herbst. Die Bilder zeigten Menschen in Jacken und Pullovern, und gelegentlich rollte der Wagen an den Abbildungen riesiger Medikamentenschachteln vorbei.

Paula war immer noch aufgebracht. »Wahrscheinlich

stimmte nicht ein einziges Wort von all dem, was er uns aufgetischt hat. Das Stichwort hat er uns ja selbst geliefert: Desinformation.«

»Er betrachtet das Ganze als Spiel«, sagte Glauberg, »und er ist ein erfahrener Spieler. Was er zu sagen hat, würde er niemals geradeheraus sagen. Allerdings finde ich den Gedanken, dass Jacobi für etwas gestorben ist, was er wusste und nicht wissen durfte, zumindest bedenkenswert. Er mag mit der Bundesanwaltschaft kooperiert haben, nachdem man ihn in der DDR aufgespürt hatte, und ich nehme an, dass er alle Fragen, die man ihm seinerzeit gestellt hat, mehr oder weniger zur Zufriedenheit der damaligen Ermittler beantwortet hat, andernfalls hätte man ihn nicht so glimpflich davonkommen lassen – aber vielleicht musste er bei diesen Verhören ja gar nicht *alles* sagen, was er wusste. Vielleicht hat man ihm einfach die *falschen* Fragen gestellt.«

»Was für ein Wissen sollte das gewesen sein, das für ihn jetzt tödlich geworden wäre? Er gehörte nicht zum inneren Kern der RAF. Sein Wissen über die Kommandostrukturen oder die Details von Attentaten war notwendigerweise begrenzt.«

»Vielleicht hat das, was er wusste und was ihn das Leben gekostet hat, mit der RAF ja gar nichts zu tun.«

»Womit sonst? Mit der Stasi?«

»Möglicherweise«, sagte Glauberg. »Oder mit dem BKA.«

Sie sah ihn irritiert an.

»Verstehen Sie mich nicht falsch«, setzte er hinzu. »Ich will darauf hinaus, dass die Art, wie Jacobi getötet wurde, nur eines beweist: dass der Täter seine RAF-Vergangenheit gekannt haben muss. Mehr beweist es nicht. Woher der Täter dieses Wissen hatte, können wir nicht sagen. Und ob Jacobi wegen seiner Vergangenheit hat sterben müssen oder aus einem völlig anderen Grund, das wissen wir ebenfalls nicht. – Haben wir den Bericht der Spurensicherung eigentlich schon? Ich nehme an, die ersten Laborergebnisse müssten inzwischen da sein.«

Sie nickte. »Ja, aber es nicht viel dabei herausgekommen. Wie zu erwarten war, sind keine Fingerabdrücke gefunden worden und auch sonst nicht viel. Keine Haare, keine abgebrochenen Fingernägel. Der Mord wurde mit hoher Professionalität durchgeführt, aber das war uns ja bereits vorher klar.«

»Was ist mit der Waffe?«

»Jacobi wurde mit einem russischen Armeerevolver erschossen, das hilft uns auch nicht weiter.«

»Doch ein Hinweis auf eine Stasi-Connection?«

»Leider nicht. Solche Revolver können Sie sich heutzutage an jeder Straßenecke besorgen. Die werden regelrecht verschleudert. Natürlich kann man eine Stasi-Verbindung dadurch ebenso wenig ausschließen, was aber konkret bedeutet, dass die Waffe uns in der Sache leider keinen Schritt voranbringt.«

Glauberg nickte nachdenklich. »Und was ist mit Jacobis Familie? Er kam aus recht betuchten Verhältnissen, und man wird ihn dort nicht gerade geschätzt haben.«

»Er hatte keine Geschwister, und seine Eltern sind tot«, sagte sie. »Es gibt ein paar Cousins und Cousinen, und ich lasse das Umfeld gerade überprüfen, aber ich verspreche mir nicht allzu viel davon.«

Vor ihnen ragte die Kugel des Fernsehturms in den Himmel. Das Licht der niedrig stehenden Sonne wurde von den Fenstern reflektiert und durch die Wölbung zu einem senkrechten und einem waagerechten Balken auseinander gezogen, so dass ein großes leuchtendes Kreuz entstand, das über der Stadt zu schweben schien. Irgendwann parkte Paula Reinhardt den Wagen am Straßenrand und bot Glauberg erneut an, sie in ihr provisorisches Büro zu begleiten, aber er lehnte wiederum ab und erklärte, er werde in dem gegenüber gelegenen Café auf sie warten.

Sie hatten noch etwa zwei Stunden Zeit. Nachmittags waren sie mit einem Informanten verabredet, den man vor ein paar Jahren in die linksautonome Szene Berlins hatte einschleusen können. Sie würden den Mann, der unter dem Decknamen *Liebknecht* geführt wurde, in einem bürgerlichen Ausflugslokal im Grunewald treffen, weil dort kaum Gefahr bestand, anderen Mitgliedern der Szene zu begegnen. Paula Reinhardt hatte dieses Treffen mit der gleichen Routine arrangiert, mit der sie die gesamten Berliner Ermittlungen leitete. Zwar erkundigte sie sich hin und wieder bei Glauberg, ob er mit diesem oder jenem einverstanden sei, aber dies schien mehr pro forma zu geschehen. Sie ließ keinen Zweifel daran aufkommen, dass sie es war, die mit Rückendeckung ihrer Behörde die Richtung der Nachforschungen festlegte, und Glauberg setzte dieser Rollenverteilung keinen Widerstand entgegen.

Er betrat das Café und setzte sich an einen der Tische im hinteren Teil des Raumes. Durch die Fenster fiel das ungefilterte Licht der Stadt, eine nüchterne Helligkeit, in der die Menschen, die sich nach Café-Art mit ruhigen Stimmen unterhielten, wie die Darsteller ihrer eigenen vorübergehenden Anwesenheit wirkten. Glauberg nahm eine der Tageszeitungen, die nebeneinander an Wandhaken hingen, und blätterte darin, bis Paula nach einer halben Stunde den Raum betrat und eine Mappe auf den Tisch legte. Sie sagte, es gehe nun doch allmählich voran, es gebe jetzt eine Schätzung, wie lange Jacobi tot gewesen sei, bevor der Pfarrer ihn gefunden habe. Die Ärzte vermuteten, dass er etwa anderthalb Tage auf dem Stuhl festgebunden gewesen sein müsse, was bedeuten würde, dass er am Samstagabend oder in der Nacht zum Sonntag ermordet worden sei. Sie habe daraufhin noch einmal in jenem Krankenhaus angerufen, in dem Renate Siedler arbeite, und erfahren, dass sie in der Tat zwar Nachtdienst gehabt habe, aber erst ab Sonntag. Von Samstag auf Sonntag wechsele dort der Schichtrhythmus, so dass sie zwischen ihren beiden Diensten vierundzwanzig Stunden frei gehabt habe – Zeit genug, um den Mord zu begehen.

Glauberg sagte: »Sie war es nicht.«

Paula ließ sich einen Milchkaffee bringen und fuhr mit ihrem Bericht fort: Der Versuch, herauszufinden, was für einen Wagen der Pfarrer bei seinen morgendlichen Runden über die Deiche gesehen habe, gestalte sich schwierig. Unglücklicherweise interessiere sich Gnaatz nämlich nicht im Mindesten für Automarken, doch konnte man die Sache anhand von Fotos auf acht oder neun Modelle eingrenzen, beziehungsweise sogar auf drei, die er in die engere Wahl genommen habe. Außerdem habe man ihm Farbkarten von Autolacken vorgelegt, und wenn man die Grenzen seiner Aussage wiederum sehr eng ziehe und überprüfe, wie viele Wagen in Berlin in das sich dann ergebende Raster passten, so sei die Anzahl erstaunlich überschaubar, siebenundsechzig nämlich. Und da die meisten dieser Fahrzeuge sich zum Tatzeitpunkt wohl nachweislich in der Stadt befunden haben dürften, sei deren Überprüfung eine zwar mühselige, aber möglicherweise doch lohnende Angelegenheit. Sie habe die Sache jedenfalls in die Wege geleitet, schloss Paula Reinhardt und entnahm ihrer Mappe eine Liste mit den verdächtigen Fahrzeugen und den Namen ihrer jeweiligen Halter, die irgendein Computer ausgespuckt hatte.

Glauberg nahm die Liste entgegen und betrachtete sie eine Weile. Dann legte er die Blätter zurück auf den Tisch und erkundigte sich, ob unter den Kombi-Besitzern denn jemand sei, der bereits einmal in irgendeiner Weise auffällig geworden sei, durch die Teilnahme an Demonstrationen beispielsweise, den Aufenthalt in bestimmten Wohngemeinschaften oder eine Verbindung zur Staatssicherheit der DDR?

Paula schüttelte den Kopf. »Nein, sie sind alle sauber. Aber was eine Verstrickung in den Machtapparat der DDR angeht, liegen ja längst noch nicht alle Fakten auf dem Tisch. Ich habe mich bereits mit der Gauck-Behörde kurzgeschlossen und eine Überprüfung aller auf der Liste veranlasst, die bis neunundachtzig in der DDR gelebt haben. Es wird allerdings eine Weile dauern, bis wir in diesem Punkt Klarheit haben.«

Glauberg sah hinaus, wo sich vor einer Ampel bei Rot bunte Fahrzeugmischungen sammelten, kleine Stadtautos hielten vor Familienlimousinen, Mittelklassewagen neben Kleintransportern. An den Rückspiegeln baumelten hier und da Figürchen oder winzige Plüschtiere, und die Blicke der Fahrer wanderten in der Wartezeit zerstreut umher. Sie fühlten sich unbeobachtet und verborgen in der Vielfalt des Verkehrs. Keiner schien sich Gedanken darüber zu machen oder gar besorgt darüber zu sein, dass gerade diese Vielfalt es war, die ihn als Individuum identifizierbar machte. Das Licht war jetzt um die Mittagszeit klar und unbewegt. Glauberg trank seinen Kaffee aus, und Paula legte ihre Unterlagen zurück in die Mappe. Nachdem auch sie ihren Kaffee getrunken hatte, bezahlten sie und standen auf. Es war kurz nach eins.

14

Eine Vierstelstunde später steuerte Paula Reinhardt den Wagen auf den Zubringer zur Avus. Laubreste färbten den Wald zu beiden Seiten gelbbraun, und hier und da lag sogar noch eine Spur Grün in dem zarten Gewebe der Farben. Es herrschte nicht viel Verkehr, und die schnurgerade sechsspurige Autobahnschneise zog sich gleichförmig Kilometer um Kilometer bis zum südlichen Stadtrand hin. Glauberg erkundigte sich nach dem Informanten, den sie treffen würden.

»*Liebknecht?*«, sagte Paula Reinhardt. »Er heißt eigentlich Arno Röder. Wir arbeiten schon seit mehr als zehn Jahren mit ihm zusammen.«

»Ist er zuverlässig?«

»Informanten handeln selten aus Überzeugung. Ich glaube, für ihn ist es eine Art Job. Er nimmt das Geld und richtet sich damit sein Leben so ein, wie es ihm gefällt. Ich denke, er hält sich ganz gern im linksalternativen Milieu auf. Er hat dort seine Freunde und Gesinnungsgenossen, das sind ja nicht alles Kriminelle. Die Übergänge zur gewaltbereiten Szene sind fließend.«

»Kann jemand zuverlässig sein, der Informationen verkauft, um sich seinen Lebensunterhalt zu verdienen?«

»Sein Job ist es, zu liefern, und unserer, die Ware zu überprüfen.«

»Ja, so ist es vermutlich.«

Nachdem sie die Autobahn verlassen hatten, folgten sie einer Ausfallstraße Richtung Westen. Rechts lag die unbewegte glasgraue Fläche des Wannsees, mal von Bäumen, mal von Häusern gesäumt. Dann wieder fuhren sie durch Wald, und irgendwann bog Paula nach rechts auf eine schmale, kurvenreiche Straße. Schließlich erreichten sie das Ausflugslokal und stiegen aus. Der intensive Geruch von feuchtem Waldboden lag in der Luft. Sie betraten das aus schwarzem Holz erbaute Restaurant, in dem nur wenige Tische besetzt waren. *Liebknecht* alias Arno Röder saß an einem der Fenstertische und las Zeitung. Paula trat auf ihn zu und stellte ihm Glauberg vor.

»Ich dachte, Sie kommen allein«, sagte Röder. Er hatte ein spitzes, vogelartiges Gesicht mit kleinen Augen, aus denen heraus er Glauberg mürrisch und misstrauisch ansah. Seine Haare waren dunkel und dünn und fielen ihm halblang über die Ohren. Er war ungefähr vierzig, und in Glaubergs Blick lag eine leichte Irritation darüber. Vielleicht hatte er jemanden erwartet, der jünger war, einen Vertreter der Generation jener Streetfighter, wie man sie mit dem Begriff autonome Szene ja zunächst einmal verbindet. Er setzte sich auf den Stuhl rechts von Röder, während Paula Reinhardt auf seiner linken Seite Platz nahm.

Sie sagte: »Habe ich gesagt, ich käme allein?«

»Warum halten wir nicht gleich eine öffentliche Versammlung ab und informieren die Presse darüber?«, sagte Röder zynisch.

»Haben Sie den Eindruck, dass mehr als zwei Gäste in einem Ausflugslokal besonders auffällig sind?«

»Nicht Sie riskieren schließlich Ihren Arsch, sondern ich«, sagte er barsch und wandte sich wieder seiner Zeitung zu, las noch ein paar Sätze und faltete sie dann zusammen. Seine Hände waren lang und schmal, und das Weiße seiner Nägel war ungewöhnlich hell. Er zog seine Kaffeetasse näher zu sich hin, neben der ein Päckchen Tabak lag. Dann schwiegen sie, bis Glauberg und Paula Reinhardt bestellt hatten. Danach sagte er immer noch gereizt, aber zugleich mit selbstgefälligem Spott: »Also, worum geht es denn nun? Sind Sie und Ihre Kollegen denn zurzeit nicht allesamt damit beschäftigt, irgendwelche muslimischen Kamikazeflieger an deutschen Hochschulen aufzuspüren?«

Paula Reinhardt ließ sich nicht provozieren. »Wie beurteilt man in der Szene denn die Anschläge von New York?«

»Heimliche Freude bis offene Bewunderung, würde ich sagen. Die meisten sehen darin jedenfalls die unvermeidliche Quittung für das imperialistische Gebaren der Amis. Und natürlich stinkt allen die Eilfertigkeit, mit der jetzt landauf, landab Betroffenheit geheuchelt wird. Wenn irgendwo anders auf der Welt Millionen bei einer Hungersnot krepieren, kümmert es doch keinen. Da werden dann nicht mal eben schnell ein paar zusätzliche Milliarden locker gemacht.«

Paula Reinhardt nickte. »Verstehe. Aber eine direkte Beteiligung der Szene an solchen Anschlägen halten Sie für unwahrscheinlich.«

»Na ja, es gibt natürlich einen lockeren Kontakt zu türkischen und kurdischen Gruppen. Und bei diesen Muselmanen weiß man ja nie, wie es in deren Köpfen tickt«, sagte Röder und führte seine Kaffeetasse zum Mund. Seine Lippen waren trocken und blass. Er fügte hinzu: »Also geht es doch um diese Anschläge?«

Paula Reinhardt schüttelte den Kopf. »Nein, nicht im engeren Sinn.« Sie machte eine Pause, weil Glaubergs Kaffee und ihr Mineralwasser gebracht wurden. Dann fuhr sie fort: »Vor einer Woche ist in Schleswig-Holstein, in einem Dorf nahe der dänischen Grenze, ein ehemaliges Mitglied der RAF erschossen worden. Mein Kollege«, sie wies auf Glauberg, »ist der ermittelnde Beamte in dem Fall. Die Leiche wurde am Montagmorgen entdeckt. Sagt Ihnen der Name Hans Wolgast etwas?«

Röders Blick war geradeaus auf das Fenster gerichtet. Das Glas war alt und trübte stellenweise die Sicht. Der milde Herbsttag dort draußen wirkte weit entfernt.

»Wolgast, sagen Sie? Das muss schon eine Weile her sein, dass ich den Namen gehört habe. War das nicht einer von diesen DDR-Aussteigern?«

Sie nickte. »Man hat ihn Anfang einundneunzig aufgespürt und kurz darauf zu zwei Jahren Haft verurteilt. Soweit wir wissen, war er danach nicht mehr aktiv und hatte keinen Kontakt zu seinen ehemaligen Mitkämpfern. Der Mord hat uns in diesem Punkt aber unsicher gemacht, denn Wolgast ist regelrecht hingerichtet worden. Wussten Sie, dass er während des Verfahrens gegen ihn mit der Bundesanwaltschaft kooperiert hat?«

»Ja … jetzt, wo Sie es sagen.« Er nahm sich Zeit und ließ

seinen Zeigefinger über den Nasenrücken gleiten. »Er ist einer von diesen Umfallern, die im Osten zu Kleinbürgern geworden sind und denen es nur darum ging, möglichst schnell in ihr Reihenhäuschen zurückzukehren. Ekelhaft.«

Glauberg, der die ganze Zeit über schweigend danebengesessen hatte, sagte jetzt: »Stört es Sie, wenn jemand keine Lust mehr hat, Bomben zu legen?«

Röder sah ihn abfällig an, als sei es unter seiner Würde, sich als Großstadtspitzel mit einem Polizisten aus Niebüll zu unterhalten. »Es stört mich, wenn jemand verspießt. Wenn jemand zu bequem wird, die Ungerechtigkeiten in der Welt zu benennen, und stattdessen so tut, als sei alles in Ordnung. *Das* stört mich.«

»Ich verstehe«, sagte Glauberg. »Und Sie meinen, man müsse sich nicht wundern, wenn so jemand irgendwann erschossen aufgefunden wird.«

»Das habe ich nicht gesagt.«

»Doch, haben Sie«, sagte Glauberg verärgert und sah Röder jetzt direkt an. »Wo waren *Sie* denn eigentlich in der Nacht von Samstag auf Sonntag vor einer Woche?«

Röder war eine Sekunde lang irritiert, dann sagte er: »Was soll das denn jetzt? Muss ich mich hier etwa verteidigen?«

»Vielleicht«, sagte Glauberg. »Woher sollen wir das wissen? Tun Sie doch nicht so, als müssten Sie erst groß in Ihrem Gedächtnis wühlen, wenn es um Wolgast geht. Die RAF-Aussteiger sind Ihnen ein Dorn im Auge, und vermutlich ja nicht nur Ihnen. Alles, was Sie hier tun müssen, ist, verwertbare Informationen zu liefern, anstatt Theater zu spielen.«

»Verwertbare Informationen?«, presste Röder gedämpft hervor, und sein Blick flackerte wütend. »Was soll denn das heißen: verwertbare Informationen?!«, wandte er sich protestierend an Paula Reinhardt. »Muss ich mir hier etwa von einem Dorfpolizisten vorschreiben lassen, wie ich meine Arbeit zu machen habe?« Er griff nach dem Päckchen Tabak, öffnete es und fischte die Zigarettenpapierchen heraus. »Im Untergrund«, fuhr er gereizt fort, »geht es etwas unübersichtlicher zu als auf irgendwelchen Halligen. Die linksautonome Szene ist von Natur aus paranoid. Überall sieht man Verschwörungen und Verfolgungen, Corps und Clans, Logen und Kartelle und Konspirationen. Linke Theorien sind Großstadttheorien und keine geistigen Stillleben. In den Großstädten zeigt das Kapital seine hässliche Fratze, und in den Großstädten muss die Gegengewalt organisiert werden. Aber wie kämpft man gegen einen Feind, der nirgendwo wirklich sichtbar ist? Was wir zu sehen bekommen, ist nur die gefälschte Oberfläche, sind marionettenhafte Repräsentanten des Systems. In Großstädten ist nichts, wie es scheint. Verstehen Sie? Das, was ich tue, ist nicht etwa die Ausnahme, sondern die Regel. Jeder kämpft seinen eigenen verborgenen Kampf, und niemand ist das, was er vorgibt zu sein. Nach außen hin tun wir so, als ob wir ein zusammenhängendes Leben hätten, aber in Wirklichkeit weiß doch keiner, was er ist. Wir schleppen unser Leben mit uns herum wie Plastiktüten, in denen mal dies und mal jenes drin ist. *Das* ist ein Großstadtleben, verstehen Sie! Und der Unterschied zwischen dem einen und dem anderen ist nur, ob man sich zum Kapital dazugehörig fühlt und ein dickes Auto fährt oder ob man mit den Underdogs kämpft, mit denen, die nie eine Chance gehabt haben in diesem Krieg aller gegen alle!« Er faltete das Zigarettenblättchen auf und zupfte mit seinen dünnen Fingern etwas Tabak aus der Packung. In dem schwachen Licht der Gaststube wirkte seine Haut bläulich grau. Eine Großstadthautfarbe vielleicht. Während er den Tabak zerbröselte und zu drehen begann, sagte er: »Ja, wir sind im Krieg, in einem beschissenen Krieg. Und da sprechen Sie von verwertbaren Informationen! Das ist ja ein Witz! Wenn jeder gegen jeden kämpft, dann gibt es keine verwertbaren Informationen, sondern nur einen Dschungel aus Egoismus und Verzweiflung. Wonach auch immer Sie suchen: Sie finden zu jeder Information die Gegeninformation, zu jedem Glauben den Gegenglauben, zu jedem Leben den Tod. Das«, sagte er und streckte die Zunge heraus, um die Klebelinie des Blättchens anzulecken, »das ist die verdammte Wahrheit.«

Er nahm das Feuerzeug vom Tisch und zündete sich die Zigarette an, die ziemlich dünn geraten war, kaum kräftiger als ein Streichholz. Seine Züge entspannten sich kurz, als er den Rauch einsog. Im warmen Licht des Feuerzeugflämmchens, das sein Gesicht für einen Moment traf, wirkte er verbittert und einsam.

Glauberg sagte: »Na gut, na gut. – Die Welt steht also wieder einmal kurz vor ihrem Untergang. Das kommt ja regelmäßig vor, aber mein Problem ist ein anderes. Bevor endgültig das Licht ausgeht, möchte ich noch einen Mörder finden, das ist alles. Irgendjemand hat vor einer Woche einen russischen Armeerevolver auf den Kopf eines Menschen gerichtet und abgedrückt. So gewöhnlich ist der Tod, und so gewöhnlich ist mein Job. Ich will wissen, wer – das ist alles.«

Röder stieß den ersten Zug mit geringschätziger Deutlichkeit aus und schüttelte den Kopf. »Wer?«, höhnte er und zog noch einmal an der Zigarette. »Sie glauben wirklich, es gäbe noch einzelne Individuen, die einzelne Taten vollbringen aufgrund ihres eigenen Willens? In welcher Welt leben Sie denn? Sie denken immer noch in Kategorien der Individualität, wo längst Netzwerke die Kontrolle über den Fortgang der Geschichte übernommen haben. Ich habe den Eindruck, Sie mögen mich nicht, aber ich sage Ihnen etwas: Ich habe mit meiner Existenz längst die Konsequenzen daraus gezogen, dass es keine Individualität, keine logischen Schicksale mehr gibt. Ich bin nicht *ein* Mensch, sondern ich bin hunderttausend Menschen. Ich bin die gesamte schizophrene Geschichte der Menschheit. Ich bin ein Schrotthaufen aus Informationen und Gegeninformationen. Und der Mörder, den Sie suchen, oder vielmehr dieses Wesen, das Sie naiv den Mörder nennen, ist genauso nichts. Es ist ebenso wenig ein Individuum, sondern eine unendliche Menge von historischem Müll, von unkontrollierbar wuchernden Informationen, die sich in einem bestimmten Moment übersteigerten Glaubens, in einem Moment des Wahns dazu verdichtet haben, irgendjemand einen russischen Armeerevolver auf eine Schläfe richten und abdrücken zu lassen. Abdrücken auf einen ebensolchen Haufen Weltmüll. Das ist es, was Töten heißt: Das Chaos vernichtet sich selbst und produziert dabei wieder neues Chaos. Es vermehrt sich durch Vernichtung. Und wenn Ihnen das nicht klar ist, dann werden Sie niemals Erfolg haben. Sie werden niemals diese Ansammlung von Schizophrenie finden, die Sie den Mörder nennen, dieses Mitglied der Familie Homo meinetwegen, aber was heißt das schon? Es bedeutet nichts, weil Menschsein nichts mehr bedeutet. Und es ist ganz klar, dass dieser Mord, den Sie Ihren *Fall* nennen, in ganz besonderer Weise ein schizophrenes Verbrechen ist. Eine vollkommen sinnlose und vergebliche Tat, wie heutzutage ja alles sinnlos und vergeblich ist.«

Röders gräuliche Gesichtshaut hatte sich während der Rede nicht belebt. Er hielt die Zigarette zwischen den Kuppen von Daumen und Mittelfinger seiner rechten Hand und klopfte mit dem Zeigefinger gelegentlich nervös auf ihr herum, auch wenn sich noch kaum Asche gebildet hatte. Seine Art zu reden war abweisend und dozierend. Er sah einen nicht an dabei.

Glauberg sagte: »Waren Sie schon einmal an der Küste?«

Die Frage verwirrte Röder einen Moment lang, aber dann hatte er sich wieder im Griff. »Was soll ich da in diesem dämlichen Idyll?«

»Haben Sie schon einmal etwas von Ebbe und Flut gehört?«

»Noch einmal: Was soll diese blöde Frage?«

Glauberg sagte: »Wissen Sie, ich gehe ab und an zum Strand und stelle mich auf die Dünen. Gerade im Herbst kann man dort stundenlang für sich sein. Es ist, als wäre man vollkommen allein auf der Erde. Ich stehe dort und beobachte, wie das Meer höher und höher steigt, wenn die Flut kommt. Das ist alles, was ich tue. Und es ist alles, was ich brauche: diese graue Fläche, über der mal ein blauer Himmel liegt, mal Wolken und mal eine milchige Sonne. Es kann windig sein oder windstill, mal ist die Luft hart wie Eis und mal seltsam weich. Eins aber ist immer gleich: Alle sechs Stunden kriecht das Wasser auf einen zu. Es kommt näher und näher, und je nachdem, wo man steht, nähern sich einem allmählich die Zungen der Wellen. Jedes Mal kriechen sie einem ein Stück weiter entgegen, und irgendwann sind sie da, direkt vor einem, wo noch vor zwei Stunden eine weiße Sandfläche war. Und so ist es schon seit weiß der Teufel wie viel Millionen Jahren: Alle sechs Stunden kriecht das Wasser an den Strand. Es steckt keine Schizophrenie dahinter und keine Gegeninformation. Es gibt keine Gegen-Gezeiten. Das Wasser kommt und geht und kommt und geht. Und glauben Sie mir: Wenn das, was Sie hier als Großstadtparanoia und Schizophrenie feiern, wieder verschwunden ist, dann wird das Wasser immer noch steigen und fallen und steigen und fallen. Und mit genau dieser Gesetzmäßigkeit, mit der unabweisbaren Realität dieses Vorgangs, der so ist, egal ob ich auf der Düne stehe und ihn beobachte oder nicht – mit der gleichen unabweisbaren Realität hat jemand vor einer Woche einen Mord begangen, den niemand beobachtet hat, außer dem Mörder selbst. Dieser Mord hat stattgefunden, so sicher, wie in den nächsten sechs Stunden das Wasser der Nordsee seinen Höchststand erreichen und danach wieder zurückfließen wird. Es hängt nicht von mir ab und nicht von Ihnen. Es hängt von niemandem ab. Und wenn Sie nicht in der Lage sind, diesen Zusammenhang zu sehen, dann sind Sie selbst ein Teil jener Schizophrenie-Herde, als die Sie die Menschheit bezeichnet haben, und ich bin Gott, der dort, wo Sie nur in der Lage sind, das Chaos wahrzunehmen, die Ordnung der Dinge sieht. Jene Ordnung, die allem zugrunde liegt und die zu sehen Ihr Verstand offenbar nicht ausreicht.«

Röder hatte mit wachsendem Unmut zugehört. Man spürte, dass er kein besonders guter Zuhörer war, sondern jemand, der es vorzog, selbst zu reden. Seine dünne Zigarette war schon fast heruntergebrannt. Er nahm den Rest vorsichtig zwischen die Lippen und kniff das linke Auge zu, um sich vor dem aufwirbelnden Rauch zu schützen.

»Das ist ja der größte Unsinn, den ich je gehört habe! Der Mann ist ja verrückt«, schimpfte er gedämpft und wandte sich Paula Reinhardt zu. »Der ist doch verrückt. Er hält sich für Gott. Paula, wie können Sie denn mit so jemandem zusammenarbeiten? Mit einem, der glaubt, man brauche nur in den großen Weltfernseher zu gucken und irgendein Band zurückzuspulen, um zu erfahren, was geschehen ist. Und ich soll derjenige sein, der das Knöpfchen drückt, die Rückspultaste. Na, der ist ja ein Witzbold!«

Paula Reinhardt hatte die Auseinandersetzung zwischen Röder und Glauberg mit unbeteiligter Miene verfolgt. Es schien, als habe etwas anderes sie beschäftigt, aber jetzt stellte sich heraus, dass sie zugehört hatte. Sie sah Röder an und sagte: »Es muss ja nicht gleich die gesamte Aufzeichnung sein. Ein paar bruchstückhafte Einstellungen würden uns schon reichen.«

Röder quetschte seinen Zigarettenstummel in den Aschenbecher und sagte: »Bruchstücke, Fragmente – ja, die gibt es immer. Die Welt besteht ja nur aus Bruchstücken und Fragmenten. Wir sind umgeben von Zeichen, deren Bedeutung kein Mensch versteht, als wären die Großstädte selbst ein riesiges Grafitti, ein Kosmos aus Runen: Das Ganze ergibt keinen Sinn«, befand er und lehnte sich zurück, »aber natürlich kann ich Ihnen das eine oder andere Wort entziffern.«

»Zum Beispiel?«

Er ließ sich mit der Antwort einen Moment Zeit und wandte sich mit halb wichtigtuerischer, halb echter Nervosität zur Tür, als stehe das, was er nun zu sagen beabsichtigte, in besonderer Weise unter dem Siegel der Verschwiegenheit. Das Restaurant hatte sich inzwischen gefüllt, etwa die Hälfte der Tische war jetzt besetzt, so dass ein Stimmenteppich entstanden war, in dessen Gewebe seine Äußerungen unbemerkt versickern konnten.

»Es gibt Bestrebungen«, sagte er schließlich, »eine völlig neue Phase des Kampfes einzuleiten. Das Bewusstsein der Ohnmacht hat sich verstärkt, und daran ändern auch die Anschläge in New York nichts – im Gegenteil. Sie zeigen nur, wie sehr wir hier hinterherhinken, wie demütigend ungefährlich wir sind. Schon seit Jahren schwelt in der Szene ein enormer Hass auf die früheren RAF-Generationen, die mit ihrem DDR-Ausstieg den Beweis angetreten haben, dass die erste Phase des bewaffneten Kampfes überhaupt nicht funktionieren konnte. Wie soll sich denn jemals etwas ändern, wenn sich herausstellt, dass die, die sich als die Avantgarde der Gesellschaft verstehen, im Grunde nichts anderes sind als kleinbürgerliche Spießer, die sich nach einem Leben in der DDR gesehnt beziehungsweise diesen Strohhalm ergriffen haben, sobald er sich ihnen bot? Nein – inzwischen ist allen klar, dass der eigentliche Kampf von einer völlig neuen Generation ausgehen muss, von einer Großstadtgeneration, die mit Szene-Journalisten und Pfarrerstöchtern so viel zu tun hat wie eine Kriegserklärung mit Lifestyle-Kolumnen oder dem Vaterunser. Es muss eine Generation sein, die in diesem Metropolendschungel aufgewachsen ist, der keinerlei Sinnbezüge mehr zur Verfügung stellt. Eine Generation, die die Leere des Kapitals und die allgegenwärtige Manipulation am eigenen Leib erfahren hat. Eine Generation des 21. und nicht des 20. Jahrhunderts – das ist, kurz gesagt, so eine Grundstimmung in der Szene«, sagte Röder und unterbrach seine Rede für einen Moment. Er kam allmählich in Fahrt.

Glauberg stellte fest: »Dieser Generation gehören Sie ja nicht gerade an.«

Röder verzog das Gesicht. »Ebenso wenig wie Sie«, grunzte er, seine Abneigung gegen den Polizisten offen zum Ausdruck bringend. »Aber wenn Sie weniger persönlich wären, dann würden Sie darin vielleicht mehr sehen als lediglich einen Anlass zur Polemik. Es geht tatsächlich um Generationen. Die Väter müssen sterben, damit die Enkel zu ihrem Recht kommen – das ist der Gedanke, der sich *mir* aufdrängt. Vielleicht musste Jacobi ja aus einem einfachen Grund sterben: weil er schon tot war. Ich gebe zu, ihn wirklich – physisch – zu töten war ein Akt der Schizophrenie und des Chaos, aber vielleicht war genau das der Plan: etwas zu tun, dessen Sinn in nichts anderem mehr liegt als im Vollzug der Sinnlosigkeit.«

Er brach ab, um seinen Ausführungen eine besondere Wirkung zu verschaffen. Glauberg nickte, als billige er zumindest dem letzten Satz eine gewisse Gültigkeit oder zumindest Plausibilität zu. Paula Reinhardt sagte: »Schön und gut, aber haben Sie es nicht etwas konkreter? Ich meine, wer käme für so eine Aktion in Frage? Und zweitens, warum hat man sich ein Opfer ausgewählt, das nie eine Hauptrolle auf der Bühne des revolutionären Kampfes gespielt hat? Wenn es wirklich darum ging, mit der ersten Generation der RAF zu brechen, warum hat man sich nicht einen prominenteren Aussteiger vorgenommen?«

»Mein Gott, woher soll ich das denn wissen?«, sagte Röder. »Sie müssen anfangen, so zu denken wie die, die Sie suchen.«

Glauberg sagte: »Ich denke, Sie gehören zu denen. Denken Sie für uns wie die und sagen Sie uns die Antwort auf unsere Fragen.«

»Warum sollte ich das tun?«

»Weil Sie dafür bezahlt werden.«

»Ich werde dafür bezahlt, dass ich meinen Arsch riskiere, und nicht dafür, der Polizei Nachhilfeunterricht zu geben. Aber wenn Sie mich ausreden lassen würden, kämen wir ja vielleicht noch zu dem Punkt, der Sie so brennend interessiert.«

»Bitte sehr«, sagte Glauberg.

Röder ließ sich noch eine Tasse Kaffee bringen. Es gefiel ihm, dass er das Tempo bestimmte. Seine Intelligenz, über die er zweifellos verfügte, war selbstgerecht und misanthropisch. Er selbst war zu alt, um aus den einstigen Dogmen noch auszusteigen. Er würde zwischen abgegriffenen Schallplatten und Büchern sterben, unverheiratet und kinderlos. Und er würde glauben, immer Recht gehabt zu haben.

Nachdem er Zucker in seinen Kaffee gerührt hatte, sagte er: »Es gibt eine kleine, aber ernst zu nehmende Gruppe innerhalb der militanten Szene, die das Konzept des Großstadtkampfes für falsch hält. Denn Großstädte sind von sich aus brutal und zerstörerisch. Sie zerstören die Umwelt und sie zerstören die Menschen. In den großen Städten verpufft der Terror, weil sie selbst in ihrem Kern terroristische Einrichtungen sind. Orte der unberechenbaren Gewalt. Seelenvernichtungsmaschinen.« Er sprach jetzt mit Ruhe, fast mit Konzentration. Vielleicht war er wirklich überzeugt von dem, was er sagte, als gehöre er selbst dieser Gruppe an, deren Ideen er zum Ausdruck zu bringen versuchte. Sein Blick war auf das

Fenster gerichtet und die stille Präsenz der Herbstlandschaft dahinter. Er sagte: »Man muss den Terror in die Provinzen tragen, wenn er mehr sein soll als eine Facette der Gewalt auf den Straßen. Noch gibt es eine antiextremistische Solidarität zwischen Stadt und Land, und die gilt es zu zerstören. Die Provinzbevölkerung muss begreifen, dass der Terror nicht das Werk von ein paar Verrückten ist, sondern das logische Produkt der Metropolen. Eine Konsequenz der Zukunft. Man muss sich entscheiden zwischen einer Welt der Gewalt, des Kapitals und der Hemmungslosigkeit und Entwurzelung und einer der Verwurzelung und Tradition. Jeder muss diese Entscheidung treffen. Der Kulturkampf, den manche voraussagen, wird stattfinden, doch er wird nicht zwischen den Kulturen ausgetragen werden, sondern direkt in ihnen, auch wenn es im Moment noch nicht danach aussieht. Es muss so kommen, und jeder, der einen klaren Blick auf die Dinge hat, kann das sehen.« Er machte erneut eine Pause und strich sich mit der Hand übers Kinn, auf dem der dunkelblaue Schatten seines Bartwuchses lag, der sich bis hinunter zum Kragen seiner gelbbraunen Lederjacke zog. Das Leder war trocken und alt, und die Jacke war schon lange aus der Mode. Schließlich fuhr er fort: »Man hat in der Szene das Schicksal der DDR-Aussteiger mit einer Mischung aus Desinteresse und Verachtung verfolgt. Hans Wolgast war in dem Zusammenhang nie von besonderem Interesse, aber soweit ich weiß, war wohl bekannt, dass er sich irgendwohin aufs Land zurückgezogen hatte, und er stand mit diesem Rückzug nicht nur für die Zurückweisung des bewaffneten Kampfes, sondern zugleich für die Anerkennung des antimodernen ländlichen Harmonie- und Idyllenstrebens. Er ist zwar nicht gerade eine

Symbolfigur, aber sein Lebensweg und die Tatsache, dass er sich in seiner aktiven Zeit offenbar nicht wirklich schuldig gemacht hat, machen ihn in jedem Fall zu einem potenziellen Sympathieträger für eine müde gewordene Linke, und ich bin gespannt, was geschieht, wenn der Mord öffentlich wird. Wolgast verkörpert das Scheitern der Revolution und den Rückzug in die Isolation und die Fortschrittsverweigerung. Ein besseres Opfer als ihn konnte man von einem gewissen Standpunkt aus vielleicht gar nicht finden.«

Paula Reinhardt nickte nachdenklich. Sie war bemüht, Röder gegenüber konziliant zu wirken und ihm nicht das Gefühl zu geben, selbst eine gescheiterte Existenz zu sein. Ihr Gesicht wirkte in dem blassen, durch die kleinen Fenster hereindringenden Herbstlicht flächig und nichts sagend. Überhaupt schien es manchmal, als sei sie nichts, wenn sie nicht die spielte, die sie war.

Jetzt sagte sie: »Nun gut, ich bin mir nicht sicher, ob ich verstehe, was Sie meinen, aber vielleicht ist das ja auch nicht nötig. Wenn Sie Recht haben, dann ist die Logik des Terrors die, dass es keine gibt. Sagen Sie uns, wer für einen Mord in Frage kommt, der sinnlos ist. Wer wäre verrückt genug, etwas zu tun, was niemand verstehen soll?«

Röder lehnte sich zurück. Seine Züge entspannten sich, und er griff noch einmal zu seinem Tabakpäckchen. Es schien, als sei er nun am Ziel, wo auch immer das sein mochte. Die beiden Polizisten waren von ihm abhängig, davon, dass er redete. Vielleicht war er ja Informant aus Überzeugung und weil die Rolle ihm lag. Ein abgehalfterter Theoretiker, gestrandet irgendwo zwischen den bürgerlichen Moralbegriffen und deren kruden Kehrseiten.

»Sie wollen Namen?«, sagte er und begann, noch eine Zigarette zu drehen. »Es ist eine zweischneidige und gefährliche Sache, mit Namen um sich zu werfen.«

»Sie sollen nicht mit Namen um sich werfen«, sagte Paula. »Zwei oder drei würden uns schon genügen.«

»Ich muss mit diesen Leuten zusammenleben«, sagte er. »Und ich habe keine Lust, Ihnen jemanden ans Messer zu liefern, nur damit Sie hinterher den Medien einen Mörder präsentieren können. Es ist ja allgemein bekannt, wie die Dinge in solchen Fällen laufen.«

»Ist es das?«, sagte sie.

»Sie stehen doch mehr denn je unter Erfolgszwang.«

Glauberg sagte: »Wir präsentieren keine Mörder, sondern wir finden sie.«

»Ich habe aber den Eindruck, dass Sie noch nicht einmal wissen, wo Sie suchen sollen«, sagte Röder.

»Und das gefällt Ihnen?«

»Muss ich die Polizei mögen, nur weil ich ihr gelegentlich weiterhelfe?«

»Sie mögen nichts«, sagte Glauberg. »Nicht einmal sich selbst.«

Röder leckte das Zigarettenpapier an und nahm das Feuerzeug vom Tisch. Bevor er das Flämmchen zünden ließ, blickte er auf und sah Glauberg an. Einen Moment lang trafen sich die Blicke der beiden Männer, und es war klar, dass es nichts gab, das an ihrer gegenseitigen Abneigung etwas hätte ändern können. Röder verzog den Mund zu einem dreckigen Grinsen, als er das Feuerzeug schnappen ließ und sich die Zigarette anzündete.

»Das klingt«, sagte er, »als wüssten Sie, wovon Sie redeten.« Er stieß den Rauch aus, klopfte die erste Asche ab und fügte boshaft hinzu: »Ich frage mich nur, woher?«

Als Paula Reinhardt den Wagen durch den Wald zurück zur Hauptstraße steuerte, sagte sie: »Dieser Röder ist schon ein eigenartiger Mensch.«

Glauberg sagte: »Ich bin mir nicht sicher, ob wir solche Leute bezahlen sollten. Es ist so, als würden wir den Terrorismus gleich selbst finanzieren.«

»Gewisse Überschneidungen kann man da nicht vermeiden. Sie hätten Röder nicht so hart anfassen sollen. Auf seine Weise ist er ja einer von uns.«

»Ich hoffe nicht.«

Sie hob die Schultern. »Er nützt uns, also sollten wir nicht so zimperlich sein.«

»Ich finde nicht, dass er uns sehr viel gesagt hat. Und ob das Wenige wirklich nützlich ist, muss sich noch herausstellen. Nur mit seiner Bemerkung, dass wir nicht so genau wissen, wo wir suchen sollen, hatte er ja leider Recht.«

»Ich fand seine Ausführungen über die Unterschiede zwischen den Terroristengenerationen recht interessant. Dass vieles von dem, was er gesagt hat, keinen Sinn ergibt, liegt nicht an ihm, sondern daran, dass der Terrorismus an sich irrational ist. Es ist eben schwierig, etwas verstehen zu wollen, auf das sich die üblichen Begriffe von Vernunft nicht anwenden lassen.«

Glauberg sagte: »Ich glaube nicht, dass Jacobi ermordet worden ist, weil er sich ins bürgerliche Lager zurückgezogen hat. Aber zugegeben: Ausschließen kann ich es auch nicht. – Was wollen Sie mit denen machen, die Röder uns genannt hat?«

»Wir werden sie zunächst einmal unauffällig überprüfen. Mal sehen, was der Computer zu jedem Einzelnen ausspuckt. Ich denke, ich fahre noch einmal ins Büro. Was ist mit Ihnen?«

»Sie können mich irgendwo in der Stadt rauslassen. Im Freien kann ich am besten nachdenken.«

»Auch ohne das Meer?«

»Sie haben Recht. Das Meer fehlt mir.«

»Die Regelmäßigkeit von Ebbe und Flut?«

Nach einer Weile sagte er: »Es mag ein altmodischer Standpunkt sein, aber ich glaube, dass die Dinge Gesetzmäßigkeiten folgen, die wir verstehen können, wenn wir es nur wollen.«

Sie ließen den Wald hinter sich und näherten sich den ersten Häusern. Glauberg sah aus dem Fenster, kleine, lanzenförmige Wolken stapelten sich am Horizont, während der Rest des Himmels wolkenlos und in jenem faden Blau verblasster Farbfotografien über den Dächern lag. Der Verkehr war jetzt dicht, aber die meisten Wagen fuhren aus der Stadt heraus, es war Freitagnachmittag. Und wenn die Pathologen Recht hatten, dann war sein Bruder jetzt seit sieben Tagen tot.

15

An der Ecke Friedrichstraße und Französische Straße stieg er aus. Es herrschte reger Einkaufsbetrieb, und die Fassaden spiegelten sich auf der gebogenen Glasfront des Lafayette. Von der Französischen Straße aus fuhr er mit der Linie 2 Richtung Westen. Irgendwann hob sich der Zug an die Oberfläche der Stadt und noch darüber hinaus auf eine Hochbahntrasse. Unter den Gleisen lag ein Industrieareal, und dahinter sah man die Hochhäuser des Potsdamer Platzes, eine flächige blassfarbige Häufung von Gebäuden, die miteinander zu verschmelzen schienen. An der Station Deutsche Oper stieg Glauberg aus. Über der Bismarckstraße schwebte die goldene Figur der Siegessäule im Dunst des dichten Verkehrs. Das Opernhaus stammte aus den sechziger Jahren und war ein Monument der hässlichen architektonischen Ideale dieser Zeit. Über der breiten Glasfront des Entrees lastete schwerer Beton, und der Schieferboden im Foyer verbreitete den Eindruck intellektueller Kälte. Rechts lagen die Kassenschalter, von denen einer besetzt war. Glauberg erkundigte sich nach den Vorstellungen der nächsten Tage und ob es für diese jeweils noch Karten gebe. Im Besonderen, sagte er, sei er interessiert an der Aufführung der *Zauberflöte* am Sonntag. Die Ticketverkäuferin trug eine Lesebrille und behandelte ihn mit blasierter Strenge. Ja, nickte sie, nachdem sie irgendetwas in ihren Computer eingegeben und ihren Brillenblick eine Weile auf den Bildschirm geheftet hatte, es gebe noch Karten für die Aufführung der *Zauberflöte*, aber nur noch solche in den ersten Reihen des Parketts, die mithin nicht billig seien. Günstiger sei es, Glauberg entscheide sich für die *Moses-und-Aaron*-Vorstellung am heutigen Abend. Für diese Aufführung gebe es – wie bei den Werken der Moderne üblich, fügte sie belehrend hinzu – noch reichlich Karten in jeder Preisklasse. Glauberg nickte und nahm zwei Karten für die *Zauberflöte* und eine für *Moses und Aaron*.

Als er das Foyer verließ, sah er auf die Uhr, es blieben ihm noch knapp zwei Stunden bis zum Beginn der Vorstellung.

Über der Bismarckstraße lag jetzt die Dämmerung mit ihrem metallischen Schimmer. Die Wolken im Westen hatten sich an ihrer Unterseite rosa verfärbt, und die meisten Autos fuhren inzwischen mit Licht. Das Opernhaus wirkte in der einsetzenden Dunkelheit noch schwerer und abweisender als am Tag.

Glauberg überbrückte die Wartezeit in einer nahe gelegenen Buchhandlung, deren Verkaufsfläche mehrere Stockwerke umfasste. In den Abteilungen für Ökonomie und für Geschichte erkundigte er sich nach Titeln über die Wirtschaftsbeziehungen zwischen der Bundesrepublik und der ehemaligen DDR, aber man hatte nicht viel zu dem Thema. Das Interesse an der DDR sei allgemein nur noch sehr gering, erklärte man ihm, vor allem in ökonomischer Hinsicht. Glauberg nickte. Er blätterte eine Stunde lang in ein paar Büchern, die mit dem Thema zumindest entfernt zu tun hatten, und machte sich dann auf den Weg zurück zur Oper.

Draußen war es jetzt dunkel und kalt. Der Tag war milde gewesen, aber in den Nächten kündigte sich mehr und mehr der Winter an. In drei Wochen begann die Adventszeit, in den Schaufenstern der Läden hatte sie schon lange begonnen. Es war das erste Jahr seit langem, in dem eigentlich nicht klar war, wo Glauberg die Weihnachtstage verbringen würde. Er hatte mit Sylvia noch nicht darüber gesprochen, aber Felix würde ein Geschenk erwarten, egal ob sein Vater am Heiligen Abend zu Hause wäre oder nicht. Vor einem Jahr hatte Sylvia ihm vorgeworfen, er mache sich keine Gedanken über Geschenke und all das sei ihm nur lästig. Es war kein sehr frohes Fest mehr gewesen.

Glauberg betrat das Opernhaus, in dem nicht sehr viel

Betrieb herrschte. Das Publikum, das sich im Foyer fast verlor, machte einen bewanderten Eindruck und sah der Vorstellung mit unaufgeregter Routine entgegen. Glauberg schlenderte an den verschiedenen Garderobentresen vorbei und gab seinen Mantel schließlich bei einer älteren Dame ab, die kaum etwas zu tun hatte und in deren Rücken nur wenige Kleidungsstücke an den Haken hingen.

Auch im Innern war das Haus von geometrischer Nüchternheit, über eine offene, mit sandfarbenem Teppichboden belegte Treppe gelangte man in ein zweites Foyer, in dem ein paar ausgewählte Plakate von früheren Aufführungen an den Wänden hingen, und an einem hufeisenförmigen Verkaufsstand wurden CDs und Bücher angeboten, Opernaufnahmen und Musikliteratur. Glauberg nahm einen schon etwas abgegriffenen Jubiläumsband in die Hand, den man zum fünfundzwanzigjährigen Bestehen des Opernhauses herausgegeben hatte und der eine Sammlung von Szenenfotos mit kurzen Beschreibungen der jeweiligen Aufführungen enthielt. Die großen Gesten der Sänger wirkten auf den kleinen Bildern übertrieben und vergeblich, als würden sie hoch aufragende Berge um etwas anrufen oder das Meer. Glauberg kaufte das Buch und blätterte darin, während er am Buffet einen Kaffee trank, und als es klingelte, blieb er stehen und beobachtete das Publikum, das sich ohne Gedränge ins Parkett begab, bis sich die Türen schlossen. Für ein paar Momente wurde es still, dann drang ein kurzer Applaus aus dem Zuschauerraum in die Leere des Foyers, der schnell wieder verklang, und schließlich begann die Oper mit einem gesprochenen, müde klagenden Monolog, der von den geschlossenen Türen zudem gedämpft und erst nach einer Weile vom Orchester mit kargen disharmonischen Klängen begleitet wurde. Glauberg trank seinen Kaffee aus und ging langsam zu der breiten Fensterfront des Foyers, durch die man auf die Bismarckstraße hinabsehen konnte, auf deren zehn Spuren der Verkehr gleichförmig dahinströmte. Die Musik verband sich nicht mit dem Abend dort draußen, sie blieb einsam in ihrer verzweifelten Komplexität.

Glauberg stieg die Treppe hinunter zu den Garderoben. Die ältere Dame, die seinen Mantel entgegengenommen hatte, saß hinter ihrem Tresen und las, und als er sich ihr näherte, sah sie auf und erkannte ihn wieder. »Die modernen Werke sind nicht unbedingt das, was man hören will, nicht wahr?«, sagte sie und stand auf.

Glauberg nickte. »Ja«, sagte er. »So ist es leider.«

»Ich habe mir früher vieles angehört«, fügte sie hinzu und nahm seinen Mantel vom Haken, »aber jetzt habe ich es aufgegeben. Ich habe die Geduld verloren. Diese Klänge wollen einfach nicht in meine Ohren.«

»Die Zeit, in der wir leben, ist disharmonisch.«

»Ja, aber darum muss es die Musik doch nicht sein.«

»Nein, das wohl nicht.«

»Ich verstehe das schon. Wir sollen aufgewühlt werden.«

Glauberg sagte: »Vielleicht habe ich am Sonntag mehr Glück. Ich habe Karten für die *Zauberflöte*.«

»*Die Zauberflöte*«, sagte sie, »nun das ist etwas anderes.«

»Ich gehe nicht oft in die Oper«, gestand er ihr.

»Dann hätten Sie nicht mit *Moses und Aaron* anfangen sollen. Die *Zauberflöte* ist sehr eingängig.«

Glauberg nahm seinen Mantel entgegen. »Wussten Sie, dass nach einer *Zauberflöten*-Aufführung einmal jemand erschossen worden ist? Ich war damals noch ziemlich jung, aber ich bin mir ganz sicher, dass es so war.«

»Das war hier«, sagte sie, und dabei lagen ein gewisser Stolz und die Reste eines lange vergangenen Gruselns in ihrer Stimme. »Aber ich glaube nicht, dass Sie sich darüber Gedanken machen müssen.«

»Wirklich hier?«, sagte er.

»Vor den Türen auf dem Bürgersteig«, nickte sie und zeigte in diese Richtung. »Das vergisst man auch nach mehr als zwanzig Jahren nicht.«

An sich, überlegte sie laut, hätte der Mord nach einer *Moses-und-Aaron*-Vorstellung ja besser gepasst, aber dann wäre das Gedränge vor dem Eingang nicht so groß gewesen wie nach der *Zauberflöte*, die immer ausverkauft sei, und der Täter hätte wohl nicht unerkannt entkommen können. Überhaupt müsse das ein gerissener Bursche gewesen sein, denn die Polizei habe ihn nie gefunden. Und während sie redete, rief sie sich noch einmal die Details dieses Nachmittags und Abends in Erinnerung, der sich tief in ihr Gedächtnis eingegraben hatte, obwohl sie dazu verurteilt gewesen war, alles nur aus zweiter Hand mitzubekommen und nicht wirklich etwas gesehen zu haben, den Toten nicht und nicht die Aufregung und das Entsetzen vor dem Haus, denn sie hatte die Jacken und Mäntel ja nicht unbeaufsichtigt zurücklassen können. Erst als sie spät in der Nacht dann hatte gehen dürfen, war sie auf dem Bürgersteig dort stehen geblieben, wo es geschehen war, und hatte ihren Blick in die Kreidezeichnung auf dem Bürgersteig vergraben, diese Umrisse eines liegenden Mannes, sonderbar unbequem in der Haltung, weil niemand so liegen würde, aber der Mann hatte sich ja auch nicht freiwillig so hingelegt, wie die Kreideumrisse es zeigten, die schon am nächsten Morgen nicht mehr zu erkennen gewesen waren, weil ein nächtlicher Gewitterregen sie fortgespült hatte. Lediglich das Blut, das auf die Platten geflossen war, blieb noch lange Zeit sichtbar als Fleck, der zunächst schwarz und dann allmählich grau wurde, wie alles, was in den Städten auf den Boden fällt, allmählich grau und eins wird mit dem, was die Welt vergessen hat.

Glaubergs Mantel lag immer noch auf dem Garderobentresen, als sie mit ihrer Erzählung an diesem Punkt war, beim Blut und beim Vergessen. Gelegentlich hörte man die schroffen Dissonanzen des Orchesters, und die Stimmen der Sänger hasteten durch hysterische Tonsprünge, als seien sie auf der Flucht vor jeder Harmonie. Dann wieder ebbte die Lautstärke der Klänge ab, und es wurde still.

Glauberg sagte: »Ja, ich verstehe. Das muss furchtbar gewesen sein.«

»Ach, wissen Sie«, sagte sie, »es war doch einmal etwas anderes. Man hat nicht jeden Tag mit Mord und Totschlag zu tun.«

»Nein«, sagte Glauberg. »Gott sei Dank nicht.« Er nahm seinen Mantel. »Und sind Sie am Sonntag auch da?«

»Nein, am Sonntag nicht.«

»Dann wünsche ich Ihnen ein schönes Wochenende.«

Sie sagte: »Am Sonntag wird es Ihnen bestimmt besser gefallen.«

Sie verabschiedeten sich, und Glauberg zog sich seinen Mantel an. Als er auf den Ausgang zuging, drang Applaus durchs Foyer, und die Türen des Parketts öffneten sich zur Pause. Auf der Straße war der Beifall aber kaum noch zu hören. Schon nach wenigen Schritten ging er im Rauschen des Verkehrs unter.

Als Glauberg wieder im Hotel war, saß hinter dem Rezeptionstresen derselbe gelangweilte Student wie bei ihrer Ankunft vor drei Tagen und las Zeitung. Als er Glauberg erkannte, hielt er ihm einen Briefumschlag mit der Bemerkung hin, der sei für ihn. Glauberg nahm den Brief entgegen und sah ihn überrascht an. Er fragte, ob es sich nicht um einen Irrtum handeln könnte, denn es war kein Name auf dem Couvert notiert. Der Student war sich sicher.

»Sie sind doch Anton Glauberg?«

Er nickte. »Wer hat den Umschlag denn abgegeben?«

»Ein Taxifahrer«, sagte der Student.

»Hm. Das ist ungewöhnlich.«

»Nicht so sehr. Es ist der schnellste Weg, um etwas irgendwohin zu bringen.«

»Sie kannten den Taxifahrer aber nicht?«, fragte Glauberg.

»Meinen Sie einen von den fünftausend, die da draußen rumfahren?«

»Schon gut«, sagte er und wandte sich zum Fahrstuhl. »Gute Nacht.«

Der Student reagierte schon nicht mehr, sondern hatte sich wieder in die Lektüre seiner Zeitung vergraben. Kurz darauf betrat Glauberg sein Zimmer, zog sich den Mantel aus und öffnete den Umschlag, in dem ein gefaltetes DIN-A4-Blatt war. Er klappte es auf und las: »Man übersieht so vieles und wirft es achtlos fort. – Morgen um zehn auf der Aussichtsplattform der Reichstagskuppel.«

Glauberg betrachtete die beiden Sätze eine Weile. Offenbar waren sie mit einem gängigen Textverarbeitungsprogramm erstellt und ohne größere Formatierungen auf einem handelsüblichen Laser-Drucker ausgegeben worden. Sie bildeten eine kürzere und eine längere Zeile, Glauberg las sie noch ein paar Mal und legte das Blatt schließlich auf den Tisch. Dann ging er zum Fenster und schob den Vorhang zur Seite. Er schaltete das Licht aus und legte sich aufs Bett. Es war still im Zimmer, und über die Decke glitten die Lichtwechsel der Autoscheinwerfer und Neonreklamen. Wenn man aus dem Fenster sah, konnte man ein Stück des Himmels erkennen, der heute den ganzen Tag über klar gewesen war und jetzt nachtgelb über der Stadt lag. Glauberg verschränkte die Arme hinter dem Kopf. Irgendwann würde er aufstehen, sich ausziehen und versuchen zu schlafen. Aber jetzt lag er regungslos da, stierte an die Decke und dachte nach.

16

Auf dem weiten Areal zwischen Tiergarten und Spree, das in den vergangenen Jahren zum Regierungsviertel ausgebaut worden war, lag der Reichstag wie eine große alte Truhe neben den Neubauten des Abgeordnetenhauses und des Kanzleramts mit ihren glatten Oberflächen aus Glas und Beton. Die deutsche Fahne wehte mit lautloser Langsamkeit vor dem Blau des Novemberhimmels, das heute Morgen rein und tief war. *Dem deutschen Volke* stand weithin lesbar über den Säulen vor dem Eingangsportal, und es waren wohl auch mehrheitlich die Mitglieder ebenjenes deutschen Volkes, die hier anstanden, eine Schlange bildend, die in einem präzisen rechten Winkel vom Gebäude zur Straße hin abknickte und auf das tiergartenseitige Ende des Platzes zulief. Das Ausharren hatte die Gesichter der Wartenden geleert, so dass alle einander noch stärker zu gleichen schienen, als sich Touristen ohnehin schon gleichen. Von einem nahen Turm, dessen Spitze zwischen den entlaubten Baumkronen des Parks zu sehen war, tönte ein Glockenspiel herüber, und Tauben und Spatzen schwirrten in unnötig kompliziert scheinenden Flugbahnen von den Simsen und Winkeln und Nischen der Reichstagsfassade hinunter zu den Wartenden und wieder zurück. Manche Besucher hatten ihre Jacken ausgezogen und über den Arm gelegt, weil die Sonne die Luft über dem Pflaster beinahe frühlingshaft erwärmte. Das blasse Sicherheitsglas-Grün der hohen Fensterfronten zu beiden Seiten der Eingangssäulen war so plan und makellos, als sei das Gebäude mit einer klaren Flüssigkeit gefüllt, doch die Sandsteinblöcke, aus denen man es errichtet hatte, sahen, je näher man der Fassade kam, rau und zernarbt aus, weil man nicht alle Schäden und Einschusslöcher aus dem Zweiten Weltkrieg hatte reparieren können, und hier und da erschien die Oberfläche wie das fotografische Negativ all der Patronen und Granatsplitter, die hier einst unsichtbar durch die Luft geschwirrt waren, eine Fotografie der Zeit selbst, einer Sekunde der Geschichte.

Das Prinzip der Sicherheitsschleuse am Eingang glich dem auf Flughäfen. Die Besucher hatten alle Metallgegenstände, Uhren und Portemonnaies zur Durchleuchtung in eine Kunststoffschale zu legen und anschließend durch den Rahmen eines Metalldetektors zu schreiten. Danach betrat man ein haushohes Foyer und konnte hinter einer Glasfront in den

Plenarsaal des Bundestags sehen, der mit all seinen leeren Stühlen und Pults in eigenartiger Weise anders aussah als im Fernsehen, ähnlich ernüchternd wie eine unbespielte Theaterbühne, und auf einmal erkennt man, dass alle Fenster, Aussichten und Panoramen nicht echt sind, sondern nur aufgemalt. Links öffneten sich regelmäßig und lautlos die Türen eines großen Fahrstuhls, der von einer Art Hostess mit kühler und wortloser Freundlichkeit bedient wurde und die Besucher schließlich dorthin brachte, wo sie hinwollten und wofür sie eine Stunde oder länger angestanden hatten, auf das Dach des Gebäudes. Dort war es heute Morgen gleißend hell, und wie immer auf Dächern oder erhöhten Punkten hatte man auch hier oben sehr schnell das Gefühl, weit entfernt zu sein von allem, von der Stadt und den Menschen, und den Kontakt mit dem Rest der Welt allmählich zu verlieren. Glänzend ragte die gläserne Kuppel in das leichte Blau des Himmels, und alle, die ankamen, legten den Kopf zunächst in den Nacken und betrachteten das schimmernde architektonische Gewand aus Glas und Transparenz mit der üblichen Mischung aus ehrfürchtiger Bewunderung und touristischer Routine, bevor sie den hellen Dom betraten, in dem es aber weder nach Weihrauch noch nach Kerzenwachs roch und in dem sich anstelle eines Altars ein kleiner Verkaufstresen mit Ansichtskarten und Pausensnacks befand. Es war innen kaum weniger hell als draußen, so dass man die Augen zusammenkneifen musste, wenn man hinaussah; im Westen lag die graugrün überflimmerte Waldfläche des Tiergartens, und im Osten verschmolzen die Häuser mit dem Horizont und dem Herbstblau des Himmels. Das Kuppelgewölbe wurde von einem nahezu mathematischen System aus gebogenen Metallrippen und Querstreben getragen, einem netzartigen Koordinatensystem, welches das Auge verwirrte, weil es sich überall identisch über das Blau des Himmels spannte. Kameras wurden suchend durch die Gegend geschwenkt, weil sich nirgendwo ein logischer Blickwinkel zu ergeben schien, und im Zentrum der Kuppel ragte eine sektflötenförmige Säule aus Spiegeln in die Höhe, in der sich alle Perspektiven und mathematischen Täuschungen vervielfachten. Aus hundert Besuchern wurden tausend, und die gedämpften Stimmen bündelten sich im gläsernen Hohlraum der Konstruktion zu einem richtungslosen Hall, der klang wie ein überlautes Flüstern. Entlang der Kuppelwand führte ein Gang spiralförmig in die Höhe, nach dem gleichen Prinzip, wie man es häufig in Parkhäusern findet. Der Aufgang vibrierte leicht unter den Schritten der Besucher, die von der Steigung sanft über den hellen Marmorboden hinausgehoben wurden, und je höher man kam, umso mehr zog sich das Netz aus Rippen und Streben über einem zusammen. Das Licht lag jetzt wie feiner leuchtender Staub über der Stadt, und wenn man aufsah, dann öffnete sich einem dort, wo in den großen Gewölben der Kathedralen ein gemalter Gott in der Gemeinschaft seiner Heiligen zu thronen pflegte, das leere Blau des Himmels.

Die Aussichtsplattform unter dem höchsten Punkt des Kuppeldachs, die Glauberg schließlich erreichte, hatte einen Durchmesser von vielleicht zehn Metern, und da das Gewölbe nach oben hin offen war, stand man in einem leichten steten Aufwind. Glauberg trat ein paar Schritte zur Seite, um den beständig nachströmenden Besuchern nicht im Weg zu stehen, und sah sich um, doch war es hier oben zu hell, um Gesichter erkennen zu können. Wo auch immer man hinsah, überstrahlte das Gegenlicht alle Konturen, und umso intensiver man die Menschen ansah, desto mehr wurden sie zu Hüllen aus Licht und Schatten. Langsam umrundete Glauberg die kreisförmige Sitzbank in der Mitte der Plattform, und auf der anderen Seite, dort, wo man sie wieder verließ, blieb sein Blick an einem Abfallbehälter hängen, der etwas abseits des Besucherstroms am Fuß der Balustrade stand. Jemand hatte eine Tageszeitung gegen den Behälter gelehnt, die offenbar ungelesen war, denn die einzelnen Druckbögen steckten noch präzise ineinander. Man konnte nicht eben sagen, dass sie »achtlos fortgeworfen« worden war, aber zusammen mit dieser Formulierung aus dem Brief, den Glauberg gestern erhalten hatte, wurde sie zu einem Detail, das kaum zu übersehen war. Er blieb vor dem Abfallbehälter stehen, niemand beachtete ihn, und der Boden vibrierte leicht unter seinen Füßen, als er sich bückte und die Zeitung in die Hand nahm, die sich dabei in ihrer Mitte von selbst auffaltete und eine hineingesteckte Schwarzweiß-Aufnahme sichtbar werden ließ. Er zog das Foto heraus, die Sonne stand jetzt hoch über der Kuppel, und man konnte den Eindruck haben, im Fokus eines riesigen Brennglases zu stehen. Lange betrachtete Glauberg die Fotografie und rührte sich nicht. Die Aufnahme zeigte einen jungen Mann, und dieser junge Mann war er selbst. Er mochte damals sechzehn oder siebzehn gewesen sein, und er saß zusammen mit anderen, die ebenfalls jung waren, aber nicht ganz so jung wie er, an einem großen Tisch aus rohem Holz in einer geräumigen Küche. Neben einem alten Gasherd, der im Hintergrund zu erkennen war, sah man aufgerissene Lebensmittelverpackungen, kleine Gewürzdöschen und allerlei Küchengerätschaften, die verrieten, dass vor nicht allzu langer Zeit gekocht worden war. Auf dem Tisch standen Teller und Gläser und ein paar Wein- und Bierflaschen, und die Gesichter aller trugen den unbekümmerten, arroganten Optimismus einer Jugend zur Schau, die noch nichts vom Scheitern ihrer Ideale wusste. Die Haare waren lang und die Pullover dick – die Aufnahme war unübersehbar Mitte der siebziger Jahre entstanden. Links stapelten sich Tageszeitungen und Magazine auf einem alten Radio, und es wurde gelacht und dünne selbst gedrehte Zigaretten wurden geraucht. Auf der linken Tischseite neben einer Frau mit glatten langen Haaren, in deren länglichen Gesichtszügen sich trotz ihres Lachens eine gewisse theoriegeschulte Strenge fand, saß Glaubergs Bruder, der damals Mitte zwanzig gewesen sein musste. Erstarrt in der alltäglichen Bewegung des Weinglas-Abstellens, strahlte er eine unschuldige, lebensbejahende Harmlosigkeit aus. Rechts war der Zipfel eines an die Wand gehefteten Textplakats im Bild, verdeckt von seinem Gesicht, und die einzig lesbare Wendung darauf war: »Müssen wir uns darauf vorbereiten ...«

Glauberg starrte die Aufnahme an, die bewies, dass sein Bruder einmal Wein getrunken und geraucht hatte, gelacht und gelebt, und dass er, Glauberg, dort gewesen war, dass er mitgegessen und mitgelacht hatte, auch wenn sein Lachen sich von dem der anderen doch unterschied. Es schien, als sei er zu jung oder zu unerfahren gewesen, um den Anlass des Lachens vollkommen zu durchschauen. Er lachte, weil alle lachten, aber ein wenig tat er auch nur so, um so zu sein wie die anderen. Sein Blick war wie die Blicke aller in die Kamera gerichtet, und dort, hinter dem Objektiv – auch das bewies die Fotografie –, war noch eine weitere Person im Raum, jemand, über dessen Gedanken und Gefühle man keine Aussage machen konnte, eine geisterhafte Fotografenperson, wie sie auf jedem Foto, das man zu Gesicht bekommt, unsichtbar anwesend ist, ohne dass man sich dessen jemals bewusst wäre.

Glauberg sah auf und schob die Fotografie zurück in die Zeitung. Der Besucherstrom war unterdessen noch dichter geworden, und die Menschen drängten sich gegen die Balustrade der Plattform. Große Jugendliche und kleine Erwachsene. Menschen mit gelangweilten Gesichtern, mit ergrauten, kranken, ausdruckslosen, blondhaarigen, rothaarigen, süddeutschen, norddeutschen Gesichtern. Glaubergs Blick verirrte sich im Koordinatensystem des deutschen Volkes.

Er verließ die Aussichtsplattform und ging schnell jetzt, und die Stadt außerhalb der Kuppel fing an, sich zu drehen. Er arbeitete sich durch den Besucherstrom und wich Körpern aus, die einzig da zu sein schienen, ihm den Weg zu verstellen. Statt des Abgangs hatte er den Aufgang erwischt, er hatte die Orientierung verloren in der Geometrie der Kuppel, die einem keine Freiheit ließ, in der jeder Weg einem mathematischen Gesetz folgte. In den Spiegeln brach sich ein Netz aus Streben, Glas und Reflexionen, das sich mit jedem Schritt veränderte. Und ein Paar, an dem Glauberg vorbeihastete, hielt sich so eng umfasst, als wollten die Liebenden einander nicht verlieren in dieser zersplitterten Welt. Als wollten sie nicht auseinander gespiegelt werden in die einsame Weite entgegengesetzter Universen.

In einer Seitenstraße fand Glauberg ein Fotostudio, in dessen Schaufenster Porträts in Farbe und in Schwarzweiß hingen. Er betrat das Geschäft und bat den Besitzer um eine Auskunft. Er reichte ihm das Foto und fragte, ob es möglich sei, dessen Alter zu bestimmen. Der Mann betrachtete den Abzug von beiden Seiten und nickte dann langsam. Es handele sich, erklärte er, um einen Barytabzug, also die Entwicklung des Negativs auf einem bestimmten Papier, das heute kaum noch Verwendung finde. Die Arbeit sei ausgesprochen hochwertig, bemerkte er anerkennend, gründlich ausfixiert und gewässert, so dass es noch zu keinerlei Verfärbungen gekommen sei. Derartige Abzüge habe man, wenn es sich nicht um künstlerisch wertvolle Bilder handele, zur Archivierung angefertigt, um lange Haltbarkeiten zu erreichen. Es sei denn, schränkte er ein, der Abzug sei von einem begeisterten Amateur gemacht worden, dann könne er auch jüngeren Datums sein. Ansonsten stamme er wohl aus der Zeit, in der auch die Aufnahme entstanden sei, der Mode und dem Motiv nach zu urteilen also irgendwann in den siebziger Jahren. Genauer könne man es allerdings nicht sagen.

Glauberg bedankte sich für die Auskunft und verließ das Studio. Jetzt um die Mittagszeit war die Luft zwischen den Häusern besonders mild. Vor den Restaurants hatte man Tische auf die Bürgersteige gestellt, und die Menschen saßen in der Sonne. Er war zurückgekehrt in eine stabile, fest auf dem Erdboden verankerte Welt. Der zersprungene Kuppelhorizont aus Dächern und Schornsteinen hatte sich wieder zusammengesetzt, und die Stadt glich einem Puzzle, das vom Himmel gefallen war und sich wie durch ein Wunder ineinander gefügt hatte. Glauberg setzte sich an einen der Tische und ließ sich einen Kaffee bringen. Die Sonne über allem war ungeteilt, war ein Brennen an einem einzigen Punkt. Und obwohl sie ganz unverborgen am Himmel stand, sah man nie wirklich hin, um das Auge zu schützen. Sie war zu hell und zu klar. Sie war wie ein Gedanke, den man nicht wirklich zu denken wagte.

17

Als glauberg abends an der S-Bahn-Station Potsdamer Platz ausstieg, war das weitläufige unterirdische Areal des neuen Bahnhofs voller Menschen. Strahler an der Decke sandten ein blauweißes Licht aus, und Wegweiser zum *Quartier DaimlerChrysler* und *Sonycenter* und große metallverkleidete Säulen teilten die Menschenströme. Glauberg wandte sich nach rechts und folgte den Wegweisern, die ihn schließlich an die Oberfläche des Platzes führten, den er nicht kannte und der mit seinen gläsernen Hochhausfassaden, seiner gediegenen Plaza-Atmosphäre, seinem Rolltreppenreichtum und den drei oder vier gestutzten Bäumchen in der Nähe eines leise plätschernden Marmorbrunnens so etwas war wie eine Installation aus Licht und neuestem Lebensstil. Eine Bar mit *American-Diner*-Einrichtung nannte sich *Wilders*, und unter einer in den Boden eingelassenen Glasscheibe beleuchteten farbige Neonröhren eine samtrote Schriftrolle mit einem englischen Dialog voller Slang-Ausdrücke, in dem ein *Taxidriver* eine gewisse Rolle spielte und ein paar andere verlorene Existenzen. Unentwegt fuhren Außenfahrstühle an den Gebäuden auf und ab, und überspannt wurde all das Neue von den Speichen eines riesigen schwebenden Dachs, von einem Zirkuszelt aus Glas und Stahl.

Glauberg betrat das Restaurant, in dem er mit Paula Reinhardt verabredet war. Sie saß im ersten Stock auf einer Terrasse, die von Gasstrahlern erwärmt wurde, und sah müde aus.

»Ich habe Sie heute Morgen beim Frühstück vermisst«, sagte er, nachdem er sie begrüßt hatte, und setzte sich.

»Bestimmt nicht«, sagte sie und lächelte kurz.

»Wo waren Sie denn?«, erkundigte er sich.

Sie legte den Kopf in den Nacken und erklärte: »Ich habe im Büro übernachtet. Oder eigentlich nicht. Ich konnte nicht schlafen.«

Glauberg blätterte in der Karte, die bayrische Kost bot: Brotzeit und Schweinsbraten, Weißwürste oder Brettljause. Er sagte: »Sie dürfen sich von dem Fall nicht beherrschen lassen.«

»Wie meinen Sie das?«

»Ich weiß, welche Bedeutung das alles für Sie hat, aber wenn Sie Ihre Karriere daran hängen, werden Sie irgendwann die einfachen Dinge nicht mehr sehen.«

»Sehen Sie denn die einfachen Dinge?«

»Nein«, gab er zu, »leider nicht.«

»Eben.«

»Aber ich bin zehn Jahre länger in dem Job.«

»Vielen Dank für Ihre Anteilnahme«, sagte sie nun doch ein wenig gereizt. »Aber ich weiß durchaus, was gut für mich ist.«

»Sie sehen aber nicht gut aus.«

Sie nahm die Karte zur Hand und begann darin zu blättern, ohne wirklich einen Blick hineinzuwerfen. »Wissen Sie, was mein Fehler ist? Dass es mir nicht gelingt, mein Inneres zu verbergen«, sagte sie nach einer Weile. »Ganz im Gegensatz zu Ihnen übrigens. Warum weigern Sie sich eigentlich, einmal zu sagen, was Sie denken?«

Er klappte die Karte zu. »Ich denke nicht besonders viel.«

»Natürlich nicht. Wie konnte ich nur darauf kommen!«

»Was interessiert Sie denn?«

»Keine Ahnung.« Sie machte eine ungeduldige Handbewegung. »Irgendetwas. Was denken Sie, wenn Sie hier sitzen? Finden Sie die Architektur größenwahnsinnig oder beeindruckend?«

»Beides«, sagte er und gab dem Kellner einen Wink.

Sie sah ihn an. Die Karte lag immer noch geöffnet vor ihr auf dem Tisch. Schließlich sagte sie: »Hat Ihre Frau sich deswegen von Ihnen getrennt?«

»Weswegen?«, sagte er und fügte hinzu: »Im Übrigen hat sie sich nicht von mir getrennt, sondern wir haben uns gemeinsam dazu entschieden. Es hatte keinen Sinn mehr.«

»Es macht Ihnen zu schaffen, dass Ihre Familie zerbrochen ist. Nicht wahr?«

Er zuckte mit den Schultern. »Ich denke, ich habe mich bemüht, ein halbwegs passabler Vater zu sein, aber eigentlich rechnet man ja nicht einmal mehr damit, dass Ehen funktionieren.«

Sie ließ nicht locker: »Wollen oder *können* Sie nicht darüber reden?«

Er sah sie an. »Worauf wollen Sie eigentlich hinaus?«

Sie gab zu: »Ich weiß es auch nicht.«

Sie schwiegen eine Weile. Rundum ragten die Lichtflächen der Gebäudefronten in die Höhe. Hin und wieder fuhr einer der Fahrstühle herauf oder hinunter, und diejenigen, die darin standen, wirkten verlassen und seltsam erstarrt. Die Transparenz der Kabinen machte den Moment der inneren Leere zwischen zwei Stockwerken öffentlich.

Irgendwann sagte Glauberg: »Ich bin ohne meinen Vater bei meiner Mutter aufgewachsen. Meine Eltern waren nicht verheiratet, sondern meine Mutter war eine Zeit lang die Geliebte meines Vaters. Heute mag es nichts Ungewöhnliches sein, wenn eine Mutter ihr Kind allein erzieht, aber damals war es das schon. In der Schule wurde ich gelegentlich damit gehänselt, dass ich keinen Vater hatte, das hat mich anderen Menschen gegenüber wohl misstrauisch werden lassen. Kinder können ziemlich erbarmungslos sein. Ich habe mich damals zurückgezogen und angefangen Krimis zu lesen, rote Taschenbücher mit schlechtem Papier, für die ich an sich zu jung war. Manchmal hat mein Vater uns besucht. Ich glaube nicht, dass er und meine Mutter seinerzeit noch ein Liebespaar waren, aber er hat mir immer einen Stapel dieser Bücher mitgebracht, die mich so sehr faszinierten. Es hat ihn nicht gestört, dass sie einem Kind brutal erscheinen mussten. Er war wohl der Meinung, man könne nicht früh genug damit beginnen, die Realität kennen zu lernen. Am meisten fesselten mich jene Wer-war-es?-Romane, an deren Ende sich alle Verdächtigen in einem Raum zu versammeln hatten, um zu erfahren, wer der Mörder ist. Ich glaube bis heute daran, dass sich jedes Verbrechen letztlich aufklären lässt, und mein Wunsch, Polizist zu werden, stammt wohl tatsächlich aus dieser Zeit – nun ja ...« Er macht eine kurze Pause und fuhr dann fort: »Eine Zeit lang ging das so, aber mein Vater hatte Krebs, er starb, als ich zwölf oder dreizehn war. Kurz vor seinem Tod erzählte er mir, ich hätte einen Bruder, es war ihm wohl wichtig, dass ich es wusste, und er wollte, dass wir uns kennen lernten. Mein Bruder lebte in einer Wohngemeinschaft in Berlin. Ich habe ihn ein paar Mal besucht und mich dabei immer sehr wohl gefühlt. Dort war es allen vollkommen gleichgültig, ob man aus geregelten Familienverhältnissen kam oder nicht, und mein Bruder wurde für mich so etwas wie eine ferne Vaterfigur. Aber irgendwann hieß es, er habe sich schon länger nicht mehr blicken lassen und sei in den *Untergrund abgetaucht*. Das hat mich tief verletzt, denn es war, als habe er mich verlassen, so wie mich schon einmal ein Vater verlassen hatte. Mein Bruder, den ich bewundert hatte, war gegangen, einfach so. Zwar erschien er nie auf den Fahndungsfotos, die damals in allen Postfilialen hingen, doch hatte ich immer das Gefühl, dass er mich von diesen Plakaten herab anstarrte. Und nach siebenundsiebzig waren vier der Fotos auf den Plakaten durchgestrichen – das war wie eine erneute Zurückweisung. Ich hatte meinem Bruder Bewunderung und Liebe entgegengebracht, aber er hatte diese Zuneigung nicht erwidert und sich aus meinem Leben verabschiedet und war sang- und klanglos verschwunden und vielleicht sogar tot.« Glauberg machte wieder eine Pause und dachte eine Weile nach. Dann sagte er: »Möglicherweise hat es ja einen unschätzbaren Vorteil, Polizist zu sein: Die Menschen, mit denen man sich am intensivsten beschäftigt, können einen nicht verletzen. Nicht seelisch. Mit Verbrechern verbindet einen nichts, außer den Spuren, die sie zurücklassen. Man braucht keine Gefühle, um diesen Spuren zu folgen und sie zueinander in Beziehung zu setzen. Man braucht nichts außer seinem klaren Verstand. Das ist es vielleicht, was mich an der Aufklärung von Verbrechen von Anfang an gereizt hat: diese Klarheit in der Rollenverteilung. Die Sicherheit, zu wissen, auf welcher Seite man steht.« Er sah Paula an, deren Gesicht sich im Fenster neben dem Tisch spiegelte, blass und durchsichtig in der Reflexion.

Sie hörte zu, ohne dass zu erkennen gewesen wäre, was sie dachte. »Irgendwann habe ich meinen Bruder wiedergesehen, aber wir hatten uns nichts zu sagen«, fuhr er fort. »Und als ich ihn zum letzten Mal gesehen habe, war er tot. Jemand hatte ihn auf einen Stuhl gefesselt und erschossen. Ich stand vor ihm und habe ihn angesehen, aber ich konnte nicht trauern. Mir ist in diesem Moment klar geworden, dass mich nun nichts mehr mit meiner Herkunft verband bis auf diese einzige letzte Frage: Wozu dieser merkwürdig verspätete und sinnlose Tod?«

Auf der linken Seite hatte man die Reste eines historischen Gebäudes, das einmal hier gestanden hatte, in die Metall- und Glasperfektion des Platzes integriert, einen Sandsteinkubus mit prächtigen Sprossenfenstern, die hier wie Schlüssellöcher wirkten und klein und zerbrechlich zwischen den aufragenden Glasfronten, von denen sie umzingelt wurden.

Irgendwann sagte Paula Reinhardt: »Jacobi war Ihr Bruder?«

Glauberg nickte. »Mein Halbbruder.«

»Und Sie haben sich an den Wunsch Ihrer Mutter gehalten und nie darüber geredet?«

»Bis heute.«

»Lebt Ihre Mutter noch?«, erkundigte sie sich.

»Sie ist gestorben, als ich zwanzig war.«

»Das tut mir Leid.«

»Ist lange her.«

»Und seitdem haben Sie niemanden mehr? Ich meine, Ihr Bruder war Ihr einziger direkter Verwandter?«

»Ja«, sagte er. »Meine Mutter hatte noch zwei Brüder, die ich aber aus den Augen verloren habe, nachdem sie gestorben ist. Es hat mir nicht viel ausgemacht. Ich war es gewohnt, mich mehr oder weniger alleine durchzuschlagen.«

»Und Sie haben die ganzen letzten Jahre über keinen Kontakt zu Ihrem Bruder gehabt?«

»Wir hatten uns nichts zu sagen.«

»Sie hätten über Ihren Vater reden können.«

Glauberg nickte. »Ja, vielleicht«, sagte er und dachte darüber nach. »Das Verhältnis zwischen meinem Bruder und meinem Vater war nicht sehr gut, um nicht zu sagen, es war vollkommen zerstört. Mein Bruder hat ihn am Ende gehasst und bei seinem Tod kaum eine Regung gezeigt. Mein Vater war Ingenieur und im Management bei Krupp, und es muss ihn im Innersten getroffen haben, dass mein Bruder keine Achtung vor seinem Leben hatte. Vielmehr stand er für alles, was mein Bruder abgelehnt hat und abschaffen wollte: Geld, Macht und politischen Einfluss. Er war in verschiedenen Zirkeln, in denen sich hochkarätige Vertreter des politischen Establishments und der Wirtschaft trafen und die sich hinter so nichtssagenden Namen wie Deutsch-amerikanische Freundschaftsbrücke verbargen. Einmal hat er meinen Bruder zu irgendeinem Jour fixe mitgenommen, aber es war wohl ein Fiasko und endete mit einem Eklat. Mein Bruder, der damals Anfang zwanzig gewesen sein muss, hat eine Zeit lang nur stumm und finster herumgestanden und irgendwann damit begonnen, vor den versammelten Wirtschaftsfunktionären den Verbalrebellen zu spielen. Daraufhin hat mein Vater ihn eigenhändig hinausgeworfen und ihn einen undankbaren Versager genannt. Von diesem Abend hat sich das Verhältnis zwischen den beiden nie wieder erholt.« Er machte eine kurze Pause und sah hinunter auf den Platz und das Kommen und

Gehen dort. Schließlich fuhr er fort. »Heute denke ich, dass mein Vater mich seinerzeit nach Berlin geschickt hat, um die Verbindung zu meinem Bruder irgendwie aufrechtzuerhalten. Er hatte ihn verloren, aber er wollte sich damit nicht abfinden. Vielleicht hatte er die Hoffnung, es könnte sich bei der rebellischen Haltung meines Bruders um eine vorübergehende Phase handeln, und irgendwie hat er damit sogar Recht gehabt: Als ich ihn vor ein paar Jahren wiedergetroffen habe, war von dem einstigen Rebellen nicht mehr viel übrig geblieben. Wir saßen uns wie Fremde gegenüber, und er war nicht in der Lage, über sich zu reden. Ich musste bei unserem Gespräch mit Renate Siedler wieder daran denken. Sie hat darunter gelitten, dass er sich ihr gegenüber nicht öffnen konnte – ich glaube, er ist vor irgendetwas davongelaufen. Zu töten heißt ja immer auch, sich selbst zu töten, wohingegen mir das Politische am Terrorismus stets vorgeschoben erscheint. Vielleicht ist mein Bruder erst auf seinem Deich wirklich zur Ruhe gekommen. Verstehen Sie: Die Liebe zur Landschaft war für ihn schließlich realer als die Liebe zu irgendeiner Idee. Röder, Ihr Spitzel, glaubt, er sei als Gescheiterter ans Meer geflohen, aber vielleicht ist es umgekehrt: Vielleicht ist er dorthin zurückgekehrt, nachdem er sich ein Leben lang für jemanden gehalten hat, der er nicht war.«

Sie nickte nachdenklich und sagte nach einer Weile: »Sie mögen Berlin ebenfalls nicht besonders, nicht wahr?«

»Ja«, sagte er. »Das mag sein.«

»Warum nicht?«

»Ich weiß es nicht. Ich habe das Gefühl, Berlin nimmt nur und gibt nicht. Die Stadt liebt die Menschen nicht, die in ihr leben. Sie ist ein kalter preußischer Stein.«

»Städte muss man sich erobern. Man kann nicht erwarten, dass sie einen ins Herz schließen.«

»Warum nicht? Jeder sollte willkommen sein. Was sind denn Städte wenn nicht die Menschen, die in ihnen leben? – Was ist mit Ihnen? Sie sind Berlinerin, aber Sie leben nicht hier.«

»Ich lebe dort, wo ich arbeite.«

»Und das ist alles?«

»Wie meinen Sie das?«

»Sind Sie mit jemandem zusammen?«

Sie schüttelte den Kopf. »Im Moment nicht.«

»Sie leben allein?«

»Ich war einmal mit einem Kollegen zusammen. Es hat aber nicht gehalten. Er war wohl nicht der Richtige. Na ja, was soll's …«

Sie sah ihn offen an, aber das vielfache uneinheitliche Licht, das keine bestimmbare Quelle hatte und in dem alles zu einem Element der polierten Oberfläche des Platzes wurde, verhinderte, dass sich eine gewisse Distanz zwischen ihnen auflöste.

Sie wechselte das Thema: »Wir haben übrigens den hellblauen Kombi gefunden. Es war ein hartes Stück Arbeit.«

»Ach?«, sagte Glauberg.

Sie nickte und trank einen Schluck Bier. »Ja, er gehört einem freien Journalisten, Anselm Wilke.« Sie stellte das Glas wieder auf den Tisch. »Dieser Wilke arbeitet mit einem Fotografen, einem gewissen Veith Seewald, an einer Reportage oder einem Buch über ehemalige Mitglieder der RAF, und Ihr Bruder sollte darin vorkommen. Allerdings ist Wilke zurzeit nicht in Deutschland, sondern in New York. Wir haben ihn aber in die dortige Botschaft zitiert, und er hat zugegeben, sich drei Mal mit Jacobi getroffen zu haben. Am Montag ist er wieder da, und dann werden wir ihn uns vorknöpfen.«

»Veith Seewald?«, sagte Glauberg.

»Ja. Schon mal gehört?«

»Aber ja. Seewald hat in der WG meines Bruders gewohnt. Die beiden waren miteinander befreundet.«

Ihre Augenbrauen hoben sich. »Ja, natürlich!«, sagte sie, erstaunt darüber, dass sie nicht von selbst darauf gekommen war. »Sie waren damals in *dieser* WG.«

»Ja«, nickte er, »genau in dieser.«

Sie sah ihn an, und es war nicht zu entscheiden, was sie nun dachte. Offenbar war ihr klar, dass sich die Dinge damit änderten, aber sie sah noch nicht, in welcher Weise. Irgendwann sagte sie: »Ich glaube, ich bin einfach zu müde, um heute noch einen klaren Gedanken zu fassen.«

Glauberg sagte: »Vielleicht sollten Sie sich endlich ausschlafen.«

Sie wandte sich nach links, wo zwei Rolltreppen liefen, die schon lange niemanden mehr nach oben befördert hatten. Sie liefen, weil irgendein Stromkreis sie dazu verurteilte. Eine Stufe nach der anderen wurde in die Treppenbahn eingespeist und auf die Reise geschickt, und es konnte ewig so weitergehen, solange es keinen äußeren Anlass gab, der die Sache beendete.

Paula trank ihr Bier aus und nickte nachdenklich. »Ja«, sagte sie, »das sollte ich wohl.«

18

Das grün der lebensbäume, die man hier gepflanzt hatte, verwob sich zu einer Kulisse aus blassen, schweigenden Vorhängen. Manche der Grabsteine waren grau und verwittert, andere standen aufrecht und fest auf der Erde, und wieder andere hatten noch kaum Staub angesetzt, und das Gold der Namensgravuren leuchtete frisch. Es war, als bildeten die Steine selbst eine Gesellschaft aus Jungen, Erwachsenen und Alten, die sich hier versammelt hatte, um auf das Ende der Zeit zu warten.

Das Grab, vor dem Paula Reinhardt und Anton Glauberg mit ineinander gelegten Händen standen, war kaum größer als der Sarg, den man einst hineingesenkt hatte. ›Anna Reinhardt‹ stand in einfachen Buchstaben auf dem Grabstein aus dunklem Granit, und darunter das Geburts- und das Sterbedatum. Der Stein war schmal und nicht sehr hoch, einen halben Meter vielleicht. Dem Namenszug und den Lebensdaten war kein christliches Symbol beigegeben.

Glauberg sagte: »Vermissen Sie Ihre Mutter?«

Es war kühl geworden über Nacht, und vor den Lippen wurde der Atem zu blassem Dampf. Hochnebel hatte sich gebildet, und der Himmel wirkte sehr weit entfernt.

Paula sagte: »Wir haben uns in den Jahren vor ihrem Tod nicht sehr häufig gesehen. Ich war in Wiesbaden und sie hier.«

Auf dem Grabstein wuchs eine dünne Schicht aus gelbgrünem Moos. Anna Reinhardt hatte von 1938 bis 1997 gelebt, und wenn auch noch nicht seit langem, so waren es doch Zahlen aus einem anderen Jahrhundert.

Glauberg fragte: »Sind Sie gleich nach der Grenzöffnung in den Westen gegangen?«

»Ja«, sagte sie, »sofort.« Sie fror und verschränkte ihre Arme vor dem Oberkörper. »Ich habe versucht, meine Mutter dazu zu überreden mitzukommen, aber sie wollte nicht fort aus Berlin. Dabei hatte sie schon kurz nach der Wende ihren Job verloren. Die Abteilung, in der sie gearbeitet hat, war wohl nicht besonders wichtig und ist schon unter der Regierung de Maiziére abgewickelt worden. Aber sie wollte trotzdem nicht fort aus Berlin, und eigentlich hatte sie damit ja Recht. Wohin hätte sie auch gehen sollen? Im Westen hätte sie keine Arbeit gefunden als ehemalige DDR-Sekretärin, die bis zum Schluss noch auf mechanischen Schreibmaschinen getippt hat.« Sie schwieg eine Weile und wandte sich dann zum Gehen, auf dem Weg lag das gelbe Laub einer Weide. Glauberg ging neben ihr her. Ihre Schritte klangen seltsam laut in der Stille des Friedhofs. Paula fuhr fort: »Im Westen hat man sich das damals alles so einfach vorgestellt, weil man sich nicht klar gemacht hat, was die Vereinigung für die Menschen im Osten bedeutete. Sagen Sie mal jemandem, der Mitte fünfzig ist und noch nie einen Taschenrechner in der Hand gehabt hat, er solle lernen, mit einem Computer umzugehen. Diesen Übergang haben ja selbst viele im Westen nicht problemlos bewältigt. Es waren doch gleich zwei Veränderungen, die von den DDR-Bürgern in den vergangenen zehn Jahren verlangt worden sind. Zuerst mussten sie den Sprung in die westdeutschen Verhältnisse verkraften und dann – als frisch gebackene BRD-Bürger – den in die so genannte IT- oder New-Economy-Gesellschaft. Von Deutschland nach Deutschland hätten sie es ja vielleicht noch geschafft. Aber von Deutschland in irgendein globales Nirgendwo oder Überall – das konnte meine Mutter wie so viele nicht, und vielleicht wollte sie es auch nicht. Würden Sie denn mit fünfzig noch einmal Schüler sein wollen und sich von einem jungen Burschen Mitte zwanzig erklären lassen, wie Sie in Zukunft Ihre Arbeit zu machen haben?« Sie schwieg einen Moment und bog nach rechts. Offensichtlich folgte sie nur ihrem Richtungssinn, sie war zu selten hier, um eine feste Route zu haben. Sie hatte eine Weile gebraucht, um das Grab ihrer Mutter zu finden. Jetzt sagte sie: »Nun ja, materiell ist es meiner Mutter nach der Vereinigung nicht einmal schlecht ergangen. Ihre Stelle galt nach westlichen Maßstäben als öffentlicher Dienst, und sie konnte an irgendeinem Vorruhestands- oder Frühverrentungsprogramm teilnehmen. Aber eigentlich war es nicht ihre Art, die Hände in den Schoß zu legen. Sie hat mir gegenüber nicht geklagt, aber ich bin mir sicher, dass sie darunter gelitten hat, nicht mehr gebraucht zu werden. Zum Schluss hat sie dann nur noch das getan, was sie ihr Leben lang auch getan hat: deutlich zu viel geraucht und ein wenig zu viel getrunken. Oder vielleicht war es auch nicht zu viel. Sie hat in dem Maße getrunken, in dem sie es brauchte. Etwas anderes blieb ihr ja nicht.« Am Ende des Wegs, auf dem sie sich befanden, wurde das Eingangstor des Friedhofs sichtbar. »Vor vier Jahren«, sagte Paula, »ist es dann so gekommen, wie es wohl kommen musste: Das Atmen fiel ihr zunehmend schwer, und man hat bei ihr Lungenkrebs im fortgeschrittenen Stadium diagnostiziert. Danach hat es zum Glück nicht mehr sehr lange gedauert, bis sie gestorben ist. Als ich an ihrem Grab stand und der Sarg in die Erde gesenkt wurde, war ich nicht so sehr davon erschüttert, dass sie nicht mehr war, sondern davon, was für ein Leben sie gehabt hatte. Zuerst Krieg und Zerstörung und dann der Sozialismus. Eigentlich hat sie nie etwas anderes erlebt als Ausnahmezustände und Diktaturen. Und als es damit dann endlich vorbei war, war es zu spät … – Nun ja, was sage ich. Es ist ja keine sehr außergewöhnliche Biografie vor dem Hintergrund der deutschen Vergangenheit.«

Sie erreichten die alte Friedhofsmauer und wandten sich nach rechts, der kleinen Kapelle aus gelbem Backstein zu. Sie hatte einen quadratischen Grundriss und kleine Fenster mit Rundbögen und verströmte keinen Trost, aber auch keine besondere Trauer, sondern allenfalls eine gewisse Müdigkeit. Sie stand da und schien einfach nur eine Fortsetzung des gelben Laubs zu sein, das den gestampften Friedhofskies bedeckte und sich an ihren Sockeln aufwarf, scheinbar nahtlos in das Mauerwerk des Kirchleins übergehend.

Glauberg sagte: »Allmählich lernen wir uns ja kennen.«

Paula ging auf die Kapellentür zu. »Haben Sie diesen Eindruck?«

»Sie denn nicht?«

Sie schwieg und betrat die Kapelle, in der es recht dunkel war und die innen noch kleiner wirkte, als es von außen den Anschein hatte. Die Wände waren im Laufe der Jahre grau geworden, und das bräunliche Violett des Teppichs zwischen den Sitzreihen, der dort endete, wo die Särge aufgebahrt wurden, verstärkte den Eindruck von endloser Dämmerung. Es roch nach Staub und Wachs, und die Holzbänke knarrten, wenn man sich hinsetzte.

Nach einer Weile sagte Glauberg: »Ich frage mich manchmal, wo eigentlich der Unterschied ist?«

»Was für ein Unterschied denn?«

»Der zwischen einem natürlichen und einem gewaltsamen Tod. Irgendwie erscheint mir jeder Tod gewaltsam. Ich meine, jeder Tod hat seine Ursache in etwas anderem und nicht in sich selbst.«

Wieder schwiegen sie eine Weile. Dann sagte Paula: »Eigentlich könnten solche Kapellen doch Orte der Wahrheit sein. Wofür brauchen Tote noch Lügen?«

»Die Lebenden brauchen sie.«

»Oder wir bilden es uns nur ein.«

Er sagte: »Vielleicht sollte man auf Friedhöfen nicht anfangen zu grübeln, sondern beten.«

Sie erhoben sich, und das Knarren der Bank und das Rascheln ihrer Jacken schienen die Zeit wieder in Gang zu setzen.

Paula sagte: »Das würde vermutlich auch dieser Pfarrer sagen, der die Leiche gefunden hat. Gnaatz.«

Glauberg nickte. »Ja, vermutlich. Ich mag ihn. Er ist ein netter Kerl.«

Sie verließen die Kapelle. Hier und da brannten Grablichter oder waren Blumen abgelegt worden, aber die meisten Gräber lagen unbeachtet da in den schwachen Konturen des Herbstes. Sie wandten sich zum Friedhofstor, das da und dort anfing zu rosten.

Paula sagte: »Haben Sie ihn eigentlich nie im Verdacht gehabt?«

»Wen? Gnaatz? Wie kommen Sie denn darauf? Warum hätte Gnaatz meinen Bruder umbringen sollen?«

»Wir haben ihn überprüft«, sagte sie. »Er hat sich Anfang der Achtziger in verschiedenen Mittelamerika-Gruppen engagiert. Sagt Ihnen Ernesto Cardenal etwas? Der Mann war katholischer Priester und eine Zeit lang so etwas wie ein Popstar. Er wurde neunundsiebzig unter den Sandinisten nicaraguanischer Kultusminister und schrieb Gedichte. Es gab damals die so genannte *Theologie der Befreiung*, ein auf die Bedürfnisse von Entwicklungsländern zugeschnittener Versuch, Marxismus und Christentum miteinander zu verbinden. Gnaatz war von alldem ausgesprochen fasziniert, und sein Engagement hat ihn damals nicht unbedingt als überzeugten Anhänger der Verfassung ausgewiesen.«

»Ich bitte Sie!«, sagte Glauberg. »Wenn alle, die einmal die Welt verbessern wollten, schließlich zu Mördern geworden wären, dann hätten wir aber eine Menge zu tun.«

Als sie beim Wagen angekommen waren, sagte sie: »Vielleicht weniger, als Sie denken.«

Er brauchte einen Moment, um die Pointe zu erfassen, und nickte dann: »Ja, da mögen Sie Recht haben. – Haben Sie heute noch etwas vor?«

Sie fischte die Wagenschlüssel aus ihrer Jackentasche. »Ich denke, ich werde mich weiter durch meine Aktenberge wühlen.«

»Haben Sie nicht Lust, mit in die Oper zu kommen?«

»In die Oper?«

»Ich habe zwei Karten für die *Zauberflöte* heute Abend.«

»Für die *Zauberflöte*? Finden Sie das nicht ein bisschen … ich weiß nicht … unangebracht?«

»Aus welchem Grund?«

»Ich meine, was soll das bringen? Werden Sie dabei denn nicht immer das Bild Ihres erschossenen Bruders vor Augen haben?«

»Vielleicht. Ich weiß es nicht.« Er machte eine Pause und sah sie über das Wagendach hinweg an. »Warum musste mein Bruder zu dieser Musik sterben? Vielleicht werden wir die Antwort auf diese Frage nur in der Oper selbst finden.«

Sie sah unschlüssig die Straße entlang. »Ja, vielleicht ...«, sagte sie, allerdings ohne rechte Überzeugung in der Stimme.

»Wir sollten die Chance wahrnehmen«, sagte er. »Es ist die letzte Vorstellung in diesem Jahr.«

Sie nickte langsam. Über der Straße lag ein schwacher Dunst, in dem die Stämme der Alleebäume zu beiden Seiten umso heller wurden, je weiter sie entfernt standen. Paula schloss die Wagentür auf, setzte sich und ließ den Motor an. Der Wagen vibrierte leicht vom Kopfsteinpflaster, als sie anfuhr und allmählich beschleunigte. Langsam blieb der Friedhof im Heckfenster zurück, und mit ihm das Grab ihrer Mutter.

19

NACHDEM SICH der Eingangsapplaus für den Dirigenten gelegt hatte, kehrte aufmerksame Stille ein, und der Vorhang öffnete sich. Die Bühne war leer und dunkel, und der erste Akkord, der etwa die Länge eines Atemzugs hatte, stieg in die Weite des Parketts. Hier und da husteten Einzelne gedämpft, bis das Vorspiel fließender wurde und schließlich auch an Tempo gewann. Die Helligkeit im Bühnenraum nahm zu, und die große blaue Scheibe eines Mondes senkte sich einer aus dem Boden aufsteigenden goldenen Pyramide entgegen. Von rechts und links traten Menschen herbei, ein stummes Volk, das dem langsamen Vorgang zusah, bis der Bogen der Mondscheibe die Pyramidenspitze berührte. Offenbar handelte es sich dabei um die symbolistische Darstellung des heiklen Balanceakts, der in der Begegnung des Männlichen mit dem Weiblichen liegt. Davor steckte ein rot angeleuchteter Dolch im Bühnenboden, und als in der ersten Szene die Königin der Nacht auftrat und dem jugendlichen Helden Tamino ihr Leid klagte, dass man Pamina, ihre Tochter, entführt habe, und sie ihn anflehte, er möge sie finden und aus der Gefangenschaft Sarastros, ihres bösartigen Widersachers, befreien, übergab sie ihm diesen Dolch. Dann entschwand sie und mit ihr die Dunkelheit. Das Reich der vermeintlichen Entführer war hell und golden, eine Welt der Ordnung und der philosophischen Ideale, mit schwarzen Roben und roten Gewändern.

Während der Arien sah Glauberg hin und wieder Paula Reinhardt an, aber es war nicht zu erkennen, welchen Eindruck die Aufführung auf sie machte. Ob sie die Symbole der Handlung zu jenem realen Mord in Beziehung setzte, der vor einer Woche geschehen war, oder ob sie hier nur saß, weil Glauberg es vorgeschlagen hatte und sie die Hoffnung auf einen Hinweis oder ein genaueres Verständnis jenes Mordes im Grunde nicht nur für vergebens, sondern vielleicht sogar für absurd hielt. Ihr Profil mit der geraden Stirn und ihrem schlichten Haarschnitt lag ruhig in der wechselnden Beleuchtung der Opernhandlung.

Der zweite Auftritt der Königin der Nacht tauchte die Bühne erneut in blauschwarze Dunkelheit, und nun sang sie jene Arie, die erklungen war, als der Pfarrer den Toten gefunden hatte. Überhaupt waren es Lichtstimmungen, mit denen die Märchenwelt der Oper heraufbeschworen werden sollte. Flatternde blaue Tücher wurden zu Wasser und dunkelroter Dampf zu Feuer. Tamino und Pamina irrten durch Hitze und Dunkelheit, durch ein Reich der Gefahren, in das Sarastro sie geführt hatte, um die Kraft ihrer Liebe auf die Probe zu stellen. Und als Pamina, überfordert und am Ende ihrer Kräfte, nicht mehr wusste, wem sie trauen konnte und wem nicht, ihrer Mutter oder Sarastro, sang sie: »Sieh, Tamino! Diese Tränen fließen, Trauter, dir allein, fühlst du nicht der Liebe Sehnen, so wird Ruh' im Tode sein.«

Die Vorstellung endete um zehn, und als Paula Reinhardt und Glauberg auf die Straße traten, war es bitterkalt. Fast schien schon etwas wie Schnee in der Luft zu liegen. Paula zog ihren Mantel enger zusammen und sagte: »Es ist schon über zwanzig Jahre her, dass ich die *Zauberflöte* gesehen habe. Ich wusste gar nicht mehr, wie wirr sie ist und dass man sie eigentlich gar nicht verstehen kann.«

»Finden Sie?« Glauberg sah sich um, der Wagen stand auf dem Mittelstreifen, und das Überqueren der fünf Spuren der Bismarckstraße konnte einen durchaus an die Feuer- und Wasserprobe in der Oper erinnern. »Das ging mir eigentlich nicht so«, fügte er hinzu, als sie es schließlich geschafft hatten.

»Aber was hat denn das alles zu bedeuten?«, monierte Paula, als sie den Wagen anließ und sich in den Verkehr einreihte. »Zuerst ist Sarastro der Böse, der die Tochter der Königin der Nacht entführt hat, während sie die verzweifelte Mutter ist, die aus Sorge um ihre Tochter handelt. Dann aber auf einmal ist Sarastro der Gute, dem es um Natur und Schönheit und Weisheit und so weiter geht, was ihn aber nicht daran hindert, sich Sklaven zu halten. Und die Königin der Nacht kommt auf einmal daher wie die Vorsteherin der Hölle höchstpersönlich und versucht ihre Tochter zum Mord an Sarastro zu überreden, der wiederum mit irgendwelchen Logenritualen das Liebespaar an den Rand der Verzweiflung und beinahe in den Selbstmord treibt.« Sie schüttelte den Kopf. »Auf mich macht das alles einen ziemlich undurchdachten Eindruck. In einem Märchen sollte ja wenigstens klar sein, wer gut und wer böse ist. Wer die Hexe und wer die gute Fee.«

Glauberg widersprach. »Mir schien, es ging um etwas ziemlich Einfaches: Vater und Mutter kämpfen um ihr Kind. Sarastro und die Königin der Nacht verhalten sich wie ein geschiedenes Ehepaar. Sie beschimpfen einander, misstrauen sich und indoktrinieren das Kind, dass der jeweils andere böse ist und ihm schaden will. Es ist, als hätten sie sich vor kurzem getrennt. Für den Vater ist die Mutter böse und für die Mutter der Vater. Ich glaube, die Oper wird eigentlich aus der Sicht des Kindes erzählt, eines von der Erwachsenenwelt verwirrten Kindes. Deswegen tritt auch ständig dieser Komiker auf, Papageno. Und die Musik ist manchmal so einfach, wie Kindermelodien es sind. Die *Zauberflöte* wird oft nachmittags als Kindervorstellung gespielt. Im Grunde ist das seltsam, denn was bekommen die Kinder zu sehen? Dass ihre Eltern Krieg führen.«

»Hm«, machte Paula Reinhardt und sagte: »Aber Pamina ist nicht Sarastros Tochter.«

»Nicht seine leibliche, aber was heißt das schon? Kinder haben keinen Sinn für biologische Zusammenhänge. Und vielleicht ist sie es ja doch, denn über ihren Vater erfährt man praktisch nichts.«

Paula schwieg. Irgendwann sagte sie. »Vielleicht sieht jeder in der Oper das, was der eigenen Situation am nächsten kommt.«

Er sagte: »Ja, das mag sein. – Was ist mit Ihnen? Was sehen Sie in der Oper, außer Verworrenheit und mangelnder Logik?«

Sie musste lächeln. »Kommt denn das unserem Fall nicht am nächsten?«

Er nickte. »Bleibt nur noch die Frage, was es bedeutet?«

»Für unseren Fall?« Sie dachte eine Weile darüber nach. Durch die Frontscheibe glitten die wechselnden Lichtmuster der Stadt über ihr Gesicht. Der Straßenverkehr in Berlin wirkte an diesem kalt gewordenen Sonntagabend intensiv und nervös. Schließlich sagte sie: »Leider nichts, befürchte ich. Die *Zauberflöte* ist doch ganz zufällig ins Räderwerk des Terrorismus geraten.«

»Glauben Sie? Die *Zauberflöte* galt stets als ein musikalisches Füllhorn bürgerlicher Ideale und Tugenden.«

»Seltsam, wenn es eigentlich doch um Scheidung geht, wie Sie glauben.«

»Gut und Böse liegen mitunter nah beieinander.«

»Nicht so nah, dass man sie nicht unterscheiden könnte.«

»Sind Sie sich in diesem Punkt sicher?«

»Wie könnte ich sonst Polizistin sein? Ohne einen Begriff von Gut und Böse lässt sich die Welt nicht ordnen. Glauben Sie mir, ich weiß, wovon ich rede.«

Glauberg entgegnete nichts, und die Stille verstärkte die Bedeutung ihrer Worte. Es gab zwischen ihnen keinen äußerlich sichtbaren Unterschied in der Herkunft, und doch gelangten sie immer wieder an diesen Punkt, eine andere Geschichte zu haben und andere Erfahrungen. Sie hielten an einer Ampel.

In einem Imbiss lief ein Fernseher, und die Gesichter der Schauspieler drückten Emotionen aus, die ohne Worte bedrückend mechanisch wirkten, als wäre alles Reden nutzlos. Es wurde Grün, und Paula ließ den Wagen wieder anrollen. Für den Rest des Weges schwiegen sie, und die Stadt teilte sich kühl und herablassend vor ihnen. So verschieden ihre Geschichten auch sein mochten – gemessen an ihrer anmaßenden Weite, waren sie einander aber doch nah.

20

Anselm Wilke war Anfang dreißig und trug ein teakfarbenes Sakko von diskreter Eleganz, eine klug dazu kombinierte schiefergraue Jeans und eine eckige schwarz umrandete Brille, die seinem runden Gesicht eine neugierige Aufmerksamkeit verlieh, es aber geschickt vermied, den Eindruck intellektueller Überlegenheit zu erwecken. Er entschuldigte sich sogleich, falls er in der kommenden Unterhaltung nicht immer die nötige Geistesgegenwart an den Tag legen sollte, denn er sei von seinem Aufenthalt in New York noch ein wenig »jetlagged«. Aber selbstverständlich werde er sich bemühen, alle Fragen im Zusammenhang mit Jacobis bedauerlichem und so erschreckend brutal arrangiertem Tod möglichst präzise und für die laufenden Ermittlungen Gewinn bringend zu beantworten. Denn gerade jetzt, nach seinem Aufenthalt in New York und vor allem nach den quälenden Stunden im Flugzeug, die ihm seine Hilflosigkeit und sein Ausgeliefertsein so überdeutlich hätten bewusst werden lassen, sei es ihm ein ganz besonderes Anliegen, einen bescheidenen Beitrag zu der immensen Aufgabe zu leisten, allem, was auch nur im Entferntesten nach Terrorismus rieche, die Grundlage zu entziehen. Jetzt, da er gewissermaßen am eigenen Leibe erfahren habe, was es bedeute, im Fadenkreuz einer möglichen terroristischen Attacke zu stehen, erscheine ihm dies beinahe als persönliche Verpflichtung. Die zynische Wahrheit sei ja, dass der Terrorismus nicht unterscheide zwischen Schuldigen und Unschuldigen, zwischen Tätern und Opfern. Ja, wahrhaftig, sagte Anselm Wilke mit ruhiger Stimme und einem betroffenen Zug um die Lippen, der Terrorismus sei der Aktion gewordene Zynismus der Postmoderne.

Er hatte hinter seinem Glasschreibtisch Platz genommen, der bis auf ein zugeklapptes Notebook und ein silbernes Stiftschälchen leer war. Das Licht fiel durch ein dreieckiges, bis zum Boden reichendes Fenster in den Raum, der mit einem taubenblauen Teppichboden ausgelegt war. Paula Reinhardt und Anton Glauberg saßen in zwei mit schwarzem Nappaleder bezogenen Chromrohrstühlen, die dem Schreibtisch gegenüberstanden.

Anselm Wilke fuhr fort. »Gerade in Bezug auf die Frage nach Schuld und Unschuld haben mich die Diskussionen, die nach den Anschlägen in New York geführt worden sind, besonders getroffen. Hatten wir als Journalisten denn nicht die Pflicht, über diese Dinge wahrheitsgetreu zu berichten? Aber es wurde uns unterstellt, wir hätten sie regelrecht ausgeschlachtet und – mehr noch – gewissermaßen überhaupt erst den Nährboden bereitet, auf dem der perfide Plan zu dieser Tat habe heranreifen können. Nun ja – es ist eine alte Gepflogenheit, den Boten für die Botschaft hinzurichten, aber ich sage Ihnen, wir Journalisten sind unschuldig. Es liegt nicht in unserer Verantwortung, dass wir kaum noch etwas anderes zu melden haben als den Niedergang. Es ist doch so: Ein Mensch, der alt und verkommen aussieht, beginnt irgendwann jedweden Spiegel zu hassen. Und unsere Gesellschaft, deren Spiegel der Journalismus ist, verkommt rapide«, sagte er, und um seine Lippen spielte dabei ein feines melancholisches Lächeln. »Was sollen wir also tun? Wir müssen damit leben, dass man uns misstraut, dass man behauptet, wir seien es, die für den Verfall und die Dekadenz verantwortlich sind, und nicht unsere postmoderne, spätkapitalistisch ennuyierte Gesellschaft selbst. Wir dürfen uns nichts daraus machen, sondern müssen auch weiterhin schonungslos über den traurigen Zustand dieser Welt berichten, denn jede Schonung würde einen Verlust an Wahrhaftigkeit bedeuten. Im Grunde sind wir Journalisten die Hüter der Realität im Zeitalter ihrer höchsten Gefährdung durch die virtuelle Beliebigkeit der Pseudoinformation in den Datennetzen. Irgendwann wird man uns danken, dieses Zeitalter für die Geschichtsschreibung gerettet und nicht etwa den Schriftstellern überlassen zu haben, denen die Realität bekanntermaßen ein Dorn im Auge ist und die sie verachten. Die Zeitschriften werden dereinst ein riesiges historisches Archiv sein, aus dem sich die Ursache des Scheiterns der Menschheit detailliert wird herauslesen lassen – von wem auch immer. Wir sind Forscher und müssen dem Gegenstand unserer Untersuchung, dem Untergang der Zivilisation, vollkommen emotionslos gegenüberstehen. Und ich versichere Ihnen: Das ist sehr schwer. Oder, um es kurz zu machen: Wir sind die Soldaten der Sachlichkeit, und dafür werden wir beschimpft und verleumdet.«

Nachdem er sich derart geäußert hatte, lehnte er sich zurück, als habe er damit alle möglichen Fragen auf einen Schlag beantwortet, und man spürte eine gewisse unangenehme Berührtheit seinerseits, als Glauberg doch noch eine hatte.

»Und was«, erkundigte sich der Polizist mit ruhiger Stimme, »ist bei Ihren Forschungen nun herausgekommen? Immerhin haben Sie sich drei Mal mit Jacobi getroffen, an zwei Abenden im Juli und einmal Ende August. War das Ihre Idee oder die Ihres Fotografen Veith Seewald?«

»Wir haben gemeinsam entschieden, Jacobi ausfindig zu machen. Seewald war in den Siebzigern mit ihm befreundet, und da lag es nahe, diese alte Verbindung zu nutzen. Von der Bundesanwaltschaft waren über seinen aktuellen Wohnsitz allerdings keine Informationen zu bekommen, weil er als Kronzeuge ausgesagt hatte. Das hat ihn für das Buch natürlich besonders interessant gemacht.«

Paula Reinhardt sagte: »Als ob alternde Terroristen irgendjemand interessieren würden.«

»Das Thema hat einmal die ganze Republik bewegt«, erklärte er.

»Entschuldigung. Aber es war die halbe Republik.«

»Wie meinen Sie das?«

»Wie ich es sage«, entgegnete sie kühl. »Von heute aus gesehen war es nur die Hälfte der Republik.«

Es war ihr gelungen, ihn tatsächlich für einen Moment aus dem Konzept zu bringen, aber jetzt verzog er seinen Mund wieder zu diesem feinen schmallippigen Lächeln, das er hie und da auch in seine Rede geflochten hatte. »Sehen Sie«, sagte er und machte eine filigrane Geste mit der rechten Hand, »ich glaube, dass wir Deutschen – und damit meine ich tatsächlich alle Deutschen – uns sogar sehr für unsere Terroristen interessieren. Ja, davon bin ich überzeugt, denn wir – egal, ob im Osten oder im Westen –, wir sind ein Volk ohne große Leidenschaften. Wir können uns nicht für den Fortschritt begeistern und nicht für die Liebe, nicht für die Wissenschaft oder für die Literatur. Es gibt so vieles, an dem wir immer etwas auszusetzen haben: die Zukunft, das Triviale, das Geld oder die Demokratie – ja, nicht einmal mehr für unser eigenes Land, unsere Nation, mögen wir uns so recht erwärmen, weil sie uns zu deutsch ist. Alles ist uns schal geworden oder war es uns von je. Die Begeisterung für den Fußball und der Terrorismus sind vielleicht die einzigen leidenschaftlichen Haltungen, die wir in den vergangenen dreißig oder vierzig Jahren hervorgebracht haben – wie sollten wir uns also nicht daran klammern, sei es in der Verehrung oder in der Verachtung?« Er machte eine kurze Pause, und man hatte den Eindruck, als feile er bereits an der Einleitung zu seinem Buch. »Im Konkreten«, fuhr er schließlich fort, »sind wir ein absteigendes Volk. Wir machen keine großen Erfindungen mehr, wir schaffen die Wirtschaftsmodernisierung nicht, und ständig fühlen wir uns durch Innovationen bedroht. Der Linksterrorismus hingegen ist ein Hort der Tradition. Ein Ausdruck politischer Ideologien und Glaubenssätze und ihrer wärmenden Verheißungen. Wir Deutschen sind die Wahrer des Allgemeinen und Abstrakten. Die Gedanken, die uns beseelen, sind Prinzipien ohne jeden praktischen Wert, wie der Wunsch nach Gerechtigkeit in der Welt oder die Sehnsucht nach Frieden unter den Menschen oder mit der Natur. Und was ist die leidenschaftlichste Artikulation solcher Luftschlösser? Der Terrorismus. Wer glaubt, alles durchschaut zu haben, dem bleibt als letzter ungesichteter

Punkt nur noch das Unendliche, die totale Abstraktion, die natürlich am Ende wieder in rohe Gewalt umschlägt – das ist die deutsche Geschichte. Glauben Sie mir, man wird uns nie verstehen auf der Welt, wo man das Leben in seiner traurigen Widersprüchlichkeit liebt – wie sollte man auch?«

Paula Reinhardt sagte: »Sind Sie fertig?«

Er strich sich mit der Hand nachdenklich über seine vollen, mittellangen Haare. »Als ob man mit diesem Thema als Deutscher jemals fertig würde. Bereits Heine …«

Sie unterbrach ihn. »So viel Zeit haben wir nicht, und außerdem hätten wir es gerne konkret: Was hat Jacobi in diesen Gesprächen gesagt, die Seewald und Sie mit ihm geführt haben?«

Er seufzte kurz über ihre ungehobelte Art, doch er fügte sich. »Nun«, hob er die Schultern unter dem anschmiegsamen Wollsakko, »so richtig gesprächig war er bedauerlicherweise nicht. Wir hatten ihn mit der Drohung, sein Inkognito zu lüften, ja mehr oder weniger zu diesen Interviews genötigt. Ich hatte allerdings den Eindruck, dass es durchaus Dinge gab, über die er hätte reden können, aber dies schien sich ihm aus irgendeinem Grund zu verbieten – schließlich hat er eine Zeit lang mit dem BKA kooperiert. Leider war die Zeit zu kurz, um eine Vertrauensbasis zwischen uns herzustellen, die er gebraucht hätte, um sein Schweigen zu brechen.« Er machte erneut eine Pause, in der wieder jenes blitzartige Lächeln über seine Lippen huschte, das ihm offenbar, wie sich im Verlauf der Unterhaltung herausstellte, zur zweiten Natur geworden war. Er fuhr fort, in seiner ruhigen, gleichmäßigen Art ohne Füllwörter und ausschließlich in vollständigen Sätzen zu reden: »Ich habe ihn auf seine Berliner Jahre angesprochen und seine Wohngemeinschaftszeit, die man ja gewissermaßen als die Wurzel seiner terroristischen Karriere ansehen kann. Wussten Sie, dass im Laufe der Jahre an die fünfzig bis sechzig Personen in dieser Wohnung gelebt haben, nicht eingerechnet die, die dort regelmäßig ein- und ausgegangen sind?«

»Ja, das ist uns durchaus klar«, sagte Paula Reinhardt, ohne ihre Ungeduld zu verbergen. »Das hätte Ihnen Veith Seewald aber auch sagen können.«

»Seewald!« Er verzog das Gesicht. »Seewald ist ein Opportunist, wie im Übrigen alle Achtundsechziger Opportunisten sind. Er hat sich doch nur ins gemachte Nest dieser Wohngemeinschaft gesetzt, um an den nötigen Stoff für seine Karriere zu kommen. Fotografen brauchen Bilder, und mit Skandalfotos vom vermeintlichen Lotterleben in den Kommunen konnte man seinerzeit ganz gut Geld machen und sich ein gewisses Renommee erarbeiten. Seewald hatte das Vertrauen der Szene, was ihn zu einem der Fotografen der Revolution hat werden lassen und im Übrigen zeigt, wie naiv diese Weltverbesserer waren. Als der Revolutionsboom nämlich vorbei war, hat sich Seewald die Wohnung unter den Nagel gerissen und alle Kommunarden rausgeworfen. Inzwischen hat er das Dachgeschoss darüber ausgebaut und residiert als gefragter Zeitgeistfotograf auf zweihundertvierzig Quadratmetern in bester Lage über den Dächern von Berlin. Allerdings macht ihn seine Geschichte zum richtigen Mann für mein Buch. Er hat die nötige Rückgratlosigkeit, um diesen alternden Anarchistengesichtern den Ausdruck ihrer Niederlage zu entlocken. All diese ehemaligen Kopfsteinpflasterguerilleros, die damals in den Wohngemeinschaften gelebt oder sich in deren Dunstkreis bewegt und sich als gesellschaftliche Avantgarde verstanden haben, waren ja in der Regel Kinder aus besserem Hause, die mit langen Haaren und selbst gedrehten Zigaretten gegen die eigene Wohlerzogenheit anrebelliert haben. Und jetzt, dreißig Jahre danach, sitzen sie in leitenden Positionen und entscheiden über das Schicksal der Republik! – Nun, wie Sie wissen, war Jacobi selbst ein Kind aus besserem Hause, und vielleicht sollten Sie an dieser Stelle nach Ihrem Mordmotiv suchen. Jetzt ist der Moment, da die einstigen Steinewerfer auf der letzten Stufe der Karriereleiter angekommen sind. Jetzt stehen diese alt gewordenen Kämpfer im Rampenlicht, und jetzt wird in ihrer Vergangenheit gewühlt. Und ich sagte ja bereits, dass mir schien, als habe Jacobi durchaus das eine oder andere zu erzählen gehabt. Nun denn! Sie brauchen eine Erklärung für den so seltsam verspätet wirkenden Zeitpunkt seines gewaltsamen Todes? Da haben Sie eine!«

Er lehnte sich in einer Art Noch-Fragen?-Haltung zurück, ließ sich mit lässig ausgestreckten Beinen in seinem Stuhl weit nach unten rutschen und legte die Hände über seinem chamoisfarbenen Rollkragenpullover ineinander.

Paula Reinhardt sagte: »Ich nehme an, Sie haben Ihre Gespräche mit Jacobi aufgezeichnet.«

Er nickte. »Ja, aber ich glaube nicht, dass ich verpflichtet bin, Ihnen die Bänder auszuhändigen.«

»Wir können Sie dazu zwingen«, sagte sie und fügte hinzu: »Und im Übrigen ist es immer leicht, alt gewordenen Weltverbesserern einen Widerspruch in ihrer Biografie nachzuweisen, wenn man sich selbst auf den ungefährlichen Standpunkt des zynischen Beobachters stellt.«

»Hm«, machte er, »Sie irren sich. Das schonungslose und

unparteiische Beobachten ist keineswegs ungefährlich, sondern zunächst einmal ein journalistischer Schritt nach vorn. Man kann ja sagen, dass die Konstrukteure der öffentlichen Meinung hierzulande in den vergangenen zwanzig bis dreißig Jahren allesamt mehr oder weniger offene RAF-Sympathisanten waren oder, genauer gesagt, gescheiterte Moralisten. Intellektuelle sind domestizierte Anarchisten, oder jedenfalls haben sie ein ebenso verkorkstes Menschenbild wie diese, weil es ihnen nicht gelingt, sich in das unintellektuelle Dasein einzufühlen. Sie fühlen sich durch das vollständige Desinteresse, das die Massen ihnen entgegenbringen, tagtäglich aufs Neue beleidigt. Für diese ewig besorgten Schlaumeier ist die RAF, und insbesondere die erste Generation der RAF, doch eine heilige Kuh. Sie werden da niemanden finden, der Ulrike Meinhof ernsthaft für eine Verbrecherin hält. Und wenn ein paar Gene bei Baader anders geschaltet gewesen wären, hätte er auch Chefredakteur werden können – glauben Sie mir, ich kenne diese Burschen. Die meisten von ihnen sind nur zu bequem, zur Waffe zu greifen, aber eigentlich hassen sie dieses Land. Baader wäre da nicht besonders aufgefallen. Die Ensslin hätte Pastorin werden können wie ihr Vater, und Ulrike Meinhof wäre Journalistin geblieben. Es hätte wirklich so kommen können – und mir scheint, das war Hans Jacobi irgendwann klar. Deswegen hat er sich vom Terrorismus abgewandt. Das heißt nicht unbedingt, dass er seinen Frieden mit der Welt gemacht hätte. So wie ich ihn bei unseren Begegnungen verstanden habe, hatte er einfach die logische Unmöglichkeit von Weltverbesserung in der heutigen Zeit eingesehen: Wer die Welt verbessern will, muss einen Plan von einer besseren Welt haben. In einem Plan ist aber naturgemäß kein Platz für die Gegner dieses Plans. Und das heißt, man fällt in jedem Fall hinter den Jetzt-Zustand des planlosen Individualismus zurück.«

Paula Reinhardt sagte gereizt: »Irgendjemand hatte aber doch einen Plan. Nämlich den, Jacobi zu töten.«

»Das ist auch wirklich überraschend!«, rief Wilke. »Doch ich sagte ja schon: Entweder gab es jemanden in seinem einstigen WG-Umfeld, dem gewisse Dinge, die er wusste, heute mehr als unangenehm sind, oder aber … «, fügte er hinzu und griff sich einen schlanken Kugelschreiber aus dem silbernen Stiftschälchen und begann, diesen zwischen Daumen und Zeigefinger der rechten Hand hin- und herzuzwirbeln, »oder aber es gab gewisse staatliche Stellen, die ein Interesse an seinem Tod hatten.«

»Aber natürlich!«, sagte sie.

»Sie sollten diese Möglichkeit ernsthaft bedenken. Jacobi war einer Ihrer Kronzeugen, und das ist eine – wie soll ich sagen – sehr heikle Position. Dass es Verbindungen zwischen dem Terrorismus und gewissen Geheimdienstaktivitäten gibt und stets gegeben hat, ist vielfach belegt. Und ich erinnere mich, dass Jacobi an einer Stelle eine sonderbare Bemerkung gemacht hat: Er sagte, er würde es nicht noch einmal tun.«

»Was? Mit der Polizei zusammenarbeiten?«

Wilke machte eine Pause und schüttelte dann den Kopf, nein, der Gesprächsverlauf sei komplizierter gewesen, sagte er und versuchte sich zu erinnern. Insgesamt, so rekapitulierte er, habe die von ihm gemeinte Passage ungefähr folgenden Verlauf genommen: Er habe noch einmal Jacobis Leben in groben Zügen zusammengefasst, die WG-Zeit, das Abtauchen in den Untergrund, die stagnierende Zeit in der DDR und schließlich seine Zusammenarbeit mit der Polizei und den Geheimdiensten – und ihn sodann gefragt, ob er irgendetwas davon bereue. Jacobi habe daraufhin den Satz fallen gelassen, er würde es nicht noch einmal tun, diesen aber nicht weiter konkretisiert. Allerdings habe er nach einer längeren Pause den Gesprächsfaden an einer durchaus bezeichnenden Stelle wieder aufgenommen. Es sei sonderbar gewesen, habe er gesagt, mit der Polizei zusammenzuarbeiten, die er ja einerseits als Vertretung der Staatsmacht stets abgelehnt habe, doch sei ihm bei den Verhören etwas Seltsames widerfahren: Er habe sich momentweise vorstellen können, auch auf der anderen Seite zu stehen.

»Und das«, fuhr er fort, »hat mich doch hellhörig gemacht. Was meinte er damit, dass er sich auch vorstellen konnte, auf der anderen Seite zu stehen? War dieser Rollentausch, den er da angedeutet hatte, eine bloße Gedankenspielerei oder das Erschrecken über eine existenzielle Wahrheit, oder steckte mehr dahinter?« Er legte den schlanken Kugelschreiber, mit dem er während seiner Erzählung gespielt hatte, zurück auf den Schreibtisch. Das Licht im Raum wurde durch den taubenblauen Teppichboden blass eingefärbt und ließ sein Gesicht, je länger man ihn ansah, zunehmend grau erscheinen, was seiner Arroganz einen gewissen Abbruch tat. Auf einmal sah man, dass er tatsächlich auf einer anderen Zeitlinie lebte, einer, in der noch Nacht war oder gerade der Morgen dämmerte.

Paula sagte: »Vergessen Sie's. Er meinte etwas anderes.«

»So?« Er richtete sich ein wenig auf, als hätte die Bemerkung einen journalistischen Instinkt in ihm geweckt. »Woher wollen Sie das wissen?«

Sie sah ihn an und gab sich nun keine Mühe mehr, zu verbergen, dass sie ihn verachtete für seine manierierte Eingebildetheit und seinen ungenierten selbstverliebten Westgestus. »Sie mögen ja ein erfolgreicher Journalist sein«, sagte sie, »aber das heißt noch lange nicht, dass Sie von unserem Job mehr verstehen als wir. Es heißt noch nicht einmal, dass Sie *überhaupt* irgendetwas verstehen. Sie platzen vor zynischer Bequemlichkeit, setzen sich an Ihren Schreibtisch, verwandeln einen Toten in ein paar Seiten Text, und dann ist der Fall für Sie erledigt. Für uns ist er das nicht. Unsere Aufgabe ist es, jemand für das, was geschehen ist, zur Verantwortung zu ziehen, ganz egal, ob sich die Öffentlichkeit dafür noch interessiert oder nicht. Die Vergesslichkeit der Öffentlichkeit mag die ideale Grundlage für Ihren Job sein, aber wir können die Toten nicht einfach vergessen. Sie haben Namen, und sie haben eine Geschichte. Und sie haben ein Recht darauf, dass irgendjemand für ihren Tod bezahlt. – Nein, kommen Sie mir nicht damit, dass heutzutage alles beliebig wäre. Der Tod ist nicht beliebig und das Leben auch nicht. Das ist nur das, was wir glauben sollen, damit Leute wie Sie ihre innere Leere nicht spüren. Für irgendetwas muss man einstehen, sonst ist es, als hätte man nie gelebt.«

Sie stand auf. Wilke schielte sie von unten her mit müdem Blick an und lächelte wieder. Sie wandte sich ab, weil ihre Erregung keine Angriffsfläche fand an seinem glatten Wesen. Mit ihrer Unsicherheit stand sie seiner wortgewandten Selbstzufriedenheit machtlos gegenüber. Sie war zerrissen, wo er von jeher eins gewesen war, und die Mechanismen, mit denen sie gelernt hatte, sich durchzusetzen, versagten ihm gegenüber. Sie musste gehen und zurückkehren auf den Boden der

Stadt, in der sie geboren worden war und deren verlässliche Realität hier oben nicht mehr zu sein schien als eine immense Zeitgeist-Abstraktion, ein leerer, kulissenhafter Mythos. Sie verließ den Raum, und Glauberg folgte ihr, nachdem er sich mit einem Nicken von dem erfolgreichen Journalisten verabschiedet hatte.

21

Auf der Strasse sagte er: »Warum haben Sie sich von seiner Arroganz provozieren lassen?«

Wütend entgegnete sie: »So ein Klugscheißer!«

»Er ist ein Vertreter Ihrer Generation.«

»Er ist so alt wie ich. Das ist aber auch alles.«

»Sind Sie sich da sicher?«

»Uns verbindet nichts, wirklich gar nichts.«

»Vielleicht. Aber deswegen muss er kein Dummkopf sein.«

»Das ist mir egal!«

Im Wagen sagte Glauberg: »Hat er möglicherweise nicht Recht mit seiner Behauptung, dass Anarchismus im Kern nur Eitelkeit ist?«

»Wenn einer eitel ist, dann er. Terroristen sind Kriminelle.«

»Ja, er ist eitel, aber so jemand setzt sich durch.«

»Ich möchte auf keinen Fall in einer Republik leben, in der solche Schnösel den Ton angeben.«

»Sie leben aber in so einer Republik.«

Sie fuhren durch das Brandenburger Tor, das vollständig umhüllt war von einer Kunststoffplane, auf der sich wiederum eine originalgetreue Abbildung des Tores befand. Man bemerkte erst aus nächster Nähe, dass man es mit einer Kulisse zu tun hatte. Offenbar ließen sich Dinge am gründlichsten zum Verschwinden bringen, indem man sie durch sich selbst verbarg.

Irgendwann hatte Paula sich ein wenig beruhigt und sagte: »Die großen WGs in den siebziger Jahren waren tatsächlich ziemlich unübersichtlich. Wir haben natürlich die polizeilichen Anmeldungen derer herausgekramt, die damals bei Seewald gewohnt haben, aber wer hat sich seinerzeit schon angemeldet? Die, die es getan haben, waren natürlich harmlos. Wir haben alle überprüft, und Sie finden darunter niemanden, der auch nur entfernt als Täter in Frage käme.«

»Was ist mit Seewald selbst?«

»Seewald ist einer dieser typischen Altachtundsechziger, die sich mittlerweile ein bequemes Leben machen. Wilke hat weitaus mehr mit *ihm* gemeinsam als mit mir oder Ihnen. Die beiden verstehen sich, wie es aussieht, ja prächtig. Um Seewald brauchen wir uns nicht weiter zu kümmern. Der tut keiner Fliege was zuleide, solange er erfolgreich im Geschäft ist.«

»Wir sollten uns auf jeden Fall mit ihm treffen.«

»Ja, sicher«, sagte sie, aber die Sache schien ihr nicht besonders wichtig zu sein.

Nach einer Weile sagte Glauberg: »Ich frage mich ernsthaft, ob es sein kann, dass mein Bruder für etwas getötet worden ist, was er wusste.«

Sie sagte: »Wir müssen uns Wilkes Bänder anhören – anders kommen wir nicht weiter. Ich denke, die nötige Verfügung habe ich morgen. Ich glaube nicht, dass Wilke sich dagegen wehren wird, die Aufnahmen herauszugeben. Er macht sich heute natürlich Kopien.« Sie steuerte den Wagen nach links auf den Potsdamer Platz zu. Die Hochhäuser ragten backsteinfarben und glasgrün in den Himmel. Ihre Neuheit hatte für den Straßenverkehr schon keine Bedeutung mehr. Irgendwann sagte Paula: »Können Sie sich vorstellen, dass Ihr Bruder irgendjemanden erpresst hat?«

Glauberg hob die Schultern. »Ich kannte ihn ja kaum.«

»Und nach dem, was Sie über ihn wissen?«

»Eigentlich kann ich's mir nicht vorstellen. Es wäre nicht seine Art gewesen.«

»Was war seine Art?«

»Er war nicht mehr der junge Rebell«, sagte er nachdenklich. »Er hatte sich verändert. Vielleicht war er ja auch zu dem geworden, der er wirklich war. Der Terrorismus hat ihn zum Schluss offenbar abgestoßen in seiner Emotionalität.«

»Das könnte ein Motiv sein. Vielleicht hat er die geschmeidigen Wendehälse verachtet.«

»Mag sein – aber dennoch: Warum hätte er jemanden erpressen sollen? Er hatte genug Geld.«

»Viel hätte er auf diese Weise tatsächlich nicht verdienen können, wenn man hierzulande mit einer WG-Vergangenheit Außenminister werden kann. Bei einer Stasi-Vergangenheit sähe das gewiss anders aus.«

»Das ärgert Sie?«

»So groß ist der Unterschied ja nicht.«

»Sie finden, man sollte die Stasi-Akten schließen?«

»Nein«, sagte sie, »ich finde, man sollte die WG-Akten öffnen.«

Sie fuhren die Potsdamer Straße hinunter, und die Menschen trugen ihre Einkaufstüten nach Hause. Nach einer Weile sagte Glauberg: »Diese WGs waren vollkommen harmlos. Es wäre falsch, sie mit der Staatssicherheit zu vergleichen. In den WGs wurde nur theoretisiert. Die Stasi hat gehandelt.«

»Ich habe neulich einen jüdischen Sinnspruch gehört«, sagte sie. »Er geht ungefähr so: Achte auf deine Gedanken, denn sie werden deine Worte. Achte auf deine Worte, denn sie werden deine Taten. Achte auf deine Taten, denn sie werden deine Gewohnheiten. Achte auf deine Gewohnheiten, denn sie werden dein Charakter. Achte auf deinen Charakter, denn er wird dein Schicksal.«

Glauberg nickte nachdenklich: »Ja, da ist etwas dran.«

»Nicht wahr?«

»Aber es ist keine jüdische Weisheit.«

»Nicht?«

»Nein, sondern eine arabische.«

»Sind Sie sicher?«

Er sah aus dem Fenster. Am Fuß eines Laternenpfahls, an dem ein Abfalleimer befestigt war, hatte sich ein kleiner Haufen Papier und Verpackungen angesammelt, jemand ging telefonierend daran vorbei, den Blick ins Leere gerichtet, ein Radfahrer huschte noch schnell über eine Kreuzung, und die Arme der Fußgänger hingen seltsam nutzlos von den Schultern herab, während sie an einer Ampel warteten.

»Ja«, sagte er. »Ich bin mir sicher.«

22

Das restaurant, das Glauberg abends betrat, bestand aus einem großen Raum mit einem bogenförmigen Tresen gegenüber dem Eingang, so dass der Eindruck einer losen Zweiteilung entstand. Die Tische rechts waren mit hellen Decken und einfachem Geschirr zum Speisen eingedeckt, während man sich in der kleineren linken Hälfte zu einem Bier oder einem Glas Wein niederlassen konnte. Durch die Eichendielen auf dem Boden und die Holzvertäfelung der Wände war die Atmosphäre von einer angenehmen, warmen Dunkelheit, die nur durch ein paar kugelförmige Milchglaslampen, die hier und da von der Decke herabhingen, ein wenig aufgehellt wurde. Vor den Fenstern waren auf halber Höhe Messingstangen angebracht, an denen kurze bordeauxrote Vorhänge hingen. Die unbewegten Wellen des schweren Stoffs sandten eine zufriedene Stilverbundenheit in den Raum, die den Schwankungen der Mode nicht unterlag.

Glauberg setzte sich an einen Tisch im rechten Teil des Lokals, an dem Veith Seewald ihn bereits erwartete. Nachdem sie sich begrüßt hatten, sagte der Fotograf: »Den Zwiebelkuchen hier kann ich dir wärmstens empfehlen, und es gibt auch ein paar gepflegte Elsässer Biere. Ich persönlich schätze diese Italienwelle ja nicht, die derzeit auf ihrem Höhepunkt zu sein scheint. Überall machen diese Restaurants auf, in denen man für eine Hand voll Spaghetti fünfundzwanzig Mark bezahlt. Das ist ja vollkommen idiotisch. Und außerdem: Was hat Italien denn sonst noch zu bieten? Weißt du, damals in den Sechzigern hat kein Mensch von Italien geredet. Wir haben Sartre gelesen und Camus. Nein – meine Liebe gehörte und gehört Frankreich, und da auch eher dem Norden. Dort isst man wirklich großartig. Eine ehrliche, deftige Küche, die dennoch einer gewissen romanischen Raffinesse nicht entbehrt. Die Menschen dort sind sich ihrer Wurzeln noch bewusst. Diese ganze Mittelmeer- und Toskanaseligkeit ist nichts für mich. Am liebsten, sage ich dir, sind mir die Bretonen. Ein unbeugsamer ländlicher Menschenschlag und vollkommen unanfällig für dieses Globalisierungsgequatsche. Ja, in meinem Herzen bin ich ein Linker geblieben, das ist wirklich wahr, auch wenn sich die Zeiten natürlich geändert haben. Aber andererseits ist es mir auch egal, wo jemand sich wohl fühlt, oder jedenfalls ist es mir nicht so wichtig. Auch in diesem Punkt halte ich es mit der französischen Mentalität. *Chacun à son goût* – das ist mir immer noch das liebste Motto des menschlichen Zusammenlebens. Ich nehme mir, was mir gefällt, und alle anderen sollen sich das Ihre nehmen.«

Seine breitfingrigen Hände hatten während dieser beherzten Skizzierung dessen, was er unter *Savoir-vivre* verstand, gelegentlich durch die Luft gewedelt oder bei dem Verweis auf die Elsässer Biere auf eine Tafel gezeigt, die über dem Tresen hing und diese auflistete. Jetzt schob er Glauberg die Karte hin, die er selbst nicht brauchte, da es sich, wie er bereits am Telefon gesagt hatte, um sein Stammlokal handelte.

»Schön«, sagte er, »dass du dich noch einmal gemeldet hast. Wie sieht es denn mit eurem Fall aus? Die Sache ist mir noch tagelang nachgegangen, und verdaut habe ich sie immer noch nicht. Ich kann es nicht glauben, dass jemand deinen Bruder auf so barbarische Weise umgebracht hat. Habt ihr denn immer noch keine Spur?«

Glauberg nahm den Briefumschlag zur Hand, den er mitgebracht und neben das Besteck gelegt hatte, und zog das Schwarzweiß-Foto aus dem Reichstag daraus hervor. Seewald nahm den Abzug entgegen und betrachtete ihn eine Weile, zunächst irritiert, dann zunehmend erstaunt.

»Das ist ja in meiner Küche!«, stellte er fest und hielt seinen Blick auf das Bild gerichtet.

»Damals war es noch nicht *deine* Küche«, sagte Glauberg.

»Und das bist doch du, hier in der Mitte!«, fuhr er fort. »Und hier rechts – ja wirklich, das ist dein Bruder.«

»Ich denke, du weißt sehr gut, wer auf diesem Foto zu sehen ist. Du hast es schließlich gemacht.«

»Ja«, sagte er, ohne seinen Blick von der Aufnahme zu wenden. »Aber das ist verdammt lange her. Das muss fünfundsiebzig oder sechsundsiebzig gewesen sein. Unglaublich. Wo hast du es her?«

»Das hätte ich gerne von dir gewusst«, sagte Glauberg.

Er sah auf. »Von mir? Wie meinst du das?«

»Du weißt, wie ich es meine.«

Er gab sich vollkommen ahnungslos. Der Kellner, der an ihren Tisch kam, befreite ihn von dem Zwang, sofort antworten zu müssen. Nachdem sie bestellt hatten, sagte er: »Ist irgendetwas dagegen einzuwenden, dass ich dieses Foto gemacht habe?«

»Nicht dagegen, dass du es gemacht hast.«

»Aber?«

Glauberg sah ihn an. Schließlich sagte er: »Jemand, den ich nicht zu Gesicht bekommen habe, hat es mir gestern im Reichstag zukommen lassen. Versteckt in einer Zeitung.«

»Hm«, machte Seewald. »Also, ich war es nicht.«

»Vielleicht stimmt das«, sagte Glauberg. »Aber das macht die Sache nicht besser. Wenn du es nicht warst, war ein anderer im Besitz dieser Aufnahme, und ich muss mich fragen, wie der oder die dazu gekommen ist.« Und da Seewald schwieg, fügte er hinzu: »Und da wäre noch etwas, das ich nicht verstehe: Wieso schützt dich eigentlich das BKA?«

Seewald sagte: »Was für ein Unsinn.«

»Wir waren heute bei Anselm Wilke«, fuhr Glauberg fort. »Aus Sicht des BKAs gab es dabei allerdings ein Problem: Die einzige Spur, die zu Wilke führt, ist dein Wagen, der im Sommer ein paar Mal vor dem Haus meines Bruders gesehen worden ist. Aus irgendeinem Grund haben sie mir gegenüber aber behauptet, der blaue Kombi sei *Wilkes* Wagen. Das ist seltsam, nicht wahr? Es scheint so zu sein, als wollten sie dich bei der Angelegenheit aus dem Spiel lassen, und ich frage mich natürlich, warum das so ist? Als ich vorgeschlagen habe, dich zu verhören, haben sie abgewiegelt, als sei deine Anwesenheit bei den Interviews mit meinem Bruder nicht erheblich gewesen.«

Seewald schwieg eine Weile. Dann sagte er: »Und was, glaubst du, hat das alles zu bedeuten?«

»Ich denke, es gibt nur eine Erklärung dafür«, stellte Glauberg fest. »Du hast für sie gearbeitet.«

Seewald reagierte nicht sofort auf die Anschuldigung. Die kurzen grauen Haare auf seinem großen Schädel und die Falten auf der Stirn ließen auf einmal sein Alter zutage treten. Ein dickwandiges Glas Cidre wurde vor ihn hingestellt.

Glauberg fuhr fort: »In den siebziger Jahren war für das BKA jede Wohngemeinschaft konspirativ, zumal in Berlin, und natürlich wird man sich nach Informanten aus der Szene umgesehen haben. Vermutlich waren sie der Meinung, mit dir das große Los gezogen zu haben. Jemand, der nicht nur Informationen lieferte, sondern gleich auch noch die Bilder dazu.«

Seewald nahm sein Glas in die Hand. Er trank Cidre, wie er lebte: in großen Zügen. Nachdem er das Glas wieder abgesetzt hatte, sagte er: »Was willst du? Du bist Polizist. Ich habe auf deiner Seite gestanden.«

Glauberg schüttelte den Kopf. »Du hast nur an dich gedacht. Du wolltest die Wohnung, und alles andere war dir egal.«

»Du bist deinem Bruder ja wirklich ähnlich«, sagte er. »Du bist Moralist.«

»Warum auch nicht«, sagte Glauberg.

»Ach, ich bitte dich!«, rief er, jetzt wieder ganz er selbst. »In den Sechzigern wurde zu viel Marx und Freud gelesen. Das konnte nicht gut gehen.«

»Anfang der Neunziger«, sagte Glauberg, »habe ich mich um eine Stelle in Berlin beworben. Was Alter und Qualifikation anging, hatte ich ziemlich gute Voraussetzungen, aber ich habe den Job nicht bekommen.«

Seewald machte eine abwehrende Handbewegung. »Und jetzt soll ich dafür verantwortlich sein?«

»Ich frage mich, auf wie viel gescheiterten Karrieren du deine eigene wohl aufgebaut hast?«

Er ging auf die Frage nicht ein. Durch das Tweed-Jackett, das er trug, wirkte sein Oberkörper mächtig und weit. Schließlich beugte er sich vor und nahm eine offensive, belehrende Pose ein. »Ich sage dir etwas: Wer wirklich etwas draufhat, der setzt sich durch, egal ob er in jungen Jahren Steine geworfen oder kommunistische Sprüche geklopft hat. Fast alle, die seinerzeit für die Revolution auf die Straße gegangen sind, haben am Ende doch ihre Pöstchen bekommen – und wahrlich keine schlechten. Die Angst vor dem Großen Bruder und der totalen Überwachung ist reine Hysterie. Gegen Neider und Widersacher wird man sich immer durchsetzen müssen, und natürlich ist die Vergangenheit ein ergiebiger Steinbruch, wenn es darum geht, jemanden fertig zu machen. Aber ist das meine Schuld? Auch diese ganze IM-Hysterie finde ich lächerlich. Was soll denn das? Unter diesen Stasi-Fritzen sind mit Sicherheit gute Leute, die sich halt irgendwie unter den Bedingungen einer engstirnigen Diktatur haben einrichten müssen. Man sollte diese IM-Akten ein für alle Mal in den Reißwolf geben. Der Staat, der sie produziert hat, ist untergegangen – zu Recht. Also weg damit! Neues Spiel, neues Glück! Mit dieser Gauck-Behörde ist doch wieder nur ein entsetzlich aufgeblähter Beamten- und Verwaltungsapparat geschaffen worden, der unsere Steuergelder auffrisst. Und von mir aus soll man das BKA gleich mit abschaffen. Und den BND und die CIA und den KGB. Weg damit! – Aber wenn der Staat schon der Meinung ist, Räuber und Gendarm spielen zu müssen, warum hätte ich denn davon nicht auch in bescheidenem Umfang profitieren sollen? Ich habe diese verdrucksten Geheimdienstbeamten eh nur verarscht. Die hatten eine Aura, als wären sie von der Gebühreneinzugszentrale. Immer wenn ich Geld brauchte, habe ich diesen armen Schnüfflerseelen irgendetwas erzählt, egal ob es stimmte oder nicht, und sie haben immer brav gezahlt. Die waren wie eine Cash-Pipeline, die man nur aufzudrehen brauchte. Die kamen mit Bündeln von leuchtend blauen, nigelnagelneuen Hundertern an und zogen mit meinen WG-Anekdoten wieder ab.

Aber irgendwann ging mir das alles auf die Nerven, diese ganze Paranoia von beiden Seiten und diese ewigen Wohngemeinschaftsdiskussionen über den miserablen Zustand der Welt. Mir hat das Leben nämlich Spaß gemacht, und ich hatte keine Lust, mir ständig die Laune verderben zu lassen. Irgendwann hat es mir einfach gereicht, und ich habe alle aus der Wohnung rausgeworfen und den Staatsschutzbeamten erklärt, ich hätte ihnen nichts mehr zu sagen. Schließlich flaute diese ganze Terrorhysterie ja Gott sei Dank auch wieder ab, und die WGs wurden zu Zentren des Strickens und der makrobiotischen Küche. Da ließ sich wahrlich nichts Republikbedrohendes mehr rausholen, und irgendwann haben sich diese trüben Tassen vom Verfassungsschutz bei mir auch nicht mehr blicken lassen. Das waren vielleicht Pfeifen! Warum hätte ich denn diese Geldquelle nicht nutzen und sie stattdessen irgendeinem anderen überlassen sollen? Alle bedienen sich doch hierzulande an Steuergeldern, und im Nachhinein betrachte ich es als eine Art Existenzgründungshilfe, was mir da zuteil geworden ist. Ich konnte mir meine Wohnung davon leisten und meine Ausrüstung. Und wie du siehst, ist das Geld gut angelegt. Ich bin ein veritabler Förderungserfolg. Aber, glaube mir, von nichts kommt nichts. Wenn meine Bilder nichts taugen würden, würde sie auch niemand drucken. Ohne Talent nützt einem auch die originellste Starthilfe nichts.«

Die Bewegung, mit der er die Serviette auffaltete, um Platz zu machen für den Zwiebelkuchen, der vor ihn hingestellt wurde, war großspurig und rund. Glauberg nahm sein Pfeffersteak entgegen und sagte: »Freut mich, dass du kein Haar in der Suppe deines Lebens zu finden vermagst.«

»Nein«, erwiderte Seewald, »das kann ich wirklich nicht.«

Dann legte er einen seiner großen Finger auf das Schwarzweiß-Foto und schob es ein wenig zur Tischmitte. »Das mit der Aufnahme tut mir übrigens Leid«, sagte er, »ich wollte dir nicht schaden. Wer konnte denn ahnen, dass diese graugesichtigen Geheimdienstler derart vernagelt sind, dass sie alle, die in ihren Rastern hängen bleiben, gleich auf irgendwelche schwarze Listen setzen? Ist es denn mein Fehler, wenn die Welt paranoid ist? Ich bin sicher, sie könnten dich hier gut gebrauchen. Die Berliner Polizei ist ja bekanntermaßen der unprofessionellste und hilfloseste und dümmste Polizeisauhaufen der gesamten Republik.« Er machte eine Pause, wandte sich seinem Zwiebelkuchen zu und kaute nachdenklich auf dem ersten Bissen herum. »Es mag sogar sein, dass es mich insgeheim gereizt hat, diesen ganzen Irrsinn aus ideologischen Überzeugungen und staatlicher Panikmache irgendwie herauszufordern. Vielleicht war es eine Form von Experiment, meine Fotos weiterzugeben. Eine Art Beweis dafür, dass die eigentliche Macht weder beim Volk oder irgendwelchen Räten noch beim Establishment oder in den Händen von Konzernleitungen liegt, sondern in Bildern. Wir sind als Gesellschaft von Bildern abhängig, und eines Tages – da können sie jetzt in Afghanistan so viele Bomben werfen, wie sie wollen – werden wir gegen den Islam verlieren, mit seinen Sittenwächtern und seinem Bilderverbot – und dann bin ich erledigt. Aber solange das noch nicht der Fall ist, werde ich mein Leben so leben, wie es mir passt. Ich werde dieses Jahr fünfundfünfzig, und wenn man einmal die fünfzig überschritten hat, dann begreift man allmählich, dass man nichts mehr zu verschenken hat.«

Glauberg schwieg. Draußen hatte es angefangen zu regnen, und an der Tür, die von einem schweren roten Vorhang gegen die hereindringende Kälte abgeschirmt wurde, war der Holzboden dunkel und feucht geworden. Irgendwann sagte er: »Dir ist doch klar, dass in dem, was du sagst, ein Tatmotiv liegt. Es ist sogar das erste handfeste Motiv, das ich finde. Wir haben uns bisher nur gefragt, ob die Stasi mit dem Mord an meinem Bruder zu tun haben könnte, aber allmählich begreife ich, dass ja auch unsere Seite irgendwie in der Sache drinstecken könnte. Wusste mein Bruder eigentlich von deiner Nebentätigkeit?«

Seewald dachte darüber nach. »Ich glaube nicht.«

»Aber er könnte davon erfahren haben.«

»Ich habe es ihm nie gesagt.«

»Er hat nach seiner Festnahme mit den Behörden kooperiert. Man könnte ihn darüber aufgeklärt haben, mit *wem* er einmal befreundet gewesen war, und das ist sogar wahrscheinlich. Du hast beim letzten Mal gesagt, dass es deinen Redakteuren vollkommen egal wäre, wenn sich herausstellen sollte, dass du einmal Steine geworfen hättest. Das mag richtig sein. Aber mit Spitzeln umgibt man sich nicht so gern. Vor allem wäre es für die Glaubwürdigkeit eines Buches über ehemalige Terroristen nicht sehr förderlich, wenn sich herausstellen sollte, dass ein ehemaliger BKA-Informant daran mitgearbeitet hat. Wer weiß, ob sich Anselm Wilke in dem Fall nicht für einen anderen Fotografen entscheiden würde. Ich habe nicht den Eindruck, als sei er sehr zimperlich, wenn es um seine Karriere geht. Und eines dürfte sicher sein: Es gibt genug, die an dem Job Interesse hätten. Wenn mein Bruder also Wilke davon erzählt hätte, womit du dir zeitweilig deine Brötchen verdient hast, dann wärst du abgemeldet gewesen.

Sein Tod hingegen dürfte sich auflagensteigernd auswirken – das heißt, du profitierst in doppelter Hinsicht von dem Mord.«

Seewald wurde ernst, aber wie all seinen Stimmungen, so haftete auch diesem Ernst etwas Übertriebenes an, ein innerer Zwang zur Fülle. Er sah Glauberg an und sagte in einem dramatisierenden Tonfall: »Ich *habe* deinen Bruder nicht umgebracht.«

»Wenn du es nicht warst, wer war es dann?«

»Woher soll ich das wissen?«

»Du weißt mehr über ihn als jeder andere.«

»Das alles ist viel zu lange her.«

Glauberg legte sein Besteck auf den Teller und nahm das Foto noch einmal zur Hand. Schließlich sagte er. »Warum sollte ich dir glauben? Es stimmt ja nicht einmal, dass du nicht mehr mit dem BKA zusammenarbeitest.«

Er hob empört die Hände. »Das ist Unsinn.«

»So? – Und wie sind sie auf Wilke gekommen?«

»Mein Gott, wie schon! Sie hatten doch meinen Wagen in ihrem Raster. Und am Freitag stand so eine ehrgeizige junge Beamtin bei mir vor der Tür und hat mir ein paar Fragen gestellt. Warum hätte ich nicht antworten sollen, ich habe nichts zu verbergen. Für eine Polizistin sah sie übrigens ziemlich gut aus. Kennst du sie?« Als Glauberg auf die Frage nicht reagierte, legte Seewald seine rechte Hand auf den Tisch, als verschaffe diese Geste seinen Worten eine besondere Glaubwürdigkeit, und sagte: »Ich habe ihr übrigens *nicht* erzählt, dass du da warst. Ich hatte da so ein Gefühl …!«

»Du meinst, ich sollte jetzt deinen Riecher bewundern und dir dankbar sein?«

»Ist ja schon gut«, sagte er und ließ sich einen Kaffee bringen.

Glauberg nahm ebenfalls einen Kaffee und sagte: »Am Samstag wird mein Bruder beerdigt. Es werden nicht sehr viele Trauernde da sein. Vielleicht kannst du es ja einrichten zu kommen.«

Seewald sah ihn an: »Du möchtest lieber einen Verräter dabeihaben als niemanden?«

Glauberg ließ sich mit der Antwort Zeit. Vielleicht wusste er sie selbst nicht. Die beiden Kaffees wurden gebracht und standen schwarz vor ihnen. Die Gespräche im Raum vermischten sich zu jenem Stimmenteppich, wie man ihn von Restaurants kennt. Vor einer der Milchglaslampen schwebte Rauch, ein dünner Schleier wie auf jenem Foto, das Seewald von Glaubergs Bruder gemacht hatte. Man musste wohl annehmen, dass Hans Jacobi seine letzte Zigarette allein geraucht hatte. Glauberg rührte Zucker in seinen Kaffee.

»Ja«, sagte er, »warum denn auch nicht? Jede Gesellschaft ist besser als keine.«

Zwei Stunden nach dem Gespräch mit Seewald saß Glauberg in seinem Hotelzimmer und rief Sylvia an. Sie hob ab, und nachdem er sie begrüßt hatte, sagte er: »Übermorgen komme ich zurück. Wenn du willst, kann ich dir Felix dann abnehmen.«

»Ich komme klar«, antwortete sie spröde.

»Es geht hier nicht sehr gut voran«, sagte er.

»Tut mir Leid. Aber es ist nicht meine Sorge.«

»Nein. Das erwarte ja auch nicht.«

»Warum rufst du an?«

»Ich wollte mit jemandem reden.«

»Mit jemandem.«

»Wenn ich das Bedürfnis habe zu reden, fällst du mir ein. Du bist die Einzige, mit der ich reden kann.«

»Davon habe ich nie etwas gemerkt.«

»Es ist aber so.«

Sie schwieg einen Moment, und in ihrem Atemzug lag der Klang des Raumes, in dem sie sich befand, des Wohnzimmers mit seinem Buchenparkett und dem runden Tisch, auf dem immer Bast-Sets lagen, mit dem Fernseher und der dunkelgrünen Bettcouch davor, auf der Glauberg manchmal geschlafen hatte, wenn er bis spät in die Nacht noch gearbeitet hatte und er wusste, dass Felix sich längst auf jener Seite des Ehebetts zusammengerollt hatte, die eigentlich seine hätte sein sollen.

Sylvia sagte: »Felix glaubt, dass er dir nichts bedeutet.«

»Er bedeutet mir viel.«

»Woher soll er das wissen?«

»Ich versuche ihm dieses Gefühl zu geben. Aber er macht es mir nicht immer leicht.«

»Er ist ein Kind. Er gibt zurück, was er bekommt.«

»Er überschlägt sich nicht gerade vor Freude, wenn ich da bin.«

»Du meinst, er zeigt seine Gefühle nicht?«

»Ja, vielleicht.«

»Was meinst du wohl, woher er das hat?«

»Vielleicht gibst *du* ihm ja zu verstehen, er bedeute mir nichts.«

»Es wäre dir vermutlich recht, wenn die Verantwortung bei mir läge, aber so ist es nicht. Er leidet darunter, dass er keinen Vater hat. In der Schule wird er damit aufgezogen.«

»Ach was!«, sagte er. »Die Hälfte aller Kinder hat heute nur noch ein Elternteil.«

»Das glaubst du.«

Er schwieg eine Weile. Es war empfindlich kühl im Raum, weil das Zimmermädchen das Fenster zum Lüften einen Spalt geöffnet und die Heizung abgedreht hatte. Schließlich sagte er: »Vielleicht sollten wir das nicht unbedingt am Telefon besprechen.«

»Lieber am Telefon als überhaupt nicht.«

»Wir reden zu Hause darüber.«

»Schreib's dir auf, sonst vergisst du es wieder.«

»Ich werde es so einrichten, dass es übermorgen nicht zu spät wird.«

»Ich kann dich vom Bahnhof abholen.«

»Das ist nicht nötig. Gib Felix einen Kuss von mir und sag ihm, dass ich ihn liebe.«

»Sag *du* es ihm.«

Sie verabschiedeten sich, und Glauberg legte auf. Er trat ans Fenster und schloss es. Die Verkehrsschilder und Wegweiser auf der Straße hatten unwirkliche Mischfarben. Auch das Werbeplakat an der Wand gegenüber wirkte farblich verfremdet im herüberscheinenden Gelb der Tankstelle. Der Palmenstrand sah aus, als sei er aus Asche. Von unten hallten Schritte herauf, aber es war niemand auf dem Bürgersteig zu sehen. Fernseher, Bettdecke und Leseleuchte schienen darauf zu warten, dass irgendjemand sie in Dienst nahm, ihnen endlich einen Funken Leben entlockte. Glauberg öffnete die Minibar und nahm ein Mineralwasser heraus. Er setzte sich, schaltete den Fernseher ein, und statt in dem morbiden Tankstellengelb erschienen jetzt alle Gegenstände im blassblauen

Flimmern irgendeiner Nachrichtensendung. Glauberg stellte den Ton etwas lauter, und für Momente verbreiteten die Stimme des Sprechers und ein weit entfernter Krieg so etwas wie Normalität im Raum.

23

Als glauberg am nächsten morgen den Frühstücksraum betrat, saß Paula Reinhardt bereits dort; einmal mehr schien sie nicht sehr viel geschlafen zu haben. Sie trug ihre Brille, und leichte Schatten lagen unter ihren Augen. Ihr Blick ruhte auf der ersten Seite einer Tageszeitung, aber sie schien nicht wirklich zu lesen. Sie fühlte sich unbeobachtet und wirkte in dieser Privatheit verletzlich und auf eine uneitle Weise schön.

Glauberg machte einen Schritt in den Frühstücksraum hinein, und sie sah auf und begrüßte ihn stumm, indem sie die Augenbrauen hob. Ein Hallo! wäre zu laut und artikuliert gewesen für die typische Frühstücksraumatmosphäre, in der alle redeten, wie man eine volle Tasse Kaffee trägt, Silbe für Silbe ohne lautliche Erschütterungen. Erst als Glauberg ihren Tisch erreichte und sich setzte, waren sie einander nah genug, um zu sprechen. Auf seine Frage hin, ob sie gut geschlafen habe, nickte sie, obwohl die Nacht, wie sie erklärte, erneut ein wenig kurz gewesen sei, denn gestern Abend sei sie bei ihren Forschungen auf etwas gestoßen, das sich als substanzieller Fortschritt erweisen könne. Sie habe sich nämlich noch einmal die Liste all jener vorgenommen, die in der ersten Hälfte der siebziger Jahre in der Jacobi-Seewald'schen

Wohngemeinschaft polizeilich gemeldet gewesen seien, und dort sei sie auf einen gewissen Heiko Reimann gestoßen, den sie zwar zunächst wie alle anderen als mehr oder weniger unverdächtig eingestuft habe, aber irgendein Instinkt habe ihr geraten, sich mit seinem Fall noch einmal genauer zu befassen. Reimann, erzählte sie, habe sich in den späten sechziger und frühen siebziger Jahren in diversen K-Gruppen engagiert und sei einmal im Verlauf einer der damals üblichen Anti-Vietnam-Demonstrationen vor dem Amerika-Haus vorläufig festgenommen worden – ohne weitere Folgen allerdings. Sechsundsiebzig habe er dann sein Jura-Studium abgeschlossen und sich als Anwalt in Hamburg niedergelassen, wo er seit einigen Jahren unter anderem das private Bankhaus Morgen & Grünfeld vertrete, welches wiederum – und jetzt komme sie zu ebenjenem Punkt, den sie gestern Abend entdeckt habe – als Hausbank für eine vor rund zehn Jahren gegründete, ausgesprochen erfolgreiche Firma für den Import russischen und zentralasiatischen Tees fungiere, deren Besitzer ein gewisser – »... nun, was meinen Sie?«, sagte sie, um es spannend zu machen, obwohl die Antwort ja auf der Hand lag – ein gewisser Dolph Wagner sei!

Mit leisem Stolz lehnte sie sich einen Moment zurück und fuhr dann fort: Das Bankhaus Morgen & Grünfeld wiederum stehe schon seit längerem im Verdacht, gewisse Kanäle für die unauffällige Verschiebung bestimmter russischer Gelder zur Verfügung zu stellen. Zwar sei es bisher noch nicht gelungen, den Verdacht der Geldwäsche für die russische Mafia zu erhärten, doch wie auch immer: Die Geschichte beweise in jedem Fall die Existenz einer Verbindung, die von Jacobi über den ehemaligen Stasi-Oberst Wagner hin zu dem Bankjuristen und ehemaligen K-Gruppler Reimann führe, der wiederum in den siebziger Jahren zusammen mit Jacobi unter einem Dach gelebt habe. Und der Kreis, der sich damit schließe, sei nun wirklich zu auffällig, als dass man ihn ignorieren könne.

Sie goss sich noch einmal Kaffee ein und sah Glauberg an. Wenn sie ihre Brille trug, wirkte ihr Gesicht in den Konturen klarer, doch die Facetten ihrer Persönlichkeit, die sonst darin enthalten waren – die gründliche Polizistin, die Ostdeutsche im Westen oder einfach nur die Frau, die sie war –, schienen allesamt ein wenig verkleinert zu werden.

Sie sagte: »Das i-Tüpfelchen bei der ganzen Sache ist aber, dass vor nicht allzu langer Zeit, vor etwa einem halben Jahr, ein Artikel über die Grauzonen des Handels mit den Staaten der ehemaligen Sowjetunion in der *Zeit* erschienen ist, dessen Aussage es im Kern war, dass es gar nicht möglich ist, in Russland Geschäfte zu machen, ohne sich mit jenem Filz aus KGB-Seilschaften und Mafia zu arrangieren, der aus der einstigen Staatsbürokratie hervorgegangen ist. Heiko Reimann wird dazu mit den Worten zitiert, dass beim Russland-Handel eine gewisse ›Nähe zur Illegalität‹ gar nicht zu vermeiden sei, und weiter erklärt er, Leute wie Dolph Wagner, der in dem Artikel übrigens gar nicht mal schlecht wegkommt, seien mit ihren genauen Kenntnissen der Situation vor Ort, ihrem Gespür für gewisse Befindlichkeiten und ihren reichhaltigen Beziehungen für derartige Unternehmungen unverzichtbar.«

Sie hatte die ganze Zeit über leise und kontrolliert geredet, um ihre Worte mit den harmlosen Betonungen einer unverfänglichen Frühstücksunterhaltung lautlich zu tarnen. Jetzt aber, nachdem sie Glauberg alle wesentlichen Informationen gegeben hatte, konnte sie den Klang ihrer Stimme wieder ein wenig normalisieren.

Sie fuhr fort: »Wir wissen, dass Ihr Bruder die *Zeit* – wenn auch unregelmäßig – gelesen hat. In seinem Arbeitszimmer haben sich ein paar Ausgaben gefunden. Ob allerdings die mit dem Wagner-Reimann-Artikel dabei ist, weiß ich noch nicht.«

Glauberg nickte und sah nachdenklich aus dem Fenster. »Ich werde morgen zurückfahren«, sagte er, »und hatte sowieso vor, mich in seinem Haus umzusehen.«

»Ich kann das auch von einem Kollegen aus Flensburg erledigen lassen«, sagte sie.

Er hob die Schultern. »Warum? Es beunruhigt mich nicht, in dieses Haus zu gehen. Im Grunde war mein Bruder ein Fremder für mich.«

»Sind Sie sich da sicher? Sie könnten auf Dinge aus seiner Kindheit stoßen. Bilder von Ihrem Vater.«

»Ja sicher. Damit muss ich rechnen. Aber was bedeutet das? Was bedeutet es für mich? Meine Kindheit hatte mit seiner nichts zu tun.«

Sie nickte und ging nicht weiter darauf ein.

Nach einer Weile sagte Glauberg: »Ich habe eine Bitte. Mein Sohn ist im Moment nicht sehr gut auf mich zu sprechen, und ich denke, es wäre eine gute Idee, wenn ich ihm etwas mitbringen würde. Es soll ja ein Fehler sein, mangelnde Zuwendung durch Geschenke zu ersetzen, aber keine Zuwendung *und* keine Geschenke wäre ja noch ärger. Also habe ich daran gedacht, ihm einen CD-Player mitzubringen, aber vor ein paar Tagen habe ich mir selbst einen Discman gekauft und dabei feststellen müssen, dass es eine Unmenge von

Modellen gibt und man von den Verkäufern keine Entscheidungshilfe zu erwarten hat.«

»Ich soll Ihnen helfen, einen CD-Player zu kaufen?«, sagte Paula amüsiert.

»Ich höre nur Schallplatten«, sagte er.

»Man muss nichts von CD-Playern verstehen, um einen zu kaufen«, sagte sie.

»Und welche sind am besten?«

»Ich glaube, sie sind alle gleich gut.«

Glauberg sagte: »So weit war ich auch schon.«

Sie verabredeten sich für den frühen Abend. Als sie ihren Kaffee austrank, sagte Paula: »Ich denke, Wagner ist unser Mann. Er hat das Know-how und die nötige Skrupellosigkeit, um den Mord zu begehen. Er oder einer seiner alten Kameraden. Ich finde, die Sache liegt mehr oder weniger auf der Hand: Ihr Bruder muss ihm in irgendeiner Weise in die Quere gekommen sein. Wagner hat als Stasi-Offizier lange Gespräche mit ihm geführt, um etwas über ihn in Erfahrung zu bringen, aber man kann es auch andersherum sehen: Ihr Bruder wird bei diesen Treffen ebenso gut einiges über Wagner erfahren haben. Man war sich im Großen und Ganzen ja einig und davon überzeugt, auf derselben Seite zu stehen. Zwar fehlen uns noch Beweise für eine aktuelle Verbindung zwischen den beiden, aber ich denke, wir werden sie finden. Wagner verdient Millionen, und dieses Geschäft wird er sich nicht nehmen lassen wollen, von niemandem. Es deprimiert mich, aber mit welchem Verbrechen man sich auch beschäftigt, man stößt immer wieder auf dieses eine Motiv: Geld.«

Glauberg nickte langsam. »Vielleicht kommen wir der Sache damit näher.«

»Und Sie?«, fragte sie.

»Es gibt ein paar Zeitungsarchive, in denen ich mich umsehen möchte. Wegen dieses Curland-Mordes. Ich möchte die alten Artikel durchgehen.«

»Diese Geschichte lässt Sie nicht los?«, sagte sie.

»Nein.«

»Seltsam, nicht? Sie suchen Ihr Motiv und Ihren Tathintergrund im Westen und ich im Osten.« Dann fügte sie hinzu: »Oder auch nicht seltsam.«

Er sagte: »Als Arbeitsteilung ist es doch nicht so schlecht.«

Sie verließen den Frühstücksraum, und als sie vor Paulas Zimmer angekommen waren, sagte sie: »Manchmal kann man die Hoffnung haben, dass die Wahrheit in der Mitte liegt, aber in dem Fall wohl nicht.«

»Nein«, nickte er langsam, »diesmal wohl nicht.«

Sie verabschiedeten sich, und Glauberg ging auf sein Zimmer. Ein weiterer Ermittlungstag begann, der neunte inzwischen.

Als Glauberg in dem Café saß, in dem sie miteinander verabredet waren, begann es draußen bereits wieder zu dämmern. Der Himmel lag bewegungslos über der Stadt und hatte die gleiche Helligkeit und Farbe wie der Asphalt. Die Straßenlaternen waren von schwachen gelben Höfen umgeben. Aus einer U-Bahn-Station sprudelten in regelmäßigen Abständen Pulks von Menschen, ausgespuckt von einem der unsichtbaren unterirdischen Züge, und reihten sich in den Strom derer ein, die auf den Bürgersteigen schon unterwegs waren. Die Schaufenster waren erleuchtet, aber erst in dem Maße, in dem es auf der Straße dunkler wurde, fiel ihre Helligkeit auf, als würden sie von Minute zu Minute größer, während die Zwischenräume sich langsam verloren.

Nach einer Viertelstunde betrat Paula Reinhardt das Café und setzte sich mit einer für sie ungewöhnlichen Euphorie an Glaubergs Tisch. Sie bestellte sich einen Milchkaffee und sagte, sie habe es ja gewusst, dass sie auf der richtigen Spur sei, nun kämen die Dinge wirklich in Bewegung! Sie habe, erklärte sie, nun doch schon einen Flensburger Kollegen ins Haus Jacobis geschickt, um dessen Zeitschriftensammlung zu durchforsten, und wirklich – so wie sie es erhofft und vermutet habe – habe sich dort ebenjene Ausgabe der *Zeit* gefunden, in der die Verbindung zwischen Wagner und Reimann zur Sprache gekommen sei. Sie nahm ihren Kaffee entgegen und sah Glauberg an. Ihre Augen, deren blasses Blau sonst kaum auffiel, glänzten in der Lichterkette von vier oder fünf unter der Decke angebrachten kleinen Halogenspots.

»Was wir jetzt noch brauchen«, sagte sie voller Eifer, »ist der Beweis, dass Ihr Bruder in den vergangenen Wochen mit Reimann oder Wagner Kontakt aufgenommen hat. Telefonisch hat er es nicht getan, aber das ist nicht verwunderlich, da ihm natürlich bewusst war, dass der Anschluss abgehört wurde.«

Glauberg sagte: »Man hat ihn zehn Jahre lang überwacht?«

»Ich verstehe, dass Ihnen das missfällt.«

Er schüttelte den Kopf. »Nein, Sie haben Recht. Es nicht zu tun wäre unprofessionell gewesen.«

Sie schwiegen einen Moment, und dann auf einmal sagte Paula: »Sollten wir nicht … Ich meine, sollten wir nicht dieses *Sie* endlich lassen?«

Er sah sie überrascht an.

»Na ja …«, sagte sie und wurde plötzlich nervös und lachte und redete seltsam überkonzentriert und zugleich fahrig, als wäre sie nicht ganz bei der Sache, »wir waren ja beide nicht eben glücklich darüber, den Fall teilen zu müssen, aber ich finde … ich finde, wir haben uns bisher ganz gut geschlagen, doch, das haben wir, und jetzt, da wir endlich etwas Konkretes in der Hand haben … also, es ist ja nur so eine Idee …«

»Gerne«, sagte er.

»Oder meinen Sie, es wäre ebenfalls irgendwie unprofessionell?«

»Ja«, sagte er, »es wäre unprofessionell.«

Ihr ovales Gesicht schwebte zwischen der zartweißen Café-Beleuchtung und dem hereindringenden schwachen Licht des endenden Tages. »Ja, also dann …«, sagte sie verlegen und senkte den Blick, um ihren Milchkaffee umzurühren, dessen Schaum sich an der weißen Schale, in der er serviert worden war, abgesetzt hatte, so dass man meinte, ihn als das Beste vom Ganzen wieder unterheben zu müssen. Sie trank einen Schluck und sah Glauberg über den Rand der Kaffeeschale hinweg an, und für einen Moment waren nur ihre Augen zu sehen, ein schmaler Streifen ihres Gesichts, mit angehobenen Brauen, und darüber das leicht rötliche Braun ihrer Haare.

Irgendwann schlug er vor zu gehen, und als sie auf der Straße standen, wehte ihnen die Novemberluft entgegen, deren trockene Kälte auf dem Weg zum Wagen ab und an von den warmen Abluftpolstern der U-Bahn durchweht wurde. Manche derer, die sich auf dem Bürgersteig befanden, waren gekleidet, als gehörten sie gar nicht in diese Masse Mensch, in der Paula und Glauberg ganz aufgingen. Jemand überprüfte sein Aussehen in der blassen Spiegelung eines Schaufensters. Hunde, angebunden neben den Türen kleiner Imbissstuben, warteten auf ihre Herrchen. Der Boden war übersät mit Kaugummiflecken, und die Straßenmarkierungen schienen grauweiß durch die Kegel der Scheinwerfer zu ziehen. Die Stadt drehte sich unter dem Verkehr weg, unter dieser Schale aus Menschen und Zielen. Straßenschilder leuchteten auf und verblassten wieder. Radiologen, Rechtsanwälte, Steuerberater und Heilpraktiker hatten ihre Büros und Praxen in den Häusern, die aussahen wie überall in der Stadt. An den Fassaden hingen Zigarettenautomaten und kleine, in Kinderhöhe angebrachte Kaugummispender, die es immer noch gab und die rot waren und übersät mit Sommersprossen von Rost. Bunte Kugeln stapelten sich hinter den blind gewordenen Fensterchen und kosteten immer noch nicht mehr als einen oder zwei Groschen. Fahrräder lehnten an den Bäumen, die Stämme der Birken waren rissig und grau. Die Kälte, so schien es, hatte die Stadt in Einzelnes zerfallen lassen, die Entfernungen zwischen den Dingen waren größer geworden, und umso mehr irritierte es einen, wenn plötzlich Nähe aufkam von irgendwoher, Wärme, eine Berührung.

Als sie in die fade, gleichmäßige Helligkeit des Medien-Marktes eintauchten, schienen sich alle jahres- oder tageszeitlichen Attribute schon nach wenigen Metern zu verlieren. Glauberg wandte sich nach links der Abteilung mit den CD-Playern zu. Dort blieb er vor dem gut zehn Meter langen Regal mit den nicht voneinander zu unterscheidenden Bedienungsfronten der Geräte stehen. Dort sagte er zu Paula, die neben ihm stand: »Siehst du jetzt, was ich meine?«

»Aber das ist doch normal«, sagte sie.

»Findest du?«

»Lieber so als die Leere in den HO-Regalen.«

»Was für einen CD-Player hast du denn?«

»Einen Sony. Es ist wirklich egal, welchen man kauft.«

»Aber dann wäre es doch wie in der DDR: In Wirklichkeit gibt es nur ein Produkt.«

»Nein, es ist anders.«

»Gab es eigentlich einen ostdeutschen CD-Player?«

»Ich weiß es nicht«, sagte sie. »Wenn ja, dann jedenfalls nicht für Leute wie meine Mutter und mich. Vielleicht waren sie mit der Entwicklung noch nicht fertig, als es mit der DDR zu Ende war.«

Langsam schritt er die Reihe von Geräten ab. »Welchen soll ich denn nun nehmen?«

»Hast du wirklich keinen eigenen?«

»Ich mag meine Platten lieber.«

»Aber es gibt doch kaum noch Platten.«

»Ich habe alle, die ich brauche.«

Sie blieb vor einem der Geräte stehen. »Was hältst du von dem hier?«

Er nickte nachdenklich und sagte: »Ich will Felix mit meinen Platten nicht indoktrinieren. Sein Medium sind diese silbernen Scheiben oder werden es eines Tages jedenfalls sein.«

»Darum sollten wir einen guten Player kaufen«, sagte sie fast mütterlich besorgt. »Lass uns einen Verkäufer fragen.«

»Wir sind ihnen doch nur lästig.«

»Sei nicht so verbohrt.«

Sie ging los, um einen zu holen. Kurz darauf kehrte sie mit einem jungen Burschen zurück, nicht mit dem, der Glauberg das erste Mal bedient hatte, aber mit einem, der es hätte sein können, denn er machte so ziemlich den gleichen verwöhnt-gelangweilten Eindruck. Glauberg erkundigte sich, ob man die verschiedenen Geräte denn auch einmal in Funktion anhören könne, aber der junge Kerl meinte, das sei vollkommen unnötig, weil sie alle gleich gut klingen würden. Die Preisunterschiede kämen eher von den verschiedenen Stufen des Programmier- und Bedienungskomforts, von Dauerplay, Oversampling und so weiter.

»Ich werde doch kein Gerät kaufen, das ich nicht vorher gehört habe!«, sagte Glauberg.

Der junge Bursche hatte einen geölten Bürstenschnitt und schien bereits an den Grenzen seiner Verkäuferbelastbarkeit zu sein. Aber schließlich meinte er missmutig, er könne ja einen Kopfhörer holen, denn die meisten Geräte hätten einen passenden Anschluss.

»Na, also!«, sagte Glauberg, als sie wieder allein waren. »Dieser Schnösel. Jetzt fehlt uns nur noch eine CD, die wir uns anhören können.«

Sie lachte und sagte: »Man kauft CD-Player wirklich vom Stapel. Du bist ja verrückt!«

Im diffusen Weiß der Ladenbeleuchtung wirkte der Ton ihrer herbstlich hellen Hautfarbe beinahe warm. Sie wandte sich der CD-Abteilung zu, weil sie hoffte, dort eine bestimmte Aufnahme zu finden, die sie sich anhören konnten. Bald stand sie weit entfernt zwischen den Regalen, den Blick nach unten gerichtet, wo ihre unsichtbaren Hände die Warentische durchsuchten, und als sie zurückkehrte, verriet ihr Blick, dass sie Erfolg gehabt hatte. Ihre Augen glänzten, als habe sie einen jener kleinen Triumphe errungen, mit denen das Leben einen von Zeit zu Zeit erfreut.

»Holly Cole«, sagte sie. »Schon mal gehört?«

»Ich habe nicht die geringste Ahnung, was man zurzeit kennen muss«, sagte er.

»Holly Cole ist nicht berühmt«, sagte sie, »aber wunderbar.«

Sie klappte die CD-Hülle auf, und ihre Finger wanderten vor der unübersichtlichen Bedienungsfront des Players hin und her, flatterten nervös auf und ab, als spiele sie auf einer unsichtbaren Tastatur, und fast schien es, als habe sich ihr ganzer Körper auf einmal aus der starren Umklammerung jener Rolle gelöst, die sie seit mehr als einer Woche glaubte spielen zu müssen, und eigentlich wohl seit Jahren schon, vielleicht seit sie in den Westen gekommen war und damit begonnen hatte, das zu werden, was sie jetzt war. Endlich fand sie den Knopf, den sie gesucht hatte, und ließ das Schublädchen herausfahren, um die CD einzulegen.

»Hör sie dir an!«, sagte sie, und der Verkäufer, der sich mit der Situation abgefunden hatte, reichte Glauberg kommentarlos den Kopfhörer.

Der erste Song war karg und sehr schlicht. *Trust in me*, sang die herbe, nur von Klavier und Bass begleitete und in leicht raues Timbre eingehüllte Stimme der offenbar amerikanischen Sängerin, und es war, als sänge sie in einer großen räumlichen Leere, als kämen die Klänge mitten aus der Nacht. *Just in me*, sang sie, und die Ladenkunden schlenderten herum, bewegten sich, ohne es zu wissen, durch die getragene, weit gespannte und illusionslose Atmosphäre des Songs.

Im hinteren Teil des Verkaufsraums reihten sich Bügeleisen und Kaffeeautomaten aneinander wie hier die CD-Spieler. Rechts flimmerte zwanzigfach ein und dasselbe Fernsehbild, veränderte zwanzigfach derselbe Schnitt die Farbe der Gesichter. Neben Glauberg stand Paula, die ihn erwartungsvoll ansah. *Close your eyes and trust in me.*

Er nahm den Kopfhörer ab.

»Ein trauriger Song«, sagte er.

»Findest du?«

»Du etwa nicht?«

»Es geht um die Liebe.«

»Müsste er dann nicht lebensfroher sein?«

»Nicht, wenn es um die wahre Liebe geht.«

»Du meinst, die wahre Liebe ist immer unglücklich?«

»Natürlich. Das ist eine alte Erkenntnis.«

»Also kann man nur glücklich werden, wenn man nicht liebt.«

»Vielleicht. Aber irgendetwas würde einem dann zum Glück immer fehlen.«

»Das Unglück.«

»Die Liebe.«

»Verstehe.«

In diesem Moment mischte sich der junge Verkäufer ein, dem nun endgültig der Geduldsfaden riss. »Was ist denn nun mit dem Gerät?«

»Ja«, sagte Glauberg, »ich nehme es.«

»Es gibt aber auch fröhlichere Songs auf der CD«, sagte Paula.

»Richtig …«, rief Glauberg dem Verkäufer nach. »Die CD nehme ich auch.«

Kurz darauf gingen sie zur Kasse.

»In einem der Songs«, sagte sie, »heißt es ungefähr: Gott verzeiht, ich nie – das ist der Unterschied zwischen Gott und mir.«

»So fröhlich klingt das aber auch nicht. – Da fällt mir ein, ich brauche für meinen Sohn ja auch eine CD. Was soll er denn sonst mit dem Player?«

»Was hört er denn?«

»Ich habe nicht die geringste Ahnung.«

Sie kauften noch eine Märchen-CD und eine mit den Liedern des Dschungelbuchs. Auf der Straße schlug ihnen wieder die Kälte entgegen. Winzige Schneekristalle flirrten durch die Dunkelheit. Es war nicht weit bis zum Hotel, zwanzig Minuten ungefähr. Sie gingen vorbei an den Rollgittern bereits geschlossener Geschäfte, an blassen Graffitis und Reklametafeln, an Hauseingängen und Einfahrt-freihalten-Schildern. Die Lichter der entgegenkommenden Wagen flackerten in den Unebenheiten der Straße. An einer Kreuzung sah man rechts den Fernsehturm am Alexanderplatz, und die Kugel an seiner Spitze schwebte über der Stadt, silbern wie ein riesiger Mond.

Nachdem Glauberg den Player aufs Zimmer gebracht hatte, traf er sich mit Paula im *Mahatma 2*. Sie saß an dem Tisch neben dem Heizkörper vor einem Glas Bier. Als er sich zu ihr gesetzt hatte, erkundigte sie sich, wie denn eigentlich sein Tag gewesen sei, ob er in den Zeitungsarchiven auf irgendetwas gestoßen sei?

»Nein«, musste er eingestehen. »Leider nichts, was uns irgendwie weiterbringen würde.«

»Tut mir Leid.«

»Wir haben ja deine Spur«, sagte er.

Sie sah ihn an. »Du glaubst nicht an diese Spur, nicht wahr?«

»Wenn einer in den Akten etwas finden kann, dann du«, sagte er und griff in seine Jackentasche. »Ich nehme an, das hast du auch in irgendwelchen Archiven gefunden.« Er legte das Schwarzweiß-Foto auf den Tisch, das ihn und seinen Bruder zeigte.

Sie war irritiert. »Wie meinst du das?«

»Wie denn wohl?«

Sie betrachtete die Aufnahme. »Bist *du* das etwa?«

Er sagte: »Du weißt, dass ich es bin. Du hast mir das Foto ja … wie soll ich sagen … zukommen lassen. Wieso hast du es eigentlich nicht einfach mit der Post geschickt?«

Sie machte eine nervöse und unwillige Geste mit der Hand. »Ich weiß überhaupt nicht, wovon du redest. Was ist denn auf einmal los?«

Mit ruhiger Stimme sagte er: »Seewald hat mir die Geschichte dieses Fotos erzählt. Ich weiß Bescheid, Paula.«

Sie schwieg und vermied es, ihn anzusehen. Schließlich sagte sie: »Du hast noch Kontakt zu Seewald?«

»Eigentlich nicht«, verneinte er nach einer Weile und erklärte: »Ich habe ihn mehr als zwanzig Jahre nicht gesehen. Aber vor ein paar Tagen, kurz nachdem wir hier angekommen sind, habe ich ihn aufgesucht. Ich wusste nicht einmal, dass er immer noch in dieser Wohnung lebt. Als ich dort ankam, habe ich mich in der Straße umgesehen, und mir fiel ein blauer Kombi auf. Fotografen haben in der Regel viel zu transportieren, und da ist ein Kombi praktisch. Ich habe ihm gegenüber einfach behauptet, es sei seiner und jemand habe den

Wagen am Deich identifiziert. Es war ein Schuss ins Blaue, aber es hat funktioniert. Er hat die Sache sofort zugegeben. Aber eigentlich bin ich nicht zu Seewald gegangen, um ihn in irgendeiner Weise zu beschuldigen, sondern lediglich, weil ich ihn wiedersehen wollte. Ich fand, er hatte ein Recht zu erfahren, was geschehen war. Außerdem hat es mich natürlich interessiert, was aus ihm geworden ist. Dass er mit euch zusammengearbeitet hat, ist mir erst klar geworden, als du mir die Liste mit den Haltern hellblauer Kombis vorgelegt hast. Es hat mich irritiert, dass Seewalds Name nicht darauf auftauchte. Ich konnte mir einfach nicht vorstellen, dass ausgerechnet sein Wagen zufällig durch das Suchraster geschlüpft sein sollte. Und als du am nächsten Tag auch noch behauptet hast, der Kombi am Deich sei Anselm Wilkes Wagen gewesen, da war mir klar, dass an der Sache irgendetwas faul war. Es sah alles danach aus, als sollte Seewald aus irgendeinem Grund aus der Angelegenheit herausgehalten werden.«

Vom Herd her zischte es, der Geruch der Gewürzmischungen lag in der Luft. Ihre Gerichte wurden ausgerufen, und Glauberg stand auf und ging zum Tresen. Paula schien sich noch nicht im Klaren darüber zu sein, wie sie sich verhalten sollte. Als er mit den Tellern zurückkam und sich wieder setzte, sah sie auf und fuhr sich mit beiden Händen von vorn nach hinten durch ihre Haare, als müsse sie jetzt in jeder Hinsicht Ordnung schaffen. Dann sagte sie: »Irgendwie musste ich ja begründen, wie ich auf Wilke gekommen war – deswegen habe ich gesagt, es sei sein Wagen gewesen. Ich gebe zu, es war eine ziemlich schwache Lüge. Es wundert mich allerdings, dass Seewald uns nicht erzählt hat, dass du dich mit ihm getroffen hast.«

»Seewald hat euch vieles nicht erzählt«, sagte Glauberg und nahm sein Besteck zur Hand. Sein Lammcurry und ihr Rahmspinat dampften auf dem Tisch. »Und von dem, *was* er euch erzählt hat, war die Hälfte erfunden.«

»Hat er das dir gegenüber behauptet?«

»Ich habe mich gestern Abend noch einmal mit ihm getroffen, und er hat nicht einmal groß bestritten, für das BKA gearbeitet zu haben. Er hat sich so eine Philosophie zurechtgelegt, in der alles mehr oder weniger egal ist. Für ihn seid ihr ebensolche Dummköpfe wie seine ehemaligen linken Freunde. Er glaubt nur an sich selbst und daran, dass jeder für sich selbst das Beste herausholen sollte. Und da kamt ihr ihm mit eurem Geld gerade recht. Ihr wart seine Dukatenesel.«

Sie nahm es hin, dass er sich so despektierlich äußerte, und gab zu bedenken: »Vielleicht hat Seewald dich ja auch belogen, so wie er angeblich uns belogen hat.«

Er schüttelte den Kopf und sagte in nüchternem Ton: »Nicht, was das Foto angeht. Er hat zugegeben, es dem BKA überlassen zu haben, und ich nehme an, von dort aus hat es den Weg in meine Personalakte gefunden, wo du es schließlich gefunden hast.«

Mit ein paar mechanischen Handgriffen wickelte sie ihr Besteck aus und legte es auf den Tisch. Ihr Blick war ernst und klar, als wäre sie erleichtert darüber, dass sich nun eine weitere Schicht der Unwahrheit zwischen ihnen auflösen würde, und sie sagte: »Es tut mir wirklich Leid, wie die Dinge gelaufen sind, aber ich konnte ja für all das nichts. Als das Foto entstanden ist, war ich sechs oder sieben. Und dass man dir die Stelle in Berlin wegen deines Bruders und dieses Fotos nicht gegeben hat, finde ich … absurd. Vielleicht kann man diese Entscheidung nur aus der Zeit heraus verstehen, aber es bleibt ein grotesker Vorgang. Als ich das Foto vorige Woche in deiner Personalakte gefunden habe, war ich sofort der Ansicht, dass du ein Recht hattest, davon zu erfahren, aber ich konnte es dir doch nicht einfach in die Hand drücken. Es war mir schon unangenehm genug, deine Akte überhaupt eingesehen zu haben, und ich dachte, wenn ich dir jetzt auch noch dieses Foto gebe, dann wirst du mich verachten und jede Zusammenarbeit zwischen uns wird unmöglich sein. In dieser Lage kam mir die Idee mit dem Reichstag. Ich hatte keine Zeit, groß darüber nachzudenken. Du hast im Café auf mich gewartet, bevor wir Röder getroffen haben, und ich musste mir irgendetwas einfallen lassen. Also habe ich den Brief an dich geschrieben und ihn auf der Straße einem Taxifahrer in die Hand gedrückt. Es ging alles so schnell, dass ich mich hinterher selbst gefragt habe, ob ich denn noch bei Verstand bin, aber da war es auch schon zu spät. Es war geschehen, und ich konnte nicht mehr zurück.«

Er sah sie an und schwieg lange. Schließlich sagte er: »Nein, so spontan handelst du nicht. Die Aufnahme bedeutet, dass du von Anfang an gewusst hast, dass Jacobi mein Bruder war. Du wusstest es schon, als wir uns das erste Mal begegnet sind, und du wusstest es vorgestern, als ich dir am Potsdamer Platz davon erzählt habe. Und doch hast du mich reden lassen und dir meine Geschichte angehört, als wüsstest du von nichts. – Ich frage mich, warum du mich nicht unterbrochen hast? Wirklich nur, weil es dir unangenehm war? Ich glaube das nicht. Ich will dir sagen, was ich stattdessen glaube: In Wirklichkeit war unsere Unterhaltung dort kein Gespräch unter Kollegen, sondern ein Verhör. Du hast mir zugehört und mich dabei beobachtet. Du wolltest herausfinden, was ich über meinen Bruder denke. Dachtest du, ich sympathisiere mit seiner politischen Haltung? Du hast mich dazu gebracht zu reden, das ist eine erstaunliche Leistung. Hast du mich auch im Reichstag überwachen lassen? Wieso kam ich mir die ganze Zeit über beobachtet vor? War irgendeiner deiner Leute da – oder sogar du selbst? Mit Sonnenbrille und tief ins Gesicht gezogenem Hut? Vielleicht hat Seewald ja Recht, wenn er allen Geheimdiensten vorwirft, unheilbar paranoid zu sein. War das der Plan: herauszufinden, wie ich auf das Foto reagieren würde? Ob ich entsetzt und kopflos ins Freie hasten würde? Du bist ebenso krankhaft misstrauisch wie unser Staat, denn du bist unser Staat. Du vertrittst ihn, und du kannst dich aus der abstrusen Logik des Überwachungssystems, von dem du ein Teil bist, nicht herausdividieren. So wie die Stasi die Hälfte der Oppositionellen in der DDR gestellt hat, so ist es hier mit den vorgeblichen Verfassungsfeinden doch auch: alles Kollegen und freie Mitarbeiter. Du bist Teil eines Apparates, der das, was er als Bedrohung zu beobachten vorgibt, erst selbst erschafft, und genau auf diese Weise wolltest du deinen Verdacht gegen mich erhärten: indem du mich in eine Situation gebracht hast, in der ich mich nur verdächtig machen konnte, wie auch immer ich mich verhalten würde. Deswegen konntest du mir das Bild nicht persönlich geben. Das Arrangement im Reichstag war kein spontaner Einfall, sondern eine brillante Idee, die dir doppelt genützt hat: Ich konnte nur verlieren und du nur gewinnen. Du musstest deine Karten nicht auf den Tisch legen, und ich hatte ein Rätsel, das meine Aufmerksamkeit binden würde. Du wolltest mich ablenken, um den Gang der Ermittlungen besser kontrollieren zu können. – Ich muss sagen, du hast deine Lektionen beim BKA gelernt, aber wie konnte ich auch etwas anderes denken? Du bist ehrgeizig, und das hast du nie verborgen.«

Sie hatte regungslos zugehört, und es war nicht zu entscheiden, ob die Anschuldigungen sie trafen. Ihre rechte Hand lag neben dem Besteck, schmal und blass, die Nägel kurz und unlackiert. Sie sprach leise, als sie sich verteidigte. »Sag du mir, was ich hätte tun sollen. Ist dir denn nicht bewusst, dass du für mich von Anfang an nicht nur ein Kollege oder Partner sein konntest, sondern ein Verdächtiger warst? Du glaubst, ich sei ehrgeizig, aber dich zu verdächtigen war zwingend: Du warst zur Tatzeit in der Nähe des Tatorts, und du kanntest den Toten. Du bist Polizist, dein Bruder Terrorist. Er hatte sich schuldig gemacht, doch materiell ging es ihm besser als dir. Hätte ich das alles ignorieren können? Hättest du es ignoriert? Wenn du dich in meine Lage versetzt, dann siehst du, dass ich gar keine andere Möglichkeit hatte, als zu handeln, wie ich es getan habe.«

»Nach Aktenlage vielleicht«, sagte er, und es lag nicht so sehr Spott oder Bitterkeit in seinem Ton, sondern analytische Kühle. »Ich verstehe durchaus, was geschehen ist. Du hast darum gekämpft, dass man dir diesen Fall gegeben hat, und als du ihn hattest, hast du dich auf Berge von Akten gestürzt – unter anderem auf meine. Aber weißt du, was ich glaube? Ich glaube, man hat dir diesen Fall nur überlassen, weil der Mord an meinem Bruder längst eine Marginalie ist. Wen interessiert denn angesichts einstürzender Hochhäuser noch die RAF? Wen interessiert der Tod eines müden alten Terroristen, über den die Zeit so gründlich hinweggegangen ist wie über Ritterrüstungen und Postkutschen? Glaubst du denn, irgendjemand bei euch ist scharf darauf, ein paar gescheiterte Altintellektuelle zu jagen, wenn es doch längst darum geht, diabolischen Fundamentalisten das Handwerk zu legen? Wer tanzt schon mit der Großmutter, wenn er auch mit dem Teufel tanzen kann? Ich bin mir sicher: Keiner bei euch hatte Lust auf diese alten, verstaubten Akten, auf die du dich gestürzt hast, und deswegen hat man sie dir überlassen. Man wollte die Sache los sein und hat sie bei dir entsorgt.«

Die Eingangstür öffnete sich jetzt häufig, und jedes Mal wehte kalte Luft in den Raum, die nach Eis und Benzin roch. Es war voll im *Mahatma 2*, aber die abendliche Atmosphäre drang nicht zu ihnen vor. Sie hatten den Kontakt zur Umgebung verloren, sie hätten überall sitzen können.

Sie sagte: »Wird ein Mord zu einem weniger grausamen Verbrechen, wenn sich niemand für seine Aufklärung interessiert?«

Er schwieg. Irgendwann fragte er: »Und jetzt? Glaubst du immer noch, dass ich es getan habe?«

»Ich habe nicht geglaubt, dass du es getan hast, sondern musste zwangsweise die Möglichkeit in Betracht ziehen, dass du es getan haben könntest.«

»Das ist Haarspalterei.«

»Für mich nicht.« Sie nahm das Foto zur Hand und sagte mit veränderter Stimme, in der die Bitte um Verständnis lag und noch ein anderer, sehr offener Ton: »Das Bild hat mir gleich gefallen, als ich es gesehen habe. Ich meine, *du* hast mir gefallen. Dein Blick ist optimistisch, aber es liegt auch Skepsis darin. Ich dachte, du hast nicht wirklich an die große Weltveränderung geglaubt. Und dann habe ich gedacht, wer nicht daran glaubt, etwas verändern zu können, der tötet auch nicht. Es wäre sinnlos. Ich war sehr gespannt darauf, dich kennen zu lernen. Den Mann, der aus diesem Jungen geworden ist.«

Er sagte: »Das hat man nicht gemerkt. Du warst sehr kühl an diesem Morgen.«

»Ich war nervös.«

»Nervös?«

»Sehr nervös.«

»Du hast mich von Anfang an beobachtet. Du hast angenommen, ich könnte einen Fehler machen oder etwas wissen, was ich nicht hätte wissen dürfen.«

»Nein, so war es nicht«, sagte sie.

»Wie war es denn?«, fragte er. »Wie war es, auf einmal vor einem Toten zu stehen? Vor der Realität eines Verbrechens?«

Sie dachte darüber nach. »Es hat mich schockiert«, gestand sie und fügte dann hinzu: »Aber ich hatte mich im Griff. Du hast Recht: Ich wollte den Fall unbedingt und habe um ihn gekämpft. Ich durfte vor diesem Toten nicht zurückschrecken.«

Er betrachtete das Foto, auf dem sein Gesicht noch ohne Falten war. Von den Haaren, die er damals kragenlang getragen hatte, waren ihm nicht viele geblieben. Das Irritierendste an der Aufnahme aber war, dass sich in seinen jugendlichen Zügen Ähnlichkeiten mit Felix fanden, als wäre sein sechzehn- oder siebzehnjähriges Gesicht eine visuelle Brücke zwischen ihm und seinem Sohn. Er legte das Foto zurück auf den Tisch und sagte: »Berlin war eine fixe Idee. Meine Frau und mein Kind sind in Harde.«

Sie fragte: »Warst du mit deiner Frau schon zusammen, als du dich damals beworben hast?«

Er nickte. »Aber wir waren noch nicht verheiratet. Ich habe es ihr nie gesagt.«

Paula fragte: »Liebst du sie noch?«

Er schwieg eine Weile, und es war nicht klar, ob er bereit war, zu antworten. Schließlich sagte er: »Manchmal fände ich es richtig, wenn wir wegen des Jungen zusammenbleiben würden.«

Sie schüttelte den Kopf: »Man kann keine Ehe den Kindern zuliebe führen.«

»Wer sagt das?«

Je länger man hier saß, umso mehr schien das Licht seinen Stich ins Grünliche zu verlieren und an Wärme zu gewinnen. Vielleicht lag es auch nur daran, dass man sich allmählich an den Ton gewöhnte und die Farben anders empfand.

Paula sagte: »Schade, dass du morgen fährst.«

»Du findest es schade?«

»Wir könnten gleich noch irgendwo ein Bier trinken. Was meinst du? Wir sind ja nicht im Dienst.«

Er sagte: »Warum nicht?«

Sie schlug ihre Augen nieder, legte ihre Serviette auf den Teller und sagte dabei: »Oder wir könnten zu mir aufs Zimmer gehen.«

Er reagierte ein paar Sekunden lang nicht. Schließlich sagte er: »Morgen sind wir wieder im Dienst.«

»Du meinst, es wäre unprofessionell?«

Er sagte: »Ich bin einer deiner Verdächtigen.«

Und sie sagte: »Vielleicht glaubst du mir ja dann, dass ich dich nicht mehr im Verdacht habe.«

»Ach so meinst du es.«

Sie brauchte einen Moment, um seine Reaktion zu verstehen. Sie wurde unsicher, und hastig wehrte sie ab: »Nein, natürlich nicht … Das darfst du nicht glauben.«

»Schon gut«, sagte er. »Ich glaube es nicht.«

Sie versuchte ihn anzusehen. »Aber du denkst, es wäre keine gute Idee?«

»Wir sind Kollegen.«

»Wir haben dasselbe Ziel. Was würde sich ändern?«

»Ich weiß es nicht. Alles.«

»Aber du willst es«, sagte sie, und ihr Blick war mehr unsicher als herausfordernd.

Er antwortete nicht sofort. Schließlich sagte er: »Ich will einen Mörder überführen. Mehr nicht.«

»Was denkst du, was ich will?«

»Ich denke nur, dass wir das nicht tun sollten.«

»Nicht sollten oder nicht *können*?«

»Wir sollten es nicht tun.«

»Aber wir könnten.«

»Ein Abend wie dieser findet sich wieder.«

»Nein«, sagte sie, und das kurze Wort klang entschieden und endgültig. »Nichts wiederholt sich so, wie es einmal gewesen ist.«

Nachdenklich sagte er: »Ja, vielleicht.«

Sie vergrub ihren Blick in irgendeine Leere hinter ihm, und in ihren Augen spiegelte sich das andauernde Lichtgeflimmer des Glücksspielautomaten. Der Betrieb im *Mahatma 2* flaute allmählich ab, und es gab wieder ein paar freie Tische. Die Luft war jetzt verbraucht und auch verraucht. Sie rauchten beide nicht. Glauberg hatte einmal geraucht, aber schon vor langer Zeit damit aufgehört. Manche Dinge waren leichter gewesen, wenn man eine Zigarette miteinander hatte rauchen können. Als wäre die Zigarette ein Wort, unter dem jeder das Gleiche versteht, und es gab nicht viele Worte, für die sich das behaupten ließ. Paulas hohe, gerade Augenbrauen lagen reglos auf ihrem Blick, als denke sie über irgendetwas nach, auf das es keine Antwort gab. Sie schwiegen. Sie saßen in der kargen Geborgenheit des *Mahatma 2*, und sie schienen beide nicht zu wissen, wie es jetzt weitergehen sollte.

24

Als glauberg am nächsten tag im Zug saß, hatte sich der Frost noch verstärkt. Raureif lag auf den Wiesen und wurde von der niedrig stehenden Sonne zum Glitzern gebracht, und die Straßen zogen sich mattsilbern durch die Felder. Eine zerbrechliche Welt aus Glas und Porzellan lag unter dem klaren weißblauen Himmel. Nur fern am Horizont erstreckte sich eine dünne Wolkenschicht, aus der sich hier und da einzelne Stränge herausgelöst hatten, große zarte Pinselstriche, übers Land geweht und an den Enden zerlaufen. Alles wirkte, als wäre es immer so, als wäre die Landschaft ein Bild, ein Winteraugenblick, von dem die Zeit sich nicht zu trennen vermochte.

Im Zug tauchte die Sonne die Gesichter in blendende Helligkeit oder heftete den Dingen scharfe Schatten an. Das Laufgeräusch der Räder klang gedämpft und fern. Glauberg nahm den kleinen Sony-Player aus seiner Reisetasche und ließ den Blick eine Weile auf dem Cover-Bild der Holly-

Cole-CD ruhen. Die Schwarzweiß-Aufnahme zeigte die Sängerin in einem schulterfreien Abendkleid, den Betrachter von unten herauf musternd, als habe man sie soeben angesprochen und es verstreiche gerade jene Sekunde, die man hat, um sich von einem Menschen ein Bild zu machen. *Blame it on my youth* hieß die CD, die Glauberg jetzt einlegte. Er sah hinaus und lauschte noch einmal der Stimme, die sang: *Trust in me, just in me, close your eyes and trust in me.*

Die Häuser zogen im Waggonfenster vorbei wie Scherenschnitte, und wenn der Bahndamm von Bäumen gesäumt wurde, flackerte die Sonne hinter den verästelten Kronen wie auf der Oberfläche einer sanft bewegten See. Die Waldböden waren gelbbraun vom Laub und verliehen dem hereinfallenden Licht einen weichen Farbton. Wie immer in Zügen bewegten sich alle auf eine bestimmte verlangsamte Weise, weil Zeit hier keine Rolle spielte. Glauberg bekam nicht mit, dass der Schaffner neben ihm stand, um den Fahrschein zu kontrollieren, und die Störung verwirrte ihn einen Moment lang. Irgendwo hinter ihnen lag Berlin unter demselben weiten, klaren Himmel.

Der zweite Song auf der CD, den Paula gestern erwähnt hatte, war bewegter und tatsächlich – was vermutlich der Hintergrund ihrer Bemerkung gewesen war – wohl eher scherzhaft gemeint. Wenn du dich nachts in der Stadt herumtreibst, hieß es darin ungefähr, wer wird dich dann noch lieben, und wenn du mir wehtust, wer wird dir verzeihen? Und als Refrain kam die Antwort: *God does, but I don't, God will, but I won't – that's the difference between God and me …*

Je weiter sie nach Westen vorankamen, umso mehr verlor sich die Kälte und mit ihr der Reif, aber die Luft blieb rein und transparent. Irgendwann überfuhren sie die einstige Grenze zwischen den beiden deutschen Staaten, aber niemand nahm davon Notiz. Die Fahrgäste lasen oder telefonierten oder dösten oder sahen auf die Uhr, während sie jene Linie kreuzten und hinter sich ließen, die jahrzehntelang nicht hatte überschritten werden können. Und wenn man hinaussah, musste man es wirklich für einen historischen Spuk halten, dass es einmal so gewesen war, denn da war nichts, außer dem Licht und dem stillen Zauber dieses außergewöhnlichen Herbsttages.

Als Glauberg die CD zum zweiten Mal gehört hatte, näherte der Zug sich Hamburg. Die ersten schmucklosen Häuser zogen vorbei, dazwischen Einkaufszentren oder Gewerbegebiete, in denen nur wenig Betrieb herrschte, es sah kaum anders aus als an den faden Rändern Berlins, und es gehörte nicht viel Fantasie dazu, sich vorzustellen, sie wären einfach nur im Kreis gefahren und auf dem Bahnsteig, dem sie sich näherten, würde Paula warten, um ihn wieder abzuholen. Nachdem sie sich voneinander verabschiedet hatten, war sie noch einen Moment vor der geschlossenen Zugtür stehen geblieben, eine Hand vergraben in ihre Manteltasche, die andere erhoben zu einem kurzen Lebewohl, obschon sie ihn wegen der verspiegelten Fenster nicht mehr hatte sehen können. Dann war sie zur Treppe gegangen, und das Letzte, was Glauberg von ihr gesehen hatte, waren ihre Haare gewesen, die sich ein wenig auf dem Jackenkragen stauten, den sie wegen der Kälte hochgeschlagen hatte. Kurz darauf setzte sich der Zug in Bewegung, und allmählich verlor sich Berlin in der Landschaft, und so wie die Stadt sich mehr und mehr von Glauberg entfernte, schien es, als blieben mit ihr auch einzelne Splitter dessen zurück, was dort geschehen war, als habe manches nur in ihrer Großstadtwirklichkeit eine Bedeutung gehabt, dort, zwischen den Straßen und Plätzen und Häusern, den Märkten und Manien, dort, unter der weitgespannten Decke dieses Suchens nach Leben.

25

Am bahnhof in niebüll nahm Glauberg ein Taxi und ließ sich nach Harde fahren. In seiner Wohnung stellte er den Koffer ab, während er den Karton mit dem CD-Player für den Jungen gleich an der Tür stehen ließ. Er sah sich nur einmal kurz um, verließ die Wohnung dann wieder und setzte sich in seinen Wagen. Er hatte heute Morgen mit Sylvia telefoniert, und sie erwartete ihn. Als er ankam und sie die Tür öffnete, gab er ihr zur Begrüßung einen flüchtigen Kuss auf die Wange, die sie ihm nicht entzog.

Felix spielte im Wohnzimmer, und als Glauberg ihm das große Paket überreichte und sagte, es handle sich um ein Geschenk, das er ihm aus Berlin mitgebracht habe, war er zuerst ungläubig, aber dann wurde er ganz aufgeregt und konnte es gar nicht abwarten, den Karton zu öffnen. Dem ausgepackten CD-Player, der nun ihm gehören sollte, begegnete er allerdings mit einer etwas verhaltenen Mischung aus Skepsis und Ehrfurcht. Natürlich wusste er, wozu so ein Gerät gut war, und das, das im Wohnzimmer stand, konnte er auch längst bedienen, aber dass er nun ein eigenes haben sollte, war ihm offenbar nicht ganz geheuer. Vor allem aber gab es ein Problem, das Glauberg nicht bedacht hatte und auf das ihn Sylvia jetzt aufmerksam machte.

»Und an welche Anlage soll er den Player anschließen?«, fragte sie.

Glauberg stand einen Moment lang betreten da, weil er daran nicht gedacht hatte. »Seltsam«, sagte er. »Diese Geräte sehen so aus, als wären sie perfekt. Dass sie wie ein Auto ohne Motor sind, war mir einfach nicht bewusst. Man kann aber einen Kopfhörer anschließen. Haben wir nicht irgendwo noch einen?«

Sie hatten keinen.

»Weißt du was?«, sagte er zu seinem Sohn. »Wir gehen jetzt erst mal was essen, und morgen organisieren wir dann einen Verstärker. So viel ist noch drin. Demnächst ist ja auch Weihnachten.«

Der Junge war sich nicht sicher, ob er sich auf den Handel, der in diesem Angebot lag, einlassen sollte. »Ich will aber noch keine Weihnachtsgeschenke«, sagte er verunsichert, »dann kriege ich vielleicht Weihnachten nichts mehr, und ich wünsche mir ja was ganz anderes.«

Glauberg beruhigte ihn. »Das biegen wir schon hin«, sagte er und zog sich seinen Mantel über.

Als sie im Wagen saßen, sagte der Junge: »Was hast du denn so lange in diesem Berlin gemacht?«

Glauberg sagte: »Berlin ist eine sehr große Stadt. Man hat dort immer sehr viel zu tun.«

Die Landschaft strahlte eine große Ruhe und Gelassenheit aus in ihrer frühwinterlichen Weite, in der nichts mehr den Blick behinderte, weil alles, was sich in den Sommermonaten nach oben gearbeitet hatte, wieder zurückgesunken war zu Boden. Der Wagen, der beinahe zwei Wochen lang nicht bewegt worden war, hatte sich mit Kälte voll gesogen und wärmte sich nur zaghaft auf. Glauberg hatte keinen Kindersitz, und Felix saß neben ihm, wo er eigentlich nicht hätte sitzen dürfen, aber es erfüllte das Kind jedes Mal mit besonderem Stolz, auf diesen Erwachsenensitz zu klettern und den viel zu großen und breiten Gurt vor seinen kleinen Jungenkörper zu spannen.

Er sah seinen Vater an und fragte: »Hast du denn dort Verbrecher gefangen?«

»In Berlin?« Glauberg bog auf die B5. »Nein, noch nicht«, sagte er, »aber bald.«

»Wer ist denn der Böse?«

»Das darf ich noch nicht sagen.«

»Mir auch nicht? Ich verrate es auch nicht weiter.«

»Nein. Dir auch nicht.«

»Aber du weißt schon, wer es ist?«

»Ja, ich weiß es.«

Der Junge war enttäuscht, dass er es nicht erfahren durfte, und schwieg eine Weile. Dann fragte er: »Hat er denn etwas Schlimmes getan?«

»Ja, das hat er.«

»Was denn?«

»Das nächste Mal erzähle ich dir alles.«

»Aber ganz bestimmt.«

»Ja. Versprochen. In zwei Wochen.«

»Dann ist der Verbrecher im Gefängnis und kann mir nichts mehr tun, meinst du?«

Glauberg antwortete nicht gleich. Im Osten begann der Himmel bereits wieder dunkler zu werden. Man konnte sich kaum vorstellen, dass die Tage noch sehr viel kürzer werden würden, als sie es jetzt waren. Die lange Zeit des Wartens darauf, dass alles sich wieder umkehrte und sich erneuerte, hatte begonnen.

»Ja«, sagte Glauberg schließlich, »genau das meine ich.«

Der Junge wuchs etwas in seinem Sitz und sagte trotzig: »Ich habe aber keine Angst vor Verbrechern.«

»Manchmal ist es ganz gut, ein bisschen Angst zu haben«, erklärte er ihm. »Es macht einen wachsam.«

»Hast du manchmal Angst?«

»Ja natürlich. Das ist ganz normal.«

»Wovor hast du denn Angst?«

Wieder schwieg er eine Weile und zog den Wagen auf der breiten Straße ein wenig nach rechts, um jemandem Platz zu machen, der überholen wollte. Dann sagte er: »Vor Entscheidungen, die man treffen muss und die man nicht rückgängig machen kann.«

Der Junge dachte darüber nach, und seine Augenbrauen zogen sich zusammen, weil er sich konzentrierte. Seine weichen, dünnen Haare schimmerten im Licht des späten Nachmittags, und seine blasse Jungenhautfarbe ließ ihn neben Glauberg, der unrasiert war, wie einen Engel aussehen. Nach ein paar Sekunden brach er seine Überlegungen ab und sagte: »Das verstehe ich nicht.«

»Das musst du auch nicht«, sagte Glauberg und steuerte den Wagen auf den Parkplatz des Schnellrestaurants, in das sie immer gingen. Er stellte den Motor ab und wandte sich dem Jungen zu. Er strich ihm über den Kopf und sagte: »Es ist nicht so wichtig.«

Als sie zurückkamen, war es dunkel geworden. Sylvia hatte im Wohnzimmer gelesen, und sie bot Glauberg an, er könne ja noch bleiben. Er setzte sich mit dem Jungen vor den Fernseher, und sie sahen sich ein paar Trickfilme an, die in irgendeinem Kinderkanal gesendet wurden. Um acht brachte Sylvia das Kind ins Bett, und als sie wieder herunterkam, saß Glauberg vor dem stumm gestellten Fernseher. Sie fragte ihn, ob er ein Bier wolle, und brachte zwei aus der Küche.

Dann erkundigte sie sich: »Hattest du Erfolg in Berlin?«

Glauberg hob die Schultern. »Ich bin mir noch nicht sicher.«

»Kannst du darüber reden?«, fragte sie, und der Ton, in dem sie ihn das fragte, war offen und nüchtern.

Man spürte die nahtlose Hülle der eisigen Novembernacht, die das Haus umgab, weil die Heizung den Kälteeinbruch noch nicht ganz kompensiert hatte. Die Luft im Zimmer war kühl, aber die Temperatur des Heizkörpers unter dem Fenster war besonders hoch, und seine verlässliche mechanische Wärme strahlte in den Raum.

Glauberg sah Sylvia an und sagte: »An dem Tag, bevor ich nach Berlin gefahren bin, ist mein Bruder erschossen worden.«

Sie brauchte ein paar Sekunden, um den Gehalt dieser Aussage zu erfassen. »Was sagst du da?«

»Ich habe dir nie von ihm erzählt. Er war gut zehn Jahre älter als ich, und wir hatten praktisch keinen Kontakt miteinander. Ich dachte, es ist nicht so wichtig. Ich hatte ihn fast vergessen.«

»Du hast einen Bruder? ... Ich dachte, du wärst ein Einzelkind gewesen?«, sagte sie verwirrt.

»Das war ich, er war mein Halbbruder. Wir haben denselben Vater, und meine Mutter hatte ein Verhältnis mit ihm.

Irgendwann hat er mir von meinem Bruder erzählt, aber das alles ist sehr lange her. Mein Vater ist schon vor mehr als zwanzig Jahren gestorben.«

»Und dein Bruder hat in Berlin gelebt?«

»Nein. Ganz hier in der Nähe. In einem der Bauernhäuser auf dem alten Deich.«

»Und das wusstest du?«

»Ja, ich wusste es.«

Sie schwieg, sichtlich hin- und hergerissen zwischen zwei einander widersprechenden Empfindungen, der, sich über ihn zu ärgern, weil er so lange darüber geschwiegen hatte, und der, ihn sagen zu lassen, was er endlich zu sagen bereit war. Sie entschied sich, ihn reden zu lassen, und er erzählte ihr, was sie über seinen Bruder wissen musste, um die Hintergründe seines Todes zu verstehen. Sie hörte ihm schweigend zu.

»Wir waren uns nicht gerade nah«, sagte er schließlich. »Im Gegensatz zu mir war er das legale Kind seiner Familie, und er hat eines der ehemaligen Bauernhäuser auf dem alten Deich geerbt. Dorthin hat er sich zurückgezogen, als er aus der Haft entlassen worden ist. Er wollte mit seiner Vergangenheit nichts mehr zu tun haben. Als wir uns begegnet sind, hat sich herausgestellt, dass wir uns nichts zu sagen hatten.«

Sie beugte sich vor und senkte den Blick nachdenklich auf die Tischplatte. »Und nun suchst du seinen Mörder?«

Er nickte. »Ich und das BKA. Sie haben eine Beamtin geschickt, aber das ist mehr oder weniger Routine. Wenn ein ehemaliger Terrorist ermordet wird, dann interessieren sie sich natürlich dafür. Ich muss dich immer noch bitten, nicht darüber zu reden. Am Samstag findet die Beerdigung statt, und wenn wir bis dahin den Mörder nicht gefunden haben, informieren wir die Presse.«

»Ihr wisst also noch nicht, wer es war?«, fragte sie, und etwas schien sie daran zu beunruhigen.

»Nein«, sagte er.

Sie stand auf und schaltete den Fernseher ab. Dann ging sie zur Fensterfront, in deren Schwärze sich der Tisch spiegelte, an dem sie saßen, und öffnete die Terrassentür einen Spalt. Sofort drang kalte Luft in den Raum, und kurz darauf kam lautlos eine grau getigerte Katze herein, blieb einen Moment misstrauisch stehen und begann dann, um den Tisch herumzustreifen. Sylvia schloss die Tür wieder.

»Eine Beamtin, sagst du. Eine Polizistin?«

Er nickte. »Sie war ziemlich schnell vor Ort. Das BKA bildet in Husum einen Teil seiner Leute aus, das wusste ich gar nicht. Eigentlich ist sie auf Aktenrecherche spezialisiert und hat dort einen Kurs gegeben. Sie hat noch nie in einem Fall ermittelt und sich die Gelegenheit nicht entgehen lassen.«

Sylvia setzte sich wieder. »Und wie ist sie so? Unerfahren, sagst du. Das heißt, du konntest sie anleiten?«

»Sie ist ziemlich ehrgeizig und ambitioniert. Sie hat mir von Anfang an klar gemacht, dass sie mit mehr Befugnissen ausgestattet ist als ich.«

»Nun ja, offenbar ist es euch ja trotzdem gelungen, eine Woche zusammenzuarbeiten, und ihr werdet es weiter tun müssen.«

»Ja«, nickte er. »Du weißt, dass ich nicht eitel bin. Kompetenzen interessieren mich nicht.«

»Niemand mag es, wenn ihm ins Handwerk gepfuscht

wird. Du auch nicht.« Sie machte eine kurze Pause und fragte dann: »Hat sie dir gefallen?«

Fanny, die Katze, schnurrte um Glaubergs Beine herum. Sie war hungrig, sah an ihm hoch und maunzte. Er kraulte ihren Nacken und sagte: »Unser Verhältnis war dienstlich.«

»*War*?« Sie sah ihn an. »Und wie ist es im Moment?«

»Es war dienstlich und es *ist* dienstlich«, korrigierte er sich.

Sie stand auf und ging in die Küche, wo man sie kurz hantieren hörte. Fanny drückte sich unter Glaubergs Beinen durch und lief ihr lautlos nach. Für einen Moment saß er allein im Raum, dann kehrte Sylvia zurück. »Aber etwas fasziniert dich an ihr«, sagte sie. »Ich kenne dich. Ist sie jung?«

»Sie ist Anfang dreißig.«

»Ein beneidenswertes Alter. Ist sie schön?«

»Sie sieht ganz gut aus, ja.«

»Ganz gut … Das klingt nach einer höflichen Untertreibung. Du brauchst mich nicht zu schonen.«

»Sylvia, was soll das?«

»Was soll *was*?«

»Diese Fragerei.«

»Oh, merkt man das nicht? Ich bin nur eifersüchtig.«

»Es gibt nicht den geringsten Grund dafür«, sagte er und fügte hinzu: »Außerdem haben wir uns, soweit ich mich erinnere, vor einem halben Jahr getrennt.«

Sie sagte: »Was denn nun? Brauche ich nicht eifersüchtig zu sein, weil es keinen Grund dafür gibt oder weil wir uns getrennt haben? Das Zweite klingt wie eine Einschränkung des Ersten, als gäbe es doch einen.«

Er schwieg eine Weile angesichts dieser kriminalistischen

Logik und sagte schließlich: »Es ist nun einmal so: Wir sind nicht mehr zusammen.«

Sie wurde ruhiger, als würde ihr klar, dass sie nur einen Anlass gesucht hatte, um über etwas zu reden, was an ihr nagte. Sie besann sich, und es schien, als wollte sie nun ernsthaft und emotionslos versuchen, an den Kern dessen zu kommen, worum es ihr ging. Sie sagte: »Vielleicht trifft es mich ja, dass ich mit einer Dreißigjährigen nicht mehr konkurrieren kann.«

Er widersprach ihr: »Ich denke nicht, dass wir uns wegen unseres Alters getrennt haben.«

»Das mag sein, aber das macht es für mich nicht leichter.«

»Du wolltest, dass ich gehe.«

»Ja, weil ich gespürt habe, dass du es wolltest.«

»Jetzt versuchst du, die Ursachen zu relativieren«, sagte er und schüttelte den Kopf. »Es gibt Entscheidungen, die sollte man nicht rückgängig machen wollen.«

Sie sah auf, und ihre Augen blitzten; eine Frau, entschlossen, den Mann dort zu stellen, wo er am verwundbarsten war: bei seiner Abhängigkeit von irgendeiner Form der Moral. Sie sagte: »Denkst du, nur weil ich eifersüchtig bin, will ich diese Entscheidung rückgängig machen? Bilde dir nicht zu viel ein. Es ging mir einfach nicht gut in dieser Woche, und ich habe mich einsam gefühlt. Manchmal geht es eben über meine Kräfte, allein erziehende Mutter zu sein. Und ich meine damit nicht nur die ständigen Pflichten, denen man nachzukommen hat, wenn man ein Kind versorgt, dieses Laufrad des Alltags. Was ich meine, ist die Rolle der allein erziehenden Mutter, die andere dir überstülpen, wenn du ein Kind hast und keinen Mann dazu. Die Gesellschaft nimmt dich als Mensch überhaupt nicht mehr wahr. Niemand lädt dich ein, niemand kommt auf dich zu. Niemand will etwas von dir. Alle glauben, man sei ja eh den ganzen Tag damit beschäftigt, Wäsche zu waschen und zu putzen, und habe nichts anderes zu tun, als das Kind zu umsorgen und zu verpflegen und zur Schule zu bringen. Und das stimmt ja auch. Es ist hoffnungslos. Und wie soll man da nicht verzweifelt sein, wenn man sieht, dass der, der einen in diese Lage gebracht hat, auch noch das bessere Ende für sich bekommt.«

»Du wolltest es so!«, widersprach er und sah aus dem Fenster in die dunkle Leere des Gartens, als sei ihm bewusst, dass dieser so einfach klingende Satz in Wahrheit zu komplex und voll innerer Widersprüche war, um nicht zu zerbrechen, wenn er ihn direkt an sie gerichtet hätte. Und wie um dieses Zerbrechen zu verhindern, fügte er hinzu: »Ich habe ja vorgeschlagen, wir könnten uns Felix' Erziehung teilen.«

Sie schüttelte den Kopf und sah ihn dabei mit einem Blick an, der deutlich machte, dass sie kurz davor stand, ihn einfach nicht mehr ernst zu nehmen. »Anton, entschuldige, wenn ich anfange, an deinem Verstand zu zweifeln, aber das ist ja ein Witz! *Du* willst Felix die Hälfte der Zeit übernehmen? Es fällt dir ja schon schwer, dich einmal in der Woche auf ihn einzulassen und mit ihm Pommes frites essen zu gehen. Er ist dir doch lästig, sei in diesem Punkt wenigstens ehrlich.«

Er wehrte sich, aber der Satz kam ohne große Kraft über seine Lippen: »Nein, das stimmt nicht. So ist es nicht.«

Um ihn ihre Überlegenheit besonders deutlich spüren zu lassen, wurde sie jetzt ruhiger. »Wahr ist«, stellte sie fest, »dass in deinem Leben überhaupt kein Platz für ihn ist.«

Fanny kam aus der Küche zurück und schlich sich in die Stille, die sich nach diesem Satz im Wohnzimmer ausgebreitet hatte. Mit distanziertem Katzenblick sah sie die beiden großen Wesen an, die sich dort auf Stühlen gegenübersaßen, zwischen sich den runden Kiefernholztisch, auf dem zwei halb leere Biergläser standen.

Schließlich sagte Glauberg: »Ja, vielleicht ist das so.«

Sylvia behielt den ruhigen Ton sachlicher Überlegenheit bei und sagte: »Ich will ja nur, dass du weißt, was unsere Entscheidung zur Trennung *für mich* bedeutet.«

»Was erwartest du denn, was ich tun soll?«

Und als hätte sie sich die Antwort auf diese Frage immer und immer wieder zurechtgelegt und bräuchte diese jetzt nur noch Wort für Wort abzurufen, sagte sie, ohne den Satz durch unnötige Betonungsgewichte zu belasten: »Demütige mich nicht, indem du deine Freiheit benutzt, um mit jüngeren Kolleginnen ins Bett zu gehen.«

Er schüttelte den Kopf. »Ich habe nicht mit ihr geschlafen.«

»Das sagst du jetzt«, erklärte sie, »aber woher soll ich wissen, dass es so ist? Ich will einfach nicht, dass du, sobald es sich ergibt – und es ergibt sich immer –, mit anderen Frauen ins Bett gehst.«

Er sagte: »Welche Frauen sollten das wohl sein?«

»Ich habe es ja gesagt: Es finden sich immer Gelegenheiten.«

Er sah sie an. »Du willst nicht mehr mit mir zusammenleben, und doch verlangst du, dass ich dir treu bin?«

»Es würde mich erniedrigen, wenn du es nicht wärst.«

»Das ist ein merkwürdiger Standpunkt.«

»Es ist kein Standpunkt, sondern es sind meine Gefühle«, erklärte sie kategorisch. »Wenn du dich verliebst, dann kann ich dagegen nichts tun. Aber wenn du mit Frauen ins Bett gehst, weil dir das jetzt wieder möglich und natürlich erscheint, dann demütigt mich das. Ich kann es nämlich nicht. Flirten und ein bisschen mit dem Feuer spielen sind Dinge, die im Leben einer allein erziehenden Mutter nicht vorkommen.« Und wie um es noch einmal auf den Punkt zu bringen, fügte sie hinzu: »Für mich ist das Leben ernst.«

Er protestierte gegen diese Form der entsagenden Noblesse, die sie ihrer Not verlieh, und sagte: »Glaubst du, für mich sei es das nicht?«

»Nein«, sagte sie. »Nicht wirklich. Manchmal, wenn ich Felix ansehe, fühle ich mich an dich erinnert. Oder genauer gesagt ist es andersherum: Es scheint mir nicht so sehr, dass er dir ähnelt, sondern du ähnelst ihm. Es liegt immer so ein kindlicher Ernst in seinem Wunsch, Polizist zu werden, und genau diesen Ernst spüre ich bei dir und bei so vielen anderen Männern in dem, was sie tun. Ich glaube, Männer können alt werden, ohne wirklich alt zu werden. Ihre Körper entwickeln sich, aber ihre Charaktere bleiben im Grunde die jener Jungen, die sie einmal gewesen sind. Und der so genannte Ernst ihres Lebens ist in Wahrheit eine Verwechslung. Es ist nicht der der Realität, sondern der eines immer währenden Spielens.«

Glauberg sagte ruhig: »Es ist kein Spiel, den Mörder meines Bruders zu suchen.«

Sie sagte: »So meine ich es nicht.«

»Aber genau das hast du gesagt«, stellte er fest.

Auf einmal wirkte sie unkonzentriert, als habe sie das Gespräch bis zu einem gewissen Punkt genau geplant, aber nie über diesen Punkt hinausgedacht, oder sie war nicht dazu gekommen und musste nun auf einmal feststellen, dass es ein Danach gab. Und so sagte sie einlenkend: »Ich will mich gar nicht mit dir streiten. Aber ich musste das alles einmal loswerden. Es hilft mir schon, wenn ich darüber rede.«

Er sah sie an. Ihre Haare wirkten im schwachen Gegenlicht der Leselampe neben dem Bücherregal dunkler, als sie es waren. Die nach unten gerichtete Lampe war das einzige Licht im Raum. Fanny hatte sich auf dem Sitzpolster des Sessels zusammengerollt und schlief.

Glauberg sagte: »Dann lass uns aufhören damit. Wir werden uns noch oft genug zu fragen haben, wie alles werden soll. Lass es uns nicht auch dann tun, wenn uns gar nicht danach ist.«

Sie sah auf. »Wonach ist dir denn?«

»Ich weiß es nicht«, sagte er, beugte sich vor und stützte sich auf den Tisch. »Diese Ermittlungen in Berlin haben mich … wie soll ich es sagen … irgendwie ausgeleert.«

Sie betrachtete ihn lange, wie er am Tisch saß, müde und seltsam an- und abwesend zugleich. »Und mit dieser BKA-Beamtin war wirklich nichts?«

Er zögerte eine Sekunde. »Nein, es war nichts. Es gibt nichts, was ich rückgängig zu machen hätte.«

»Wie meinst du das?«

»Wie schon? Wir sind Kollegen, und das ist alles.«

Wieder sah sie ihn eine Weile an. »Willst du noch ein Bier?«

»Ich weiß nicht«, sagte er. »Nein, ich glaube nicht.«

»Du kannst hier übernachten, wenn du möchtest.«

Er nickte. »Wenn es dich nicht stört.«

»Nein, das sage ich ja. Es ist in Ordnung.«

»Ich kann mich auf die Couch legen.«

»Ja«, sagte sie, »kein Problem.«

Sie schwiegen.

Er sagte: »Danke für das Bier.«

Die Nacht drängte sich gegen das Schlafzimmerfenster, und man spürte die enorme Ausdehnung der Dunkelheit dahinter. Irgendwo in der Ferne lag das Meer mit seinem Rauschen, das auch nachts nicht nachließ. Für Momente schien es nichts anderes zu geben als einen selbst, aber je länger man die Augen geöffnet hielt, umso sichtbarer wurden einzelne Dinge im Raum, die hohe Masse des Kleiderschranks, die schimmernden Stoffwellen der Gardinenschals. Sylvia zog sich ruhig aus und legte sich zu ihm. Er war schon nackt. Mit der kargen Wärme, die von seinem Körper ausging, war er ein Fremdkörper in der Kühle des Bettzeugs. Sylvia schmiegte sich an ihn, und er legte den Arm um ihre Schultern. Die Bettdecke raschelte, und von ferne hörte man die Gasfeuerung der Heizung, die noch einmal ansprang. Irgendwann legte Sylvia ihm, wenn auch sanft, die Hand auf den Mund, als sei er hier nicht zu Hause und wisse nicht um ihre Sorge, der Junge könnte davon aufwachen. Dabei atmeten sie nur etwas lauter und angespannter und stoßweise. Ihre Gesichter waren einander nah, aber es war zu dunkel, um sich in die Augen sehen zu können. Die Stille der Nacht draußen war so vollkommen, wie es in Berlin der Lebenshunger war. Es dauerte nicht sehr lange, aber sie hielten einander sehr fest dabei. Sie brauchten sich in dieser Nacht, sie waren aufeinander angewiesen. Und es war, als wüssten sie nicht, wann sie es je wieder sein würden.

26

Das schild mit der aufschrift »Altenstift Talrohde« war nicht besonders groß und stand auf einem quadratischen Stück Rasen, das man neben dem Eingang zu einem flachen Klinkerbau angelegt hatte. Heruntergeschnittene Rosenstöcke begrenzten den Rasen zur Straße hin, und hinter dem Gebäude erhoben sich entlaubte Birken mit ihren dünnen Stämmen und dem durchscheinenden Geflecht ihrer Ästchen in den graublauen Himmel. Glauberg schritt auf den Eingang des Empfangsgebäudes zu, dessen zweiflüglige Glastür sich mit einem leisen Gleiten vor ihm öffnete und ebenso unhörbar hinter ihm wieder schloss. Innen dämpfte ein blass gepunkteter dunkelroter Teppichboden alle Geräusche, und die Lichtmenge, die durch die niedrigen Fensterfronten hereinfiel, ließ das Foyer, in dem zwei unbenutzte Sitzgruppen herumstanden, weder hell noch dunkel erscheinen. Glauberg wandte sich nach links in einen Gang, der in eins der Wohngebäude führte. Drei oder vier Mal grüßte er stumm einen der Stiftsbewohner, deren Blicke ihn aber kaum streiften. Sie durchschritten alle Gänge und Türen, ohne aufzusehen, weil ihre bedächtigen, kaum noch ausgreifenden Bewegungen und die Sensorsteuerung der Türen, wie ein einziger ineinander verzahnter Mechanismus arbeiteten. Unbewusst verlangsamte Glauberg seine Schritte, als sei seine aus dem Leben mitgebrachte Geschwindigkeit hier in den Gängen ungebührlich. Salonartig eingerichtete Zimmer zu beiden Seiten warteten darauf, mit gesellschaftlichen Aktivitäten belebt zu werden, mit Rommé-Abenden und Hausmusik, und

Tische und Stühle wurden von jenen Energiesparlampen erhellt, deren Leuchtfarbe der von herkömmlichen Glühbirnen nachgebildet ist, ohne jedoch deren kostspieligen Überfluss an Wärme zu verströmen. Im zweiten Stock blieb Glauberg schließlich vor einer der Türen stehen und klingelte. Es dauerte nicht sehr lange, bis geöffnet wurde und ihm eine der Bewohnerinnen des Stifts gegenüberstand. »Frau Curland?«, sagte er und nickte grüßend. »Ich bin Anton Glauberg. Wir haben miteinander telefoniert.«

Die Frau, die nicht sehr groß war, nahm sich ein paar Sekunden Zeit, ihn zu betrachten. Ihre Haare waren grau, und sie hatte ein flaches, eulenhaftes Gesicht mit nah beieinander stehenden Augen, aus denen sie Glauberg ansah, als habe das Leben sie misstrauische Aufmerksamkeit gelehrt, obwohl sie von Natur aus nicht ängstlich war. Er ließ die Musterung und den dazugehörigen Moment des Schweigens bereitwillig über sich ergehen, bis sie schließlich nickte und ihn hereinbat. Er betrat einen niedrigen, gelb tapezierten Flur, von dem rechts eine Küche abzweigte, deren Tür offen stand, während zwei weitere, nach links abgehende Türen geschlossen waren. Am Ende des Flurs schließlich war das Wohnzimmer, in das Glauberg ihr folgte. Sie wies auf ein schlichtes graugrünes Sofa, das aus den sechziger Jahren stammen mochte, und nahm selbst in einem passenden Sessel ihm gegenüber Platz. Auf dem Tisch standen eine Kaffeekanne und zwei Tassen. »Ich habe Kaffee gekocht«, sagte sie mit distanzierter Höflichkeit. »Trinken Sie Ihren mit Milch und Zucker?«

»Mit Milch«, sagte Glauberg, und sie schenkte ihm ein. Das Grau ihrer Haare hatte einen bläulichen Schimmer, und offenbar war sie noch nicht im Geringsten auf fremde Hilfe angewiesen, um sich im Leben zurechtzufinden. Ihre Erscheinung passte nicht in die bedrückende Seniorenheimatmosphäre, doch es würde wohl einen Grund geben, warum sie sich hierhin zurückgezogen hatte.

Glauberg bedankte sich für den Kaffee und sagte: »Ich nehme an, Sie haben schon lange keinen Besuch mehr von einem Polizisten bekommen.«

Sie sah ihn an und stellte fest: »Ich habe schon lange keinen Besuch mehr von niemandem bekommen.«

»Das tut mir Leid«, sagte Glauberg.

»Das tut es sicher nicht. Aber Sie sind Polizeibeamter, und ich nehme an, es gehört zu Ihrem Beruf, regelmäßig zu erklären, Ihnen tue irgendetwas Leid.«

Er trank einen Schluck Kaffee und erkundigte sich dann: »Sie haben keine guten Erfahrungen mit Polizeibeamten gemacht?«

»Wenn man in meinem Alter ist«, sagte sie, »sollte man nicht darüber jammern, dass man keine guten Erfahrungen mit Menschen gemacht hat. Man würde zu viel Zeit damit zubringen. Man sollte sich lieber über die wenigen Ausnahmen freuen.«

»Ich glaube nicht, dass ich zu diesen Ausnahmen gehören werde. Ich fürchte, ich werde nicht besser sein als die anderen.«

»Welche anderen?«

»Meine Kollegen, die versucht haben, den Tod Ihres Mannes aufzuklären.«

Sie legte ihre Hände ineinander, deren knotiges Aderngewebe ihr Alter klarer zutage treten ließ als die geistesgegenwärtige Präsenz in ihrem Gesicht und in ihren Äußerungen.

Sie mochte Anfang oder Mitte siebzig sein. Sie sagte: »Das ist Jahrzehnte her.«

Glauberg nickte: »Ja, Sie haben Recht, es ist sehr lange her.«

»Glauben Sie, es könnte nach so langer Zeit noch irgendetwas geben, was damals nicht gesagt worden ist?«

»Sind Sie denn bereit, noch einmal darüber zu reden?«

Sie antwortete nicht gleich, sondern musterte ihn wieder. Schließlich sagte sie: »Es kommt darauf an, was Sie wissen wollen.«

Er schwieg. An den Wänden hingen nur wenige Bilder, und auch sonst waren nicht viele Erinnerungsstücke zu entdecken, wie man sie in der Wohnung eines älteren Menschen vielleicht erwartet. Ein Regal auf der anderen Seite des Zimmers stand voller Bücher, und auch auf dem Beistelltisch neben ihrem Sessel lagen zwei, die sie wohl gerade las. Schließlich sagte er: »Es würde mich interessieren, ob Sie sich damals bedroht gefühlt haben? War der Terrorismus für Sie und Ihren Mann eine persönliche Gefahr, oder haben Sie ihn eher als abstraktes Phänomen wahrgenommen?«

Sie dachte darüber nach. Fast schien es, als müsse sie sich erst jetzt darüber klar werden, was sie damals empfunden hatte. Dann sagte sie: »Es war eine andere Zeit damals, und insgesamt fühlten wir uns alle sehr unschuldig. Wir haben einfach nicht verstanden, was diese jungen Leute wollten, die auf die Straße gegangen sind und Kaufhäuser angezündet haben. Vielleicht haben wir manchmal daran gedacht, dass wir bedroht sein könnten, aber eigentlich haben wir nicht in diesem Gefühl gelebt. Mein Mann stand nicht im Rampenlicht. Was hätte sein Tod schon bewirken können? Und schließlich: Was hat er bewirkt?«

Ihr Blick tauchte durch Schichten von Zeit hindurch, und sie sah Glauberg nun nicht mehr ganz so streng an. Sie erinnere sich noch recht genau an jenen Tag, erzählte sie, als es an der Tür geklingelt habe und jene beiden Kriminalbeamten dort gestanden hätten und sagten, wie Leid es ihnen tue, ihr mitteilen zu müssen, dass ihr Mann einem Attentat zum Opfer gefallen sei. Und mit bitterem Ton stellte sie fest: »Was hätten sie auch sonst sagen sollen, außer dass es ihnen Leid tat? In Wirklichkeit war es ihnen natürlich vollkommen egal. Mein Mann war für sie irgendein Opfer dieses absurden Krieges, der damals herrschte, und ihre Aufgabe war es, herauszufinden, wer für den Anschlag verantwortlich war. Das war alles. Mehr interessierte sie nicht.«

»Es wurde ja nie zweifelsfrei erwiesen, dass Ihr Mann das Opfer eines Terroranschlags geworden ist«, sagte Glauberg. »Aber das ist nicht der Grund, weswegen ich hier bin. Es ist vielmehr so, dass vor zwei Wochen ein ehemaliges Mitglied der RAF tot aufgefunden worden ist. Der Mord an diesem Mann wurde mit großer Brutalität durchgeführt, man hat das Opfer regelrecht hingerichtet, und offenbar wurde als Begleitmusik dazu die *Zauberflöte* gespielt. Allerdings wissen wir nicht, ob das makabre Szenario nur den Zweck hatte, uns von den eigentlichen Motiven des Mordes abzulenken, oder ob mehr dahinter steckt.« Er machte eine Pause und sah hinaus. Durch die Birken vor dem Fenster ging ein schwacher Wind, der keine feste Richtung zu haben schien. Nach einer Weile fuhr Glauberg fort: »Eigentlich interessiert mich ein Gerücht, das damals im Umlauf war. Verzeihen Sie, wenn ich darüber rede, aber es scheint mir doch wichtig. Es handelt sich um die Vermutung, Ihr Mann könnte nicht allein in der Oper gewesen sein.«

Ihre Gestalt wurde hart, und die geröteten Knoten ihrer Hand- und Fingergelenke drückten sich ineinander. »Sie sagen es«, erklärte sie abweisend. »Es war ein Gerücht. Und Sie werden verstehen, dass ich nicht sehr erfreut darüber gewesen bin. Ich weiß, man hat damals behauptet, mein Mann habe zwei Opernkarten gekauft, aber was beweist denn das? Er kann einem Kollegen eine Karte mitgebracht haben oder irgendjemandem, der ihn darum gebeten hat. Es beweist nichts.«

Glauberg sagte: »Wenn es noch eine Person gab, die Ihrem Mann in irgendeiner Weise nahe gestanden haben könnte, dann wäre es von heute aus gesehen wichtig, diese zu kennen.«

»So eine Person gab es nicht«, erklärte sie mit entschiedener, fester Stimme. »Ich werde es nicht zulassen, dass man den Namen meines Mannes jemals beschmutzt. Es war schon damals nicht leicht für mich, seinen Ruf zu schützen, aber ich habe alles Gerede mit meiner Haltung zum Verstummen gebracht. Niemand hat es gewagt, in meiner Gegenwart auch nur die leiseste Andeutung zu machen. Ich habe aufrecht am Grab meines Mannes gestanden und ein Jahr lang Trauer getragen. Mein Mann ist für unser Land gestorben, und niemand hat ein Recht, seinem Tod diese letzte Würde zu nehmen.«

Stille breitete sich im Zimmer aus, und nur ihr leises Atmen war für Momente zu hören. Da es draußen einigermaßen hell war, hatte sie kein Licht gemacht, aber die Helligkeit reichte für das Zimmer nicht aus. Und auf einmal meinte man in der farblosen Stille nicht nur einen, sondern Tausende leiser Atemzüge zu hören.

Irgendwann fragte Glauberg: »Waren Sie eigentlich selbst

jemals in Berlin? Es war damals recht umständlich hinzukommen.«

»So umständlich auch wieder nicht«, antwortete sie und fügte hinzu: »Ich war zwei oder drei Mal dort, aber die Stadt hat mir nicht besonders gefallen. Ich bin Rheinländerin, und das Preußische liegt mir nicht.« Und schließlich sagte sie: »Im Übrigen habe ich alle diese Fragen schon einmal beantwortet, und der makabre Mord an diesem Terroristen, den Sie aufzuklären versuchen, ändert nichts an meinen Antworten. Es geschehen so viele abartige Dinge heutzutage, doch was gehen sie mich an? Es war nicht meine Generation, die diese Welt so sehr hat verkommen lassen.«

Glauberg beugte sich vor und trank seinen Kaffee aus, der kalt geworden war. Irgendwann sagte er zögernd, als habe er es nicht von vornherein sagen wollen: »Der, der vor einer Woche erschossen worden ist, war mein Bruder.« Und nach einer Weile fügte er hinzu: »Das könnte Ihnen natürlich ganz gleichgültig sein, aber ich will Ihnen sagen, was mir keine Ruhe lässt: Seit ich mit diesem Fall befasst bin, frage ich mich, ob es nicht womöglich mein Bruder war, der Ihren Mann damals getötet hat – *deswegen* bin ich hier. Wegen der furchtbaren Vermutung, mein Bruder könnte der Mörder Ihres Mannes sein.«

Sie schwieg, und es war nicht zu bestimmen, was in ihr vorging. Sie beherrschte ihren Gesichtsausdruck, konnte ihn zu einer Maske verdichten, eine Fähigkeit, die sie sich in fünf Jahrzehnten des gesellschaftlichen Lebens wohl angeeignet hatte. Der Wind draußen hatte zugenommen, und es war eine Spur dunkler geworden.

Da sie nichts sagte, fuhr Glauberg nach einer Weile fort.

»Es gab eine Verbindung zwischen meinem Bruder und Ihrem Mann«, sagte er, »und diese Verbindung war mein Vater. Beide – sowohl er als auch Ihr Mann – waren in den sechziger Jahren Mitglied in einem Verein namens Atlantische Freundschaftsbrücke. Es handelte sich dabei um einen jener Bonner Zirkel, in denen damals Politik gemacht wurde. Ich glaube, dass mein Bruder Ihrem Mann dort bei einer bestimmten Gelegenheit einmal begegnet ist, und die reibungslose und oftmals ja zynische Eintracht von Politik und Wirtschaft muss ihn wohl abgestoßen haben. Er war jung und hat sich angewidert abgewandt.« Glauberg machte eine Pause und sah hinaus. Regen lag in der Luft. »Mein Bruder«, fuhr er fort, »war im Grunde ein Einzelgänger, der sich vermutlich nur ungern in die Organisationsstruktur der RAF hat einbinden lassen. Das erklärt vielleicht die Sonderstellung, die der Mord an Ihrem Mann unter den terroristischen Anschlägen der siebziger Jahre einnimmt. Weder war er eine Kommandoaktion noch ausschließlich persönlich motiviert. Irgendwie war er beides: die Tat eines Einzelnen und die einer Terrorgruppe. Deshalb waren die Bekennerschreiben auch allesamt nicht sehr aufschlussreich. Offenbar war man sich in terroristischen Kreisen über den Nutzen dieses Attentats selbst nicht ganz im Klaren – wie auch? Im Gegensatz zu meinem Bruder wusste man dort ja nichts über Ihren Mann und sah in ihm lediglich einen zweitrangigen Beamten. Die Halbherzigkeit dieser Briefe wiederum kam dem BKA durchaus gelegen. Denn Ihr Mann – verzeihen Sie, wenn ich das so direkt feststelle – hat keineswegs nur harmlose Kredite in die DDR vermittelt, sondern war im Prinzip dafür zuständig, Gelder, die nicht auf legalem Wege in die Bundesrepublik fließen durften, auf dem Umweg über die DDR als Darlehensrückflüsse und Zinszahlungen zu tarnen. Dementsprechend hatte man seitens der Behörden auch kein gesteigertes Interesse daran, ihn und seine Funktion ans Licht der Öffentlichkeit zu bringen, weshalb man sich – gewissermaßen unisono mit der RAF – recht schnell auf die Version einigte, er sei nur ein unbedeutender deutsch-deutscher Kassenwart gewesen, zu unbedeutend für Terroristen, denen man die Tat gleichwohl dennoch zutraute. Und in dieser ziemlich unlogischen Schwebe beließ man die Dinge, in der Hoffnung, dass sie sich mit der Zeit setzen und in Vergessenheit geraten würden. Und so war es dann ja auch.« Er unterbrach sich erneut, und wieder saßen sie eine Weile schweigend da. Margot Curland hörte immer noch zu, ohne eine Reaktion zu zeigen. Irgendwann sagte Glauberg: »Ich habe den Kontakt zu meinem Bruder in den siebziger Jahren verloren, als er in den Untergrund ging. Wir hatten uns zu weit voneinander entfernt, und als Halbbrüder waren wir uns nie wirklich nahe gewesen. Doch als ich vor einer Woche vor seinem Leichnam stand, erschien mir das falsch. Ich hatte das Bedürfnis, ihn zu verstehen, weil es mir schien, dass ich damit auch ein Stück von mir selbst verstehen würde. Und es kann sogar sein, dass ich eigentlich deswegen hier bin: nicht um über ihn etwas herauszufinden, sondern über mich. Ich bin nicht als Polizist hier, sondern als jemand, der einen Teil seiner eigenen Geschichte sucht, und ich glaube, Sie sind die Einzige, die mir bei dieser Suche weiterhelfen kann. Es ist Ihre Entscheidung, ob Sie dazu bereit sind oder nicht. Ich kann nicht mehr tun, als Sie darum zu bitten.«

Margot Curland hatte reglos zugehört, den Blick unverwandt auf die dünnen Birken vor ihrem Fenster gerichtet, und es war nicht zu entscheiden, welchen Eindruck Glaubergs Rede auf sie gemacht hatte. Ihre Züge waren immer noch verschlossen, aber es fand sich darin nicht mehr jene kategorisch ablehnende Haltung ihm gegenüber, mit der sie zunächst auf seine Fragen reagiert hatte. Vielleicht war sein Anliegen für sie in gewisser Weise mehr als nur die einseitige Bitte, ihm zu vertrauen, sondern zugleich ihre letzte Chance, über Dinge zu reden, die sie drei Jahrzehnte lang in sich verschlossen hatte und die sie auf immer ungesagt mit ins Grab nehmen würde, wenn sie ihn jetzt aufforderte zu gehen.

Irgendwann beugte sie sich vor und ergriff mit ihrer Rechten die Kaffeekanne. Die Altersflecken auf ihrer Haut spannten sich über die Sehnen. »Möchten Sie noch einen Kaffee?«, erkundigte sie sich und schenkte ihm ein. Dabei sagte sie: »Ich habe ihn gehasst.«

»Ihren Mann?«

»Ja«, sagte sie.

»Weil er ein Verhältnis hatte?«

Sie stellte die Kanne zurück auf den Tisch. »Aus dem Grund, aus dem Frauen Männer hassen. Es geht nicht nur um ihre Verhältnisse, vielleicht sind die noch das Geringste. Ich habe ihn gehasst, weil er mich nicht wahrgenommen hat. Weil er nur an sich gedacht hat, an seine Karriere und seinen Erfolg. Es hat eine Weile gedauert, bis mir bewusst geworden ist, dass er mich in erster Linie wegen meiner Familie geheiratet hatte. Bonn war in den sechziger Jahren eine sehr kleine Stadt, und er war ein kleinbürgerlicher Emporkömmling, der sich für seinen Aufstieg in der rheinischen Staatsbürokratie eine gute Ausgangsposition verschaffen wollte. Deswegen hat er mich umworben und schließlich auch bekommen. Er war besessen davon, in den eng verflochtenen Kreisen aus Wirtschaft und Politik der Adenauer- und Erhard-Ära anerkannt und ernst genommen zu werden, was ihm schließlich auch gelungen ist. Die Geldgeschäfte, die er über die DDR abgewickelt hat und deren Natur mir durchaus bekannt war, hatten für verschiedene Rüstungsbetriebe große Bedeutung. Unsere Ehe allerdings – wenn sie denn überhaupt je bestanden hat – ist dabei auf der Strecke geblieben, aber ich denke, ich bin wohl nicht die Einzige, der es so ergangen ist. Vielleicht würden Frauen, die heutzutage in meiner Lage wären, anders reagieren, aber ich entstamme einer Zeit und auch Kreisen, in denen man Ehen nicht in Frage gestellt hat. Ich habe nach außen hin nie ein Wort darüber verloren und niemandem Anlass zu Gerede gegeben. Ich war und bin nicht bereit, den Namen meiner Familie mit dem Fehlschlag meiner Ehe zu belasten. Es ist, wie ich es gesagt habe: Ich habe aufrecht am Grab meines Mannes gestanden. Ich bin die Witwe des unbescholtenen, bei einem Terroranschlag ums Leben gekommenen Verwaltungsbeamten Christian Curland. Das ist die Rolle, die ich gewählt habe und die ich beibehalten werde, bis ich selbst im Grab liege.«

Ihre Emotionen fanden jetzt den Weg in ihre Stimme, die bitter wurde. Dass ihr Mann ein Verhältnis hatte, diesen Verdacht habe sie recht bald schon gehabt. Von neunundsechzig an sei er regelmäßig nach Berlin geflogen, oftmals auch schon am Sonntag, und nicht etwa erst mit der Abendmaschine, sondern bereits tagsüber, weil er angeblich zu tun gehabt habe. Diese Situation habe sie jahrelang hingenommen und die Verletzungen ertragen, doch irgendwann sei sie dazu nicht mehr bereit gewesen. »Ich wollte wissen, mit wem ich es zu tun hatte, was für eine Frau das war, mit der mein Mann seine Zeit dort verbrachte und die mir offenbar überlegen war. Ich wollte nicht länger einer anonymen Gegnerin gegenüberstehen, gegen die ich mich nicht wehren konnte. Ich wollte ein Gesicht haben, auf das ich meinen Schmerz, mein Unglück und meinen Hass beziehen konnte.«

Mit allem, was sie sagte, verstieß sie nicht gegen die Regeln jener beherrschten, stets die Form wahrenden Gesprächskultur, deren Verinnerlichung sie wohl ihrer bürgerlichen Herkunft schuldete, aber die einstige Verzweiflung wurde doch leise hörbar. Was, so sagte sie, habe sie schon tun können von Bonn aus? Sie habe gelebt wie ein gefangenes Tier in einem Käfig, verurteilt zur Untätigkeit. Um überhaupt etwas zu tun, habe sie schließlich damit begonnen, regelmäßig die Unterlagen ihres Mannes zu durchsuchen. Und irgendwann entdeckte sie dabei zwei Opernkarten für eine Sonntagsvorstellung der *Zauberflöte*.

An dieser Stelle brach sie ab, um erst nach einer längeren Pause mit brüchiger Stimme weiterzusprechen: Was sie in der Folge getan habe, dessen schäme sie sich bis heute, doch sei ja nicht sie für die unerträgliche Situation verantwortlich gewesen, in der sie sich befunden habe. Nachdem sie die Karten entdeckt hatte, habe sie sich auf den Weg zum Hauptpostamt gemacht, wo damals sämtliche Telefonbücher der Bundesrepublik einzusehen gewesen waren, und schrieb sich die Nummer eines Berliner Privatdetektivs heraus, des erstbesten, den sie fand, und rief ihn aus einer der Zellen an, die es seinerzeit in den Postämtern noch gab. Dem Mann, der sich am anderen Ende der Leitung meldete und den sie der Stimme nach auf Ende dreißig schätzte, erteilte sie den Auftrag, ihren Mann und seine Geliebte bei jenem Opernbesuch und danach zu beschatten und zu fotografieren. Sie sandte ihm noch am selben Tag eine Fotografie ihres Mannes zu sowie die vereinbarte Summe. Allerdings stellte sich heraus, dass sie einen ziemlich mittelmäßigen Detektiv erwischt hatte, der es versäumte, sich nach der Anfangszeit der Vorstellung zu erkundigen, die nicht etwa abends begann, sondern nachmittags, und kurz nachdem er mit seiner Kamera in Stellung gegangen war, strömte das Publikum nicht etwa in die Oper hinein, sondern aus dieser heraus. Es gelang ihm dann zwar, ihren Mann in der Menge zu entdecken und ein paar Mal auf den Auslöser seiner Kamera zu drücken, doch dann geschah etwas Unerwartetes, das er zunächst nicht genau einzuschätzen vermochte. Unter den Menschen breitete sich Unruhe aus, und es kam zu einem heftigen Hin und Her und schließlich zu einem Zurückweichen der Menge.

Sie machte eine Pause, aber sie war in der Lage, ruhig über den Tod jenes Mannes zu reden, den sie nicht, oder nur für kurze Zeit, geliebt hatte. »Mein Mann wurde von niemandem als gefährdet angesehen, und es muss leicht gewesen sein, das Attentat gegen ihn auszuführen. Er wurde in der Menge mit einer schallgedämpften Waffe erschossen, und als die Polizei eintraf und damit begann, das Gelände abzusperren, war sein Mörder längst untergetaucht. Wie will man sich schützen, wenn man nicht weiß, von welcher Seite einem Gefahr droht?«

Glauberg sagte: »Es ist wahr? Sie haben Fotos von dem Mord an Ihrem Mann?«

Sie nickte. »Der Detektiv, den ich beauftragt hatte, war nicht nah genug am Tatort, um zu wissen, was er da eigentlich fotografiert hatte. Er hat es erst am nächsten Tag aus der Zeitung erfahren.«

»In den Aktenprotokollen über den Fall werden diese Fotos nicht erwähnt, jedenfalls habe ich keinen Hinweis auf sie gefunden. Ich gehöre nicht zum BKA, und offenbar war man aus irgendeinem Grund nicht bereit, mir das gesamte Aktenmaterial zur Verfügung zu stellen.«

»Das kann ich nicht beurteilen«, sagte sie, »aber diese Fotos *konnte* man Ihnen nicht zur Verfügung stellen, weil ich sie niemandem gegeben habe. Das Bundeskriminalamt weiß nichts von ihnen, niemand weiß etwas davon. Nur jener Detektiv und ich. Und Sie jetzt.« Sie brach ab, aber offenbar spürte sie selbst, dass sie ihm eine Erklärung schuldig war. »Ich weiß, was Sie denken«, sagte sie schließlich, »aber versuchen Sie mich zu verstehen. Natürlich hätten diese Bilder zur Aufklärung des Verbrechens beitragen können, aber was hätte ich von dieser Aufklärung gehabt? Man hätte festgestellt, dass mein Mann mit einer Geliebten in der Oper gewesen war und dass er danach von wem auch immer erschossen worden ist. Wer weiß, ob der Täter auf den Bildern überhaupt zu sehen oder gar zu erkennen ist? Bis auf die vorderste Reihe von Menschen sieht man nur halb verdeckte Köpfe, die wiederum andere Köpfe verdecken. Und alle sind sie mehr oder weniger unscharf, weil sie aus größerer Entfernung aufgenommen worden sind. Glauben Sie mir, ich habe mir diese Bilder immer und immer wieder angesehen, doch es ist unmöglich zu sagen, ob einer von denen, die in der Nähe meines Mannes stehen, eine Waffe auf ihn richtet. Ich konnte nicht einmal feststellen, welche der Frauen auf den Bildern seine Geliebte war. Ich habe die Fotografien danach abgesucht, nach einer Geste oder einem Blick zwischen ihm und einer möglichen Begleiterin, aber da war nichts. Menschen, die aus einer Vorstellung kommen, sind leer. Es gibt zu viele Frauen auf diesen Bildern – zu viele, die entsetzt auf seinen toten Körper starren. Und selbst wenn man die eine gefunden hätte, nach der ich gesucht hatte – was hätte ich davon noch gehabt, nachdem mein Mann tot war? Alles wäre ans Licht gekommen, die Presse hätte sich gierig darauf gestürzt, und diese Demütigung konnte und wollte ich nicht hinnehmen. Das hatte ich nicht verdient, und das hatte meine Familie nicht verdient. Es war damals bereits schwer genug, die Gerüchte zum Verstummen zu bringen. Ich wollte einfach nur, dass es vorbei war. Mein Mann war tot, und das Bedürfnis nach Vergeltung hatte ich nicht. Glauben Sie mir: Ich habe ihm nie den Tod gewünscht, aber als er tot war, wünschte ich ihn mir ebenso wenig wieder lebend.«

Glauberg sah aus dem Fenster in die Zweidimensionalität des Herbstes. Er sagte: »Wenn es stimmt, dass mein Bruder Ihren Mann erschossen hat, dann ist er auf diesen Bildern möglicherweise zu sehen.«

»Ja«, sagte sie ruhig, »das kann sein. Aber versprechen Sie sich nicht zu viel von diesen Aufnahmen.«

»Gibt es diese Fotos denn noch, und könnte ich sie haben?«

Sie dachte darüber nach und entschied dann: »Ich gebe Sie Ihnen unter einer Bedingung: Niemand darf erfahren, woher sie stammen und aus welchem Grund sie einst entstanden sind.«

»Wir können sie als Observationsfotos des BKAs deklarieren, die erst jetzt aufgetaucht sind. Ein weiterer kleiner Skandal. Niemand würde sich darüber wundern, und im Moment würde es wohl auch niemanden wirklich interessieren. – Was ist mit dem Detektiv? Er hätte viel Geld mit den Bildern verdienen können.«

»Das hat er auch«, sagte sie. »Ich habe sie ihm für eine weitaus größere Summe abgekauft, als wir ursprünglich vereinbart hatten. Er war ein Halsabschneider, aber an unsere Abmachung hat er sich gehalten.«

»Können Sie sich an seinen Namen erinnern? Er ist ein Zeuge.«

»Nachdem er sein Geld hatte, war er wohl froh, mit der ganzen Angelegenheit nichts mehr zu tun zu haben. Aber ich kann Ihnen seinen Namen geben«, nickte sie und schwieg. Irgendwann sagte sie: »Wissen Sie, was mich an den Aufnahmen am meisten erschüttert hat? Nicht der Tod meines Mannes, sondern die Blicke derer, die ihn anstarrten, wie er dort lag. Ich habe damals begriffen, wie nah Entsetzen und Gleichgültigkeit beieinander liegen. Die besondere Brutalität dieses Mordes bestand darin, dass viele Eltern mit ihren Kindern in die Nachmittagsvorstellung der *Zauberflöte* gehen. Ich weiß nicht, ob dem Mörder dies bewusst war, aber spätestens als das Publikum aus der Oper strömte, muss es ihm aufgefallen sein. Wie kann man einen Mord vor den Augen von Kindern begehen? – Glauben Sie denn wirklich, dass Ihr Bruder so etwas getan haben könnte?«

Er sagte: »Ich weiß es nicht. Ich kannte ihn nicht sehr gut.« Dann sah er sie an und fügte hinzu: »Ist Ihnen eigentlich bewusst, dass Sie statt eines Privatdetektivs auch einen Mörder angeheuert haben könnten?«

Sie ließ sich nicht anmerken, ob die Anschuldigung sie traf.

»Ja, aber das habe ich nicht. Dass ich den Tod meines Mannes nicht wirklich bedauern konnte, ist nicht strafbar. Und dass ich am Ende die Bilder zurückgehalten habe, um mich zu schützen, kann man mir nicht verdenken.«

»Es ist zu spät, darüber noch zu urteilen.«

»Sie finden es verwerflich?«

»Ich bin Polizist. Alles, was zur Aufklärung eines Verbrechens beitragen kann, ist für mich nicht Eigentum einer Person, sondern – verzeihen Sie das große Wort – Eigentum der Wahrheit.«

»In meinem Alter glaubt man nicht mehr an Wahrheiten«, sagte sie, und nachdenklich fügte sie hinzu: »Vielleicht war es ja einfach Schicksal, wie es gekommen ist.«

Er entgegnete: »Und in meinem Alter glaubt man noch nicht an Schicksal. Ich jedenfalls nicht.« Und dann sagte er mit einer gewissen Entschiedenheit: »Sie hätten sich von Ihrem Mann trennen können. Auch damals.«

»Was wissen Sie schon von damals«, sagte sie und schwieg. Leichter Regen hatte eingesetzt und schlug in kleinen länglichen Tropfen gegen die Fensterscheibe. Nach einer Weile stützte sie ihre Arme auf die Lehnen des Sessels und sagte: »Ich hole Ihnen jetzt die Bilder.« Sie erhob sich mühsam, wandte sich zur Tür des zweiten Zimmers und verschwand darin.

Ein paar Minuten lang saß der Polizist allein in dem Raum, in dem Margot Curland entschieden hatte, den größten Teil des ihr verbliebenen Lebens zuzubringen. Er hörte sie im Nebenraum leise kramen. Das große Bücherregal auf der anderen Seite des Zimmers lag blass im Herbstlicht da, so wie jenes, das Glauberg vor nunmehr fast zwei Wochen im Haus seines Bruders gesehen hatte. Man hätte es für einen Kreis halten können, der sich damit schloss. Auch Bücherregale haben etwas wie ein Gesicht und ein Alter. Die älteren sind weniger bunt und weniger glänzend und strahlen eher jene Ruhe aus, die man zum Lesen eigentlich braucht. Und so wie dieses hier, älter und schwerer, war auch das seines Bruders gewesen. Als sei es nun an der Zeit, dorthin zurückzukehren, wo alles begonnen hatte.

27

DER WIND WEHTE NICHT SEHR STARK, aber mit beständiger Konstanz von See her über die Salzwiesen. Das feuchte, büschelige Gras gab unter Glaubergs Schuhen nach, als er die Deichböschung zum Haus seines Bruders hinaufstieg. Die Türen waren mit gelben Siegeln versehen, er erbrach das am Hintereingang, durchquerte den kleinen gefliesten Flur und betrat das Schreibzimmer. Das Beharrungsvermögen der Dinge in ihrem stillen Sein erfüllte den Raum ganz, nachdem sich das Leben daraus zurückgezogen hatte. Die Bücher lagen auf dem Schreibtisch herum und würden dort in einem Jahr noch liegen oder zwei, wenn niemand etwas daran änderte. Die wenigen glatten, unverstellten Oberflächen schimmerten trüb. Stuhl und Tisch schienen fest und unverrückbar mit den Birkendielen verbunden zu sein, und das Licht, das von draußen hereinfiel, wirkte endgültig.

Es hatte sich nichts verändert seit dem Tag, an dem Gnaatz den Toten gefunden hatte. In der untersten Reihe des

Bücherregals stapelten sich Zeitschriften und Magazine, unter anderem fand sich dort eine löchrige, sechs bis acht Ausgaben pro Jahr umfassende Sammlung des *Spiegel*, beginnend dreiundneuzig, also mit dem Jahr nach Jacobis Haftentlassung. Die alten Titelbilder, einstmals bedeutsam und voller Bezüge zur Realität, waren zu einer Reihe von historischen Schnappschüssen geworden. Manche berührten einen peinlich in ihrem Streben nach Originalität in Bezug auf Themen, die längst vergessen waren. Erst jetzt sah man, dass sie nie etwas bedeutet hatten. Die Struktur der Vergangenheit war nicht fotografisch, sondern eine Abfolge von Zufällen. Neben den gestapelten roten Heften des *Spiegel* lagen ein paar Ausgaben der *Zeit* aus den vergangenen zwei Jahren. Das Papier der älteren Nummern war gelb geworden. Die Falzkanten waren eine Uhr, die in schleppenden Zwei-, Drei- oder Vierwochenschritten gegangen und nun endgültig stehen geblieben war.

Glauberg ging ins Wohnzimmer, in dessen Mitte der Stuhl stand, auf dem man Jacobi festgebunden und ermordet hatte. Jetzt bildete er das leere Zentrum eines leeren Raumes. Glauberg ging um den Stuhl herum zur Stereoanlage. Es knackte leise in den Lautsprechern, als er den Verstärker einschaltete und die mitgebrachte CD einlegte. Und als die Musik begann, lag im Blick des Polizisten ein klares Wissen von dem, was zu tun sein würde.

Die Struktur der Zukunft ist die von Gedanken, von Notwendigkeiten und Zielen. Aber stets scheinen sich die logischen Zusammenhänge aufzulösen bei ihrer Reise in die Vergangenheit. Sie stellen sich als unzureichend heraus, und am Ende ist es, als wären Zufall und Notwendigkeit dasselbe und nur durch den Horizont der Zeit, die hauchdünne Linie der Gegenwart voneinander unterschieden.

Das von Westen hereinfallende Licht nahm auf dem weiten Weg über die Wiesen die Farbe der Jahreszeit an – kühles, frisches Grün im Frühjahr und warme, trockene Gelbtöne im Sommer. Jetzt war es blaugrau und trüb, und im Winter würde es weiß sein, falls es Schnee geben sollte.

28

Als pfarrer arnold gnaatz im schwarzen Ornat den Altarraum des Harder Gotteshauses betrat, waren die einfachen hellgrauen Sitzbänke im Hauptschiff nur spärlich besetzt. In der Spitze des hohen Gewölbebogens im vorderen Teil der Kirche hing ein großes naturalistisches Kreuz, und mit gebeugtem Haupt sah der leidende Heiland hinab auf die erbärmlich kleine Trauergemeinde. Darunter stand der Sarg, ein schmuckloses Modell aus unlackiertem Holz, umgeben von ein paar bauchigen Blumenvasen und roten Kerzen, die leicht flackernd herunterbrannten, weil es in der alten, aus dem sechzehnten Jahrhundert stammenden Kirche stets ein wenig zog, als sei der alles beherrschende Seewind hier nicht bereit, sich – und sei es auch nur zum Lobe des Allmächtigen – vollständig aussperren zu lassen.

In einer der vorderen Reihen saß Renate Siedler, die schon zu Beginn der Woche angereist war, um sich um einen würdevollen und ordnungsgemäßen Ablauf der Beerdigung ihres geschiedenen Ehemanns zu kümmern und mit Gnaatz einige

Gespräche über den Verstorbenen zu führen. Außerdem hatten sich Veith Seewald und Anselm Wilke auf den weiten Weg von Berlin in den äußersten Norden Deutschlands gemacht, um jenem Menschen das letzte Geleit zu geben, den sie noch im Sommer mehrfach besucht und interviewt hatten und dessen rätselhafter Tod ihrem geplanten Buch sicherlich eine interessante Note hinzufügen würde. Seewald hatte denn auch seine Kameras dabei, auf deren Einsatz er aber jetzt, in der Kirche, immerhin verzichtete.

In der linken Bankreihe saßen ein paar Angehörige Jacobis, der zwar keine Geschwister gehabt hatte, aber Renate Siedler hatte alle Verwandten informiert, von denen sie wusste – ein paar Cousins und Cousinen im Wesentlichen, die zu ihrem Vetter allerdings keinen Kontakt mehr gehabt hatten –, und dabei feststellen müssen, dass ihr geschiedener Mann in den Kreisen seiner Sippe nicht besonders gut angeschrieben war. Dass er mit dem bürgerlichen Leben gebrochen hatte und schließlich verschwunden war, zudem noch in die DDR, wie sich Anfang der Neunziger herausgestellt hatte, machte ihn zum schwarzen Schaf der Familie. Lediglich ein Cousin mütterlicherseits, der aus christlicher Überzeugung nicht bereit war, endgültig den Stab über den verirrten Verwandten zu brechen und ihm die letzte Ehre zu verweigern, und eine siebenundneunzigjährige Großtante, die seit den zwanziger Jahren eine glühende Kommunistin war, hatten sich – die Tante begleitet von zwei kleinen drahtigen Freundinnen – auf den Weg nach Harde gemacht.

In einer der mittleren Reihen schließlich saß Dolph Wagner. Als ehemaliger Oberst der Staatssicherheit der DDR hatte er es sich ebenfalls nicht nehmen lassen, seinem einstigen

Kampfgenossen oder Beobachtungsobjekt oder was auch immer die letzte Ehre zu erweisen, zumal sich die Reise nach Norddeutschland für ihn gut mit einer Reihe von geschäftlichen Terminen in Hamburg hatte verbinden lassen. Mit entspanntem, neugierigem Gesichtsausdruck folgte er den rituellen Handlungen Gnaatz', der jetzt mit langsamen und für einen Jogger erstaunlich gemessenen und würdevollen Schritten am Altar vorüberging und die kurze Treppe zur Kanzel ansteuerte. Es war ihm gelungen, eine Hand voll Gemeindemitglieder dazu zu bewegen, der Beerdigung beizuwohnen, um die schüttere Trauergemeinde zumindest optisch ein wenig aufzufüllen, und zusammen mit den Sargträgern, die links in der ersten Reihe darauf warteten, ihrer Arbeit nachzugehen, waren in der Kirche insgesamt etwa zwanzig Personen versammelt, deren Blicke nun auf dem Pfarrer ruhten, der, nachdem er die Kanzeltreppe emporgestiegen war, über ihnen zu schweben schien, so dass sich alle Köpfe leicht in den Nacken legten.

Paula Reinhardt und Anton Glauberg hatten in einer der hinteren Bänke nebeneinander Platz genommen. Sie saßen auf den dünnen grünen Schaumstoffkissen und richteten ihre Blicke nun ebenfalls auf die Kanzel. Die Kirche war weiß gestrichen und wurde von zwei Leuchtern erhellt, die von der Decke herabhingen und nicht sehr viel Licht verströmten. Die Fenster waren klein und vergittert, und die Kanzel war bemalt mit Bildern vom Leiden Jesu. *Erhebe deine Stimme wie eine Posaune*, stand in goldener Frakturschrift auf der hölzernen Balustrade, *und verkündige ihre Sünde, spricht der Herr. Himmel und Erde vergehen. Meine Worte vergehen nicht.* Etwas fistelnd übertrugen kleine Lautsprecher in den vier Ecken

Gnaatz' Ansprache in den Kirchenraum, eine akustische Unterstützung, die der Pfarrer aber kaum brauchte, denn mit geübter und erhabener Stimme, in deren Tonfall sich die vielfältigen Erfahrungen von zig Beerdigungen sammelten wie in einem vokalen Fokus, begann er mit den hallenden Worten: »Versammelte Trauernde, wir erweisen heute Hans Jacobi die letzte Ehre, der durch eine grausame Tat, deren Hintergründe wir noch nicht kennen, aus unserer Mitte gerissen worden ist.«

Er machte eine kurze Pause, in der er die Trauergemeinde ansah. Seine Worte verklangen, und es wurde wieder still bis auf das gedämpfte, ewige Wehen des Windes. »Wir alle wissen«, fuhr er schließlich fort, »dass Hans Jacobi sich vor langer Zeit – einer Zeit, das sollten wir nicht vergessen, in der so vieles noch ganz anders war als heute – einer sehr umstrittenen Bewegung angeschlossen hatte. Viele junge Menschen glaubten damals, die Verhältnisse in unserem Land mit Gewalt ändern zu müssen. Sie glaubten, die Welt sei schlecht, und sie waren nicht bereit, sich damit abzufinden. Doch bei vielen stießen sie damit auf Ablehnung, und eine Mehrheit war damals der Meinung, von diesen jungen Menschen gehe eine Gefahr für unsere Ordnung aus. Wir Heutigen hingegen sehen in ihrem Glauben an die Legitimität von Gewalt nicht so sehr eine Gefahr für uns, sondern eine schwer verständliche Verirrung. Denn eine echte Bedrohung für unser Land – dies lässt sich im Rückblick doch sagen – war der Terrorismus der siebziger Jahre wohl nie, und angesichts der aktuellen Ereignisse mag er uns möglicherweise sogar harmlos erscheinen. Nun – auch das war er sicherlich nicht, aber dennoch müssen wir uns fragen: Können wir Menschen, die sich in jungen Jahren der Hoffnung hingegeben haben, die Welt lasse sich verbessern, wirklich verurteilen?«

An dieser Stelle wurde es in der Kirche, in der man wegen der geringen Zahl der Trauernden sowieso schon jedes Gelenkknacken hören konnte, besonders still. Offenbar war selbst Dolph Wagner gespannt, wie Gnaatz die selbst gestellte Frage beantworten würde. Der Pfarrer war allerdings klug genug, die Antwort schuldig zu bleiben und die Frage im Raum stehen zu lassen, gewissermaßen als Eröffnung und vorausgeschicktes Ausrufezeichen für die folgende Feststellung. »Die moralischen Maßstäbe«, sagte er und erhob dabei die flach geöffneten Hände wie ein Zauberer, der seinem Publikum zu zeigen beabsichtigt, dass er sich keiner faulen Tricks bedient, »und die ethischen Ansprüche, die jene jungen Menschen an unsere Gesellschaft gestellt haben, hat diese Gesellschaft – haben wir selbst geschaffen und zur Grundlage unseres Miteinanders gemacht: Gerechtigkeit, Brüderlichkeit, Freiheit.«

Hier machte er eine kurze Pause, um sogleich, allerdings mit etwas weniger dramatischem Gestus, fortzufahren und festzustellen: »Hans Jacobi hat an diese Ideale geglaubt. Er wollte Solidarität statt Egoismus und Opferbereitschaft statt Gewinnstreben. Gott sei Dank, so dürfen wir feststellen, ist er in seinen Taten jedoch niemals so weit gegangen, dass jede Vergebung unmöglich wäre. Es ist wahr: Er hat Menschen unterstützt, die in ihrem Streben nach Gerechtigkeit jedes gerechte Maß verloren haben, und auch das ist nicht wenig. Doch für diese Verfehlung hat ihn der Staat gerichtet, und auch vor Gott wird er sich noch einmal verantworten müssen für das, was er getan hat. Gott wird darüber urteilen – unsere

Aufgabe ist dies nicht mehr. Hans Jacobi hat seine irdische Strafe erhalten und ist am Ende in die rechtsstaatliche Ordnung zurückgekehrt.«

Hier machte Gnaatz wieder eine Pause, und es war deutlich, dass er mit diesem Satz den ersten Teil seiner Ansprache abgeschlossen hatte und nun zu etwas Schwierigerem und Grundsätzlicherem zu kommen gedachte. Der Blick aus seinen eng beieinander stehenden Augen unter dem vollen, grau gelockten Stirnhaar strich mit einer Intensität über die Trauernden hin, als sei die Kirche brechend voll. Mit etwas leiserer, aber gerade dadurch besonders eindringlicher Stimme sagte er: »Dass sich Hans Jacobi von seiner Vergangenheit abgewandt hat, mag von manch einem als Resignation empfunden werden, als Kapitulation des Einzelnen vor der Macht der Verhältnisse. Und tatsächlich müssen wir alle, die wir hier sitzen und sicher einmal große Ziele gehabt haben, uns fragen, ob auch wir nicht müde geworden sind im Laufe der Jahre. Ist es denn wirklich so, dass wir angesichts des Elends in der Welt unseren Frieden mit dieser ernsthaft machen können? Oder müssen wir nicht vielmehr auf friedlichem Wege dafür streiten, dass die Dinge sich ändern? Sind wir wirklich vernünftig geworden oder einfach nur träge? Und vor allem: Was erwartet Gott von uns in dieser so schwierigen Situation? – Das ist es, was wir uns als Christen selbstkritisch und immer wieder aufs Neue fragen müssen!«

Er betrachtete jenen Teil dieses christlichen Wirs, der sich vor seiner Kanzel eingefunden hatte, und wurde jetzt konkret, nachdem er sich bisher seinem Thema mehr allgemein räsonnierend genähert hatte. Er fragte: »Gefällt es Gott wohl, dass wir drei Mal im Jahr in Urlaub fahren? Gefällt es ihm, dass wir uns zum Vergnügen an Seilen von Brücken stürzen? Gefällt es ihm, dass wir ein paar jungen Burschen Millionenbeträge zahlen, nur weil sie einen Ball besonders gut zu treten vermögen, während andernorts Menschen nicht genug zum Leben haben und verhungern? Seien wir ehrlich: Wir halten diese Dinge für unvermeidlich und nehmen sie hin. Und weil wir sie hinnehmen, erscheinen sie uns unvermeidlich. Das ist die Falle, in der wir sitzen. – Ein amerikanischer Präsident hat einmal gesagt: Wenn es den Reichen gut geht, dann geht es auch den Armen gut. Das ist gewiss sehr spitzfindig, aber lässt sich Gott mit solchen Spitzfindigkeiten hinters Licht führen? Und sind wir nicht ebensolche unermüdlichen Erfinder von Spitzfindigkeiten, wenn es darum geht, unsere Tatenlosigkeit zu entschuldigen? Wenn es darum geht, unsere Lebensweise beizubehalten, verhalten wir uns wie Süchtige, die immer noch ein Argument für den nächsten Zug, das nächste Glas oder den nächsten Spieleinsatz haben. Nein, wir verhalten uns nicht wie Süchtige, sondern wir *sind* Süchtige. Wir sind abhängig von unserem Wohlstand und sind Sklaven unserer Bequemlichkeit. Das sollten wir nicht vergessen, wenn wir über Hans Jacobi urteilen.«

Er ließ die beiden Hände, die er gelegentlich zur gestischen Unterstützung seiner Rede eingesetzt hatte, jetzt endgültig sinken, als sei er es selbst müde, immer wieder auf die fundamentalen Versäumnisse der Menschheit hinzuweisen. Seine Stimme, die insgesamt ja sehr voll, wenn auch bei den besonders mahnenden Stellen gelegentlich ein wenig nasal eingefärbt war, veränderte sich. Vom Ankläger wurde er nun wieder zum Seelsorger. »Hans Jacobi«, sagte er, »hat versucht, etwas zu ändern, aber er hat es, wie wir alle wissen, mit den falschen Mitteln getan. Doch kann er der Gnade teilhaftig werden, denn er hat seine Taten bereut und die Konsequenzen getragen. Vielleicht hat er am Ende ja sogar seinen Frieden gefunden – jedoch, wir wissen es nicht. Er hat zurückgezogen dort gelebt, wo er einen Teil seiner Kindheit zugebracht hat. Er ist zu seinen Wurzeln zurückgekehrt, und dies lässt uns hoffen. Vielleicht hat er hier, in unserem ebenso strengen wie liebenswerten Landstrich, ja auch jene religiösen Wurzeln wiedergefunden, die vonnöten sind, um in Frieden von dieser Welt gehen zu können. Wir wollen es hoffen und dafür beten, wenn wir ihn jetzt auf seinem letzten Weg begleiten.«

Er verstummte, und die Kanzel knarrte unter dem Gewicht seines schweren Körpers. Als er schließlich einen Schritt zurücktrat, geriet sein Gesicht kurz in den Schatten des Holzbaldachins über ihm, auf dem stand: *Gottes Wort hat die Kraft, selig alle, die glauben*. Dann stieg er die Treppe hinab, und die Sargträger erhoben sich. Sie entfernten die Bremsklötze des Wagens, auf dem der Sarg stand, und rollten ihn zwischen den Bankreihen hindurch auf die Kirchentür zu. Dahinter formierte sich der kleine Trauerzug mit Gnaatz an der Spitze, gefolgt von Renate Siedler und Jacobis Großtante mit ihren beiden Freundinnen. Als die Tür geöffnet wurde, fuhr der Wind in die Kirche und zerrte an den ergrauten Locken des Pfarrers und den Nelkenblüten auf dem Sargdeckel. Gnaatz hatte sein Gebetbuch aufgeschlagen und sprach einen Psalm. Je näher er der Tür kam, umso kleiner schien seine Stimme zu werden, bis ihr Feuer schließlich zu einem kargen, im Wind verlorenen Flämmchen geworden war. Aus dem Glockenturm, der kein Teil der Kirche war, sondern eine separate, etwas abseits errichtete Konstruktion aus schwarzem Holz, an der man auf dem Weg zum Friedhof vorüberging, ertönten ein paar triste Schläge. Dolph Wagner schlug seinen Mantelkragen hoch, so dass sein kurzer Hals vollständig verschwand, und Veith Seewald entfernte sich unauffällig, indem er einfach immer langsamer wurde und am Friedhofseingang schließlich stehen blieb. Im Geäst der Eschen verfing sich ein schwacher, nebliger Dunst. Das Grab Jacobis lag im hinteren Teil des kleinen Friedhofs, und der Trauerzug musste vorbei an einem Denkmal für die Weltkriegs-Gefallenen des kleinen Ortes. *Sei getrost und lass uns stark sein für unser Volk* stand auf der mannshohen bemoosten Granitplatte, und darunter fanden sich die Namen der Toten. Vom Friedhofseingang her hörte man gelegentlich den Auslöser von Seewalds Kamera, bis die Entfernung zu ihm zu groß wurde. Auf den Wegen lagen vom Wind heruntergebrochene Eschenzweige, die unter den Rädern des Sargwagens knackten. Gnaatz war mit seinem Psalm zu Ende, und der Trauerzug legte stumm die verbliebenen zwanzig oder dreißig Meter zurück. Der Hügel brauner Erde neben Jacobis Grab war spärlich mit ein paar letzten heruntergefallenen Blättern gesprenkelt. Gnaatz blieb daneben stehen, es gab kein Gedränge vor dem Grab, denn für die wenigen Trauernden reichte der Platz allemal. Der Sarg wurde vom Wagen heruntergehievt und langsam in den Schacht des Grabes hinabgelassen. Die gepressten Gesichter der Sargträger verrieten dabei die durchaus nicht geringe letzte Kraftanstrengung, mit der man den Toten bedachte, bevor man ihn den Kräften der Erde überließ, ihrer ewigen, dunklen Verdauung. Gnaatz hatte wieder angefangen zu sprechen, formelhafte Beerdigungstexte waren es, die er nun von sich gab mit einer Stimme, aus der ebenfalls sämtliches Leben gewichen zu sein schien. Niemand weinte. Nachdem sie ihre Aufgabe erfüllt hatten, nahmen die Sargträger hinter dem Grab Aufstellung und warteten dort mit gesenkten Köpfen das Ende der Zeremonie ab, die nun, angesichts der geringen Zahl der Trauernden, nicht mehr sehr lange dauern würde. Renate Siedler nahm von Gnaatz eine kleine Schaufel entgegen, füllte sie mit dem in einem dreckigen Plastikeimer bereitstehenden Sand, verharrte einen Moment lang am Grabrand und ließ den Schaufelinhalt mit einer langsamen undramatischen Handbewegung ins Grab rutschen. Die kommunistische Tante hingegen, die, so klein sie vor der klaffenden Graböffnung auch wirkte, einen ausgesprochen lebendigen Eindruck machte, beförderte ihre Portion kurz und entschlossen in die Tiefe, und ebenso ihre Freundinnen. Anselm Wilke wiederum schien, als er die kleine Handschippe entgegennahm, in Gedanken bei seinem schiefergrauen, weit geschnittenen Lodenmantel zu sein und darauf bedacht, diesen nicht zu beschmutzen, denn der immer kräftiger werdende Wind vollzog zwischen den Grabsteinen unberechenbare Richtungsänderungen, und Spuren der fallenden Erde wehten mal hierhin und mal dorthin. Dolph Wagner schließlich brachte die Sache mit routinierter Würde hinter sich. Ohne zu zögern, ergriff er mit seinen kleinen dicklichen Händen die Schaufel und ließ den Sand mit einem Schwung im Zentrum des Sarges niedergehen, mit einem Gesichtsausdruck, als trauere er in der festen Überzeugung um den Genossen, dass der Kampf nicht umsonst gewesen sei. Die Feuchtigkeit in der Luft hatte sein Gesicht mit einem folienhaften Schimmer im Farbton des gebürsteten Silbers seiner Armbanduhr überzogen, die bei der Drehung seines Handgelenks kurz sichtbar wurde. Gnaatz nahm die Schaufel von ihm entgegen und reichte sie an eines der treuen Harder Gemeindemitglieder weiter, die auf seine Bitte hin gekommen waren. Als Letztes näherten sich Paula Reinhardt und Anton Glauberg dem Grab, aus dem es nach Erde und Kälte roch. Der Sargdeckel und die Blumen waren inzwischen schütter mit grobem Sand bedeckt, und Paula Reinhardt nahm die Schaufel entgegen. Mit leerem, fast teilnahmslosem Blick sah sie hinab ins Grab. Offenbar fiel es ihr schwer, Mitleid mit dem Verstorbenen zu bekunden, und sei es auch nur nach außen hin, um der allgemeinen Traueratmosphäre gerecht zu werden. Als sie die Erde ins Grab warf, geschah es mit einer gewissen Gleichgültigkeit, etwa so, wie man einen Gegenstand oder eine Verpackung wegwirft, die man nicht mehr benötigt. Sie gab Gnaatz die Schaufel zurück, drehte sich um und entfernte sich ein paar Meter vom Grab. Hinter ihr ragten die Laternen, die den Fußweg zur Kirche säumten, in den farblosen Himmel. Glauberg nahm ihren Platz ein und blieb dort reglos stehen. Gnaatz tauchte die Schaufel in den Plastikeimer, der Sand knirschte, dann hielt er sie Glauberg hin, der sie schließlich nahm. Die Hände des Pfarrers waren weiß von der Kälte und vom Halten des Gebetbuchs. Von dem Sandhäufchen auf der Schaufel wehten ein paar Körner gegen seine Soutane. Glauberg stand mit verschlossenem, ausdruckslosem Gesicht da. Sein Blick war ins Grab gerichtet, und alle warteten darauf, dass er die Sache zum Abschluss brachte. Für ein paar Sekunden riss der Wind an allem, als wollte er Menschen und Dinge vom Erdboden fegen. Schließlich presste

Glauberg die Lippen aufeinander und ließ die Erde ins Grab fallen. Sie landete auf dem Sargdeckel mit einem dumpfen Geräusch, das nur hörbar war, wenn man direkt davor stand. Dann trat er zurück, drehte sich um und ging. Und nachdem Gnaatz noch ein abschließendes Gebet gesprochen hatte, löste die Gemeinschaft der Trauernden sich schnell und wortlos auf.

Vor der Zeremonie hatte Glauberg als nächster Verwandter des Toten die Trauergäste ins Restaurant *Post* eingeladen, doch nun, da alle zu ihren Wagen gingen, bat er Paula Reinhardt, ob sie ihm nicht den Gefallen tun könne, ihn noch ein paar Minuten in die Kirche zu begleiten, weil ihm das Begräbnis doch näher gegangen sei, als er es für möglich gehalten habe.

Sie nickte, weil sie es bemerkt hatte. Auf dem Weg zurück zur Kirche schwiegen sie. Der Wind war zu stark, als dass sie hätten reden können. Auf den alten Backsteinen der Mauern hatte sich eine dünne Feuchtigkeitsschicht gebildet. Die entlaubten Baumkronen waren wie löchrige Dächer.

Die Kirche war leer. Die Trauergemeinde hatte keine sichtbaren Spuren hinterlassen. Die Blumen und Kerzen, die den Sarg umgeben hatten, bildeten nun einen leeren Halbkreis. Die Kerzen brannten noch.

Paula sagte: »Vielleicht hätte es dir geholfen, wenn deine Frau dabei gewesen wäre.«

Sie gingen zu einer der hinteren Bänke, das Holz knarrte, als sie sich hinsetzten. Glauberg sagte tonlos und resigniert: »Wärst du ihr denn gerne begegnet?«

Nach einer Weile sagte sie: »Es geht ja heute nicht um mich.«

»Sylvia kannte meinen Bruder nicht«, sagte er. »Ich denke, sie hätte sich unwohl gefühlt.«

»Ja, vielleicht«, antwortete sie.

Sie sprachen gedämpft und gleichmäßig, weil ihre Stimmen den leeren Kirchenraum unangemessen zu füllen schienen.

Glauberg sagte: »Ich war gestern in seinem Haus.«

»War es schlimm?«

»Ich weiß nicht, was ich gefühlt habe. Ich glaube, nichts. Der Stuhl stand immer noch dort.«

Ihr Blick war auf das leere Arrangement von Blumen und Kerzen unter dem schweren, von der Decke herabhängenden Holzkreuz gerichtet. Nach einer Weile fragte sie: »Hast du etwas Bestimmtes gesucht?«

»Eigentlich nicht«, sagte er. »Fotos vielleicht, Bilder aus seiner Kindheit. Als ich Seewald in Berlin getroffen habe, hat er mir ein paar von den Aufnahmen gegeben, die er im Sommer gemacht hat. Vielleicht hatte ich die Hoffnung, meinen Bruder im Nachhinein wenigstens anhand von Fotos kennen zu lernen.«

Sie sagte: »Wilke hat mir gestern die Bänder von seinen Interviews übergeben. Sobald du dazu in der Lage bist, können wir sie uns anhören.« Sie schien froh, auf die klaren, rationalen Anforderungen ihrer Ermittlungen zurückkommen zu können.

Er nickte, sagte aber: »Ich glaube nicht, dass wir aus diesen Bändern viel über den Mörder erfahren werden.«

»Angesichts der Tatsache, dass wir immer noch so gut wie nichts wissen, kann es ja eigentlich nur mehr werden.«

»Was ist mit deinen Ermittlungen gegen Wagner?«

Sie schüttelte den Kopf. »Ich habe noch nichts gefunden,

womit ich ihn festnageln könnte.« Und da er nichts entgegnete, fügte sie nach einer Weile hinzu: »Du glaubst immer noch nicht daran, dass er mit der Geschichte zu tun hat?«

Gelegentlich neigten sich die Kerzenflammen in schwachen Luftbewegungen, wenn sich die Reste des Windes in der Nähe des Altars verfingen. Glauberg sagte: »Ich war gestern bei Margot Curland.«

Paula sah ihn überrascht an. »Bei der Frau dieses ermordeten Regierungsbeamten?«

Er nickte. »Ja.«

»Du hast gar nicht gesagt, dass du vorhattest, sie aufzusuchen.«

»Du weißt ja, dass mir der Mord an Curland nie Ruhe gelassen hat.«

Sie nickte. »Aber die Aussage seiner Frau liegt bei den Akten.«

Er sagte: »Du und deine Akten.« Und nach einer Weile fügte er hinzu: »Sie hat Fotos von der Ermordung ihres Mannes.«

»Was hat sie?«

Er erzählte ihr, was er von Margot Curland erfahren hatte. Als er fertig war, sagte sie: »Ich gratuliere dir. Damit bist du vielleicht in der Lage, einen alten Fall zu lösen.«

»Ja, einen alten Fall«, nickte er und fuhr nach einer Weile fort: »Als ich vor einer Woche in der Oper war, um unsere Karten zu kaufen, habe ich von einer der Garderobenfrauen etwas erfahren, was mir zunächst eher unwichtig erschien. Es wird auch in den Ermittlungsberichten nicht eigens erwähnt, in denen lediglich festgehalten wird, dass Curland am Ende einer Nachmittagsvorstellung ermordet wurde. Aber das ist noch nicht die ganze Wahrheit. Es handelte sich nämlich nicht um eine der üblichen Nachmittagsvorstellungen, sondern um eine *Kinder*vorstellung. Man hat dieser Tatsache damals überhaupt keine Beachtung geschenkt, weil man natürlich davon ausgegangen ist, dass er mit einer Geliebten dort war.«

Paula nickte. »Nun ja. Mit wem soll er sonst dort gewesen sein? Er hatte ja keine Kinder.«

»Er hatte keine mit seiner Frau. Aber er könnte dennoch Kinder gehabt haben. Mein Vater hatte ein Kind mit seiner Frau und eins mit seiner Geliebten. Mich.«

»Hast du nicht gerade gesagt, es hätte keine Geliebte gegeben?«

»Ich habe gesagt, dass er nicht unbedingt mit seiner Geliebten in der Oper gewesen sein muss.«

Sie überlegte: »Wenn, dann wäre er doch mit seiner Geliebten *und* seinem Kind in die Oper gegangen und hätte also *drei* Karten gebraucht.«

»Vielleicht ist seine Geliebte ja nicht mitgekommen.«

»Das wäre aber ungewöhnlich.«

»Vielleicht konnte sie nicht mitkommen.«

Sie sagte: »Sicher, sie könnte krank gewesen sein oder sonst wie verhindert, aber das klingt sehr konstruiert. Ich sehe nicht, wie uns das weiterbringen soll.«

»Vielleicht war es keine Krankheit, die sie davon abgehalten hat mitzukommen. Es könnte etwas anderes gewesen sein.«

»Und was?«

»Die Mauer.« Er hatte die ganze Zeit über ins Leere gestarrt, doch jetzt wandte er sich ihr zu und sagte: »Erinnerst du dich noch an unsere Unterhaltung nach der *Zauberflöte*? Ich war der Meinung, die etwas verworrene Märchenhandlung lasse sich als Auseinandersetzung eines getrennt lebenden einstigen Paares verstehen, aber vielleicht hattest du Recht: Ich habe nur meine eigene Situation gesehen und sonst nichts. Als ich weiter über die Oper nachgedacht habe, ist mir ein Aspekt aufgefallen, den ich zuerst in seiner Bedeutung nicht erfasst habe, obwohl er ja offensichtlich ist: Sarastro und die Königin der Nacht leben in zwei getrennten, miteinander verfeindeten Reichen. Historisch gesehen bekommt die Oper ja beinahe eine politische Dimension, wenn man diese beiden Reiche als Systeme oder Staaten interpretiert, zwischen denen es so etwas wie eine Demarkationslinie gibt. Nur die Kinder scheinen in der Lage zu sein, sich zwischen dem hellen Staat Sarastros und dem dunklen Reich der Königin der Nacht hin- und herzubewegen. Aber natürlich verstehen sie die Situation nicht. Sie sind verwirrt, so wie das Verhalten ihrer Eltern sie verwirrt. Wie soll Pamina wissen, für welches der beiden Reiche sie sich entscheiden soll? Für das der Mutter oder für das Sarastros, der fernen Vaterfigur?« Er unterbrach sich und legte für einen Moment den Kopf in den Nacken. Der Wind, der auf die Kirchenmauern drückte, erzeugte in den kleinen Fensternischen ein gleichmäßiges unterschwelliges Rauschen. Schließlich fuhr er fort: »Ich glaube, dass Curland eine Tochter hatte, für die die Erfahrung zweier getrennter Reiche nicht nur ein theatralischer Einfall war. Ich glaube, dass er nicht einfach nur eine Geliebte in Berlin hatte, sondern eine Geliebte im *Ostteil* der Stadt. Er war regelmäßig dort, weil er für diese fragwürdigen KftS-Kredite verantwortlich war, wie wir mittlerweile wissen. Warum sollte er auf der anderen Seite der Mauer nicht eine Geliebte gehabt haben? Es wäre ein Verhältnis gewesen, wie es sicherer nicht hätte sein können. Und da er über gute Kontakte zu den Genossen verfügte, durfte er sein Kind hin und wieder mit in den Westen nehmen. Er ist mit dem Mädchen in die Oper gegangen oder in die großen Kaufhäuser, sie haben Eis gegessen oder sich das *Dschungelbuch* angesehen, Unternehmungen, die im Osten nicht möglich waren, jedenfalls nicht in dieser – wie soll ich sagen – Dimension. Warum hätte sich die Stasi auf den Handel nicht einlassen sollen? Es war doch klar, dass er mit dem Kind nicht verschwinden würde? Wohin denn? Zu seiner Frau nach Bonn?« Er machte erneut eine kurze Pause, und bis auf das ferne Wehen des Windes war es still in der Kirche. Irgendwann fuhr er fort. »Wenn ich Recht hätte, was wäre dann an diesem Tag im Spätsommer achtundsiebzig geschehen? Ich habe immer wieder versucht, es mir vorzustellen, aber wie kann man das? Ein kleines Mädchen aus Ostdeutschland sieht die *Zauberflöte* zusammen mit seinem westdeutschen Vater, der glaubt, sie in eine harmlose, für Kinder geeignete Märchenoper zu führen, denn das ist der Ruf, den die *Zauberflöte* hat. Das Kind aber sieht nur die Schizophrenie und Grausamkeit seiner eigenen Situation: Vater und Mutter leben auf den beiden Seiten einer tödlichen Grenze. Kinder können nicht abstrahieren, sie beziehen alles auf sich. Wenn Curland wirklich mit seiner Tochter dort war, dann kann sie nichts anderes gesehen haben als diese Teilung ihrer Welt. Und ich glaube, dass es so war. Die beiden waren zusammen in der Oper, und als sie nach der Vorstellung auf die Straße getreten sind, hat jemand auf Curland gewartet und ist auf ihn zugegangen, so vielleicht, als wollte er ihn um Feuer bitten. Erst als er direkt vor ihm stand, hat er eine Waffe auf ihn gerichtet und geschossen. Der Plan für diesen Mord war einfach und präzise, und ich glaube, dass es nur einen Punkt gegeben hat, in dem er nicht aufgegangen ist: Der Täter hat nicht erwartet, ein Kind an der Seite seines Opfers zu sehen. Vielleicht hat er mit einer Geliebten gerechnet, einer bourgeoisen Begleiterin, einer Mätresse, aber nicht mit einem siebenjährigen Mädchen. Und vielleicht haben sich die beiden, das Kind und der Mörder, vor dem Schuss für einen Moment in die Augen gesehen, aber es war schon zu spät, als dass sich an dem, was geschehen sollte, noch etwas hätte ändern lassen.« Er senkte den Blick und berührte mit der Rechten kurz seine Stirn, als quäle ihn ein diffuser Kopfschmerz. »Ich habe es schon gesagt«, fuhr er fort. »Wie kann man sich vorstellen, was in einem Kind in so einem Moment vorgeht? In der *Zauberflöte* wird Pamina von der Königin der Nacht aufgefordert, Sarastro, die eigene Vaterfigur, zu töten. Kinder unterscheiden nicht zwischen Realität und Fantasie, und es könnte sogar sein, dass sich Curlands Tochter für den realen Tod ihres Vaters schuldig gefühlt hat. Ich bin mir beinahe sicher, dass es so war. Und vielleicht glaubte die Mörderin meines Bruders mehr als zwanzig Jahre danach, mit ihm, dem Mörder von einst, durch ein reinigendes Ritual gehen zu müssen, gleich dem in der *Zauberflöte*. Durch eine Feuerprobe, die ihrer beider Schuld tilgt. Vielleicht musste ihre Rache ein Ritual sein, eine Wiederholung der Oper, um sie zu überwinden oder rückgängig zu machen. So könnte es gewesen sein: Der Mord war ein theatralischer Akt, eine dunkle Inszenierung. Aber die Wirklichkeit ist keine Bühne. In der Realität ist ein Mord einfach nur ein Mord und sonst nichts. Und alles, was er darüber hinaus sein sollte, war nur die Vorstellung im Kopf eines Mädchens, das längst eine Frau geworden war.«

Während der letzten Worte war Glaubergs Blick auf das alte Holztriptychon über dem Altar gerichtet, auf dem verschiedene Stationen des Lebenswegs Jesu dargestellt waren, in jener groben, alles ein wenig zu deutlich herausstellenden Schnitzweise, die aus Augen Kugeln macht und aus Mündern Löcher. Die Farben der schwermütigen Leidensszenarien waren im Laufe der Jahre oder Epochen verblasst, lediglich hier und da schimmerte ein wenig brüchiges Blattgold zwischen den Figuren durch.

Irgendwann sagte Paula: »Was dieses Mädchen angeht, hast du da jemanden Bestimmtes im Sinn?«

Er nickte langsam. »Ja, das habe ich.«

»Und? Willst du mir nicht sagen, wen?«

»Willst du es denn unbedingt hören?«

»Ja«, sagte sie, »das will ich.«

»Es fällt mir schwer, es zu sagen. Es zu denken war immer leicht.«

Sie drehte sich zu ihm und sah ihn wütend an. Sie wollte etwas sagen, doch sie fing den Text wieder ab, noch ehe er ihre Lippen erreicht hatte. Sie setzte ein zweites Mal an und ein drittes Mal. Ein paar Haare klebten an ihrer Wange fest, und sie strich sie zur Seite. Endlich sagte sie: »Ich weiß nicht, ob ich richtig rate, aber wenn ja, dann ist dieser Gedanke einfach nur absurd.«

Glauberg sagte: »Wieso sollte er das sein?«

»Weil diese Person ihre ganze Energie dafür eingesetzt hat, den Fall aufzuklären.«

»Hat sie das? Oder waren die Zusammenhänge, die sie gefunden hat, nicht ausschließlich Versuche, von den eigentlichen Hintergründen der Tat abzulenken?« Er griff mit der

Hand in die Innentasche seines Mantels und zog ein Foto heraus. Es war eine der Aufnahmen, die Margot Curland ihm gegeben hatte. »Darf ich dir etwas zeigen?«

Sie zögerte, nahm die Aufnahme aber schließlich entgegen und streifte sie mit einem flüchtigen Blick. »Na und?«, sagte sie.

Er sagte: »Siehst du dieses Mädchen am Bildrand, das den Toten anstarrt?«

»Meiner Meinung nach starren alle auf dem Foto den Toten an.«

»Ja, das stimmt. Aber findest du nicht, dass in den Augen dieses Mädchens etwas Besonderes ist?«

»Etwas Besonderes?«, sagte sie mit beißendem Spott. »Du baust deine Beweisführung auf der Annahme auf, dass etwas Besonderes in irgendwelchen unscharfen Kinderaugen liegen soll?«

Er sagte: »Ich baue keine Beweisführung auf, sondern habe dich lediglich um deine Meinung gebeten.«

Ohne das Foto noch einmal zu betrachten, sagte sie: »Nein, da ist nichts Besonderes.«

Er fragte: »Gibt es eigentlich Jugendfotos von dir? Kinderfotos?«

»Meine Mutter wird welche gehabt haben«, antwortete sie kühl, »aber ich habe alles, was sie hatte, weggeworfen, als sie gestorben ist.«

»Ist das nicht sehr ungewöhnlich?«

»Es mag ungewöhnlich sein, aber es ist meine Privatsache. Was weißt du schon von einer Kindheit in der DDR? Erstens gab es kaum Fotos, und zweitens wollte ich sie nicht mehr sehen. Ich wollte überhaupt nichts mehr von dem haben, was meine Mutter besaß. Sonst noch Fragen?«

»Und dieses Mädchen auf dem Foto, das bist nicht du?«

»Ich kann keine Ähnlichkeit entdecken.«

Er nickte. »Ich gebe zu, es ist schwierig, von Kindergesichtern auf das Aussehen eines Erwachsenen zu schließen, aber ich halte es für möglich, dass du es bist. Doch wie auch immer, darf ich dir noch eine Aufnahme zeigen?« Er griff noch einmal in seine Manteltasche und zog eine zweite Aufnahme hervor. Es war das Porträt eines Mannes Mitte vierzig mit hellem nördlichem Gesicht und selbstbewusstem Blick. Jemand, so konnte man denken, der sich mit leichter Hand viel genommen hatte und dessen Charakter sich den Gegebenheiten anzupassen wusste. »Das ist Christian Curland.«

Sie nahm das Foto entgegen, und ihr Blick wischte mechanisch darüber hinweg. »Was soll das?«

Glauberg sagte: »Sprechen wir über deinen Vater. Was ist mit ihm?«

»Ich habe dir die Geschichte erzählt.«

»Nun gut, wenn er noch lebt, dann müsste er irgendwie zu finden sein. Man konnte nicht von Deutschland nach Deutschland gehen, ohne Spuren zu hinterlassen.«

»Ich habe dir schon erklärt, dass es mich nicht interessiert, ob man ihn findet.«

»Das sollte es aber. Denn wenn wir ihn finden, kann Curland nicht dein Vater gewesen sein.«

»Und wenn man ihn nicht findet, bin ich dann schuldig? Du weißt, dass das lächerlich ist. Nein, es ist nicht nur lächerlich, es ist absurd. Du hast keinerlei Beweis für deine Theorie.«

»Wenn Curland ein Verhältnis mit deiner Mutter hatte, dann müsste uns Wagner sagen können, wer von der Staatssicherheit dafür zuständig war.«

Sie sah ihn zornig an. »Darauf habe ich ja nur gewartet! Dass man anfängt, dem Gerede ehemaliger Stasi-Offiziere Glauben zu schenken. Dass man ein Lügensystem zur Wahrheitsfindung benutzt. Ich habe dich für klüger gehalten, aber noch ist es nicht so weit. Noch gelten Verleumdungen vor Gericht nicht als Beweis. Etwas konkreter solltest du es schon haben. Wo sind denn die Dokumente, die deine Anschuldigungen belegen?«

»Die werde ich nicht finden«, sagte er.

»Ach?«

»Weil du sie alle beseitigt hast.«

»Wie bitte?«

»Du hattest die Möglichkeit und das nötige Wissen dazu.«

»Und was beweist das?«

»Wer spezialisiert sich schon freiwillig auf den Umgang mit Akten? Du hattest von Anfang an vor, im Stasi-Archiv jeden Hinweis auf eine Verbindung zwischen deiner Mutter und Curland zu beseitigen.«

Sie hob die Augenbrauen und sagte: »Wenn ich dich recht verstehe, dann siehst du in der Tatsache, dass es keine Beweise gegen mich gibt, den Beweis, dass ich es war. Sehr originell. Ich bin gespannt, was du sonst noch aus dem Ärmel zauberst.«

»Du vergisst die Fotos«, sagte er. »Du hast an alles gedacht, als du die Akten über deine Mutter und Curland vernichtet hast, aber nicht daran, dass er eine Frau hatte.«

»Dieses unscharfe Foto beweist nichts.«

»Es gibt schärfere.«

»Zeig sie mir!«, sagte sie, und da er nichts entgegnete, nickte sie und fügte hinzu: »Es gibt keine besseren Fotos, und alles, was du hast, sind Vermutungen und Spekulationen. Du hast keinen Beweis, du hast nichts. Gar nichts.«

Die Worte verhallten in der Kirche. Die kühle Feuchtigkeit drang zunehmend in die Kleidung. Es roch nach Kalk und dem alten Lack der Holzbänke. Glauberg sagte: »Wenn eine CD verkauft wird, so wird sie vom Händler in der Regel nachbestellt, es sei denn, ein Laden will sie nicht weiter im Sortiment halten. Dadurch kann man anhand der Bestelllisten der Großhändler recht genau und schnell herausfinden, wo welche CD gekauft worden ist. Und weißt du, wie viele Exemplare von der Einspielung der *Zauberflöte*, die wir bei meinem Bruder gefunden haben, im letzten halben Jahr in Deutschland verkauft worden sind, einschließlich jener, die ich selbst vor einer Woche erworben habe?«

Sie sah ihn abweisend an. »Nun, wie viele?«

Er machte eine kurze Pause und sagte: »Ganze fünf.«

Die Information schien sie einen Moment lang zu irritieren, und dann sagte sie knapp: »Na und?«

»Eine davon wurde vor einem Monat bei einem Musikmarkt in Frankfurt gekauft«, fuhr er fort. »Anhand der Scanner-Daten konnten sie dort sogar noch die Uhrzeit bestimmen, wann die CD über den Ladentisch gewandert ist. Es war am frühen Abend. Und du hattest an diesem Tag in Frankfurt zu tun – *darüber* gibt es Unterlagen.«

»Ich war in den vergangenen Monaten regelmäßig in Frankfurt, nicht allein übrigens, sondern es waren noch sechshunderttausend andere dort.«

Er sagte: »Zusammen mit der Mozart-CD ist noch eine zweite gekauft worden.«

»Ach ja? Und welche?«

»Holly Cole. *Blame it on my youth*.«

»Na, so etwas. Und wie viele sind *da*von im letzten halben Jahr verkauft worden?« Ihr Gesicht war versteinert, und sie starrte auf das rote Gebetbuch auf der Bankablage vor ihr.

»Ein paar mehr, aber auch nicht sehr viele«, sagte er und wandte sich ihr zu. »Wir haben den Kassierern dein Bild vorgelegt, und man hat dich identifiziert. Du *hast* die CD dort gekauft. Und entweder steht bei dir zu Hause eine *Zauberflöte*, oder die, die du gekauft hast, lag im Player meines Bruders.«

»Das ist doch Unsinn!« sagte sie. »Niemand sieht einen an in solchen Läden. Wie will sie mich identifiziert haben?«

»*Sie?* Wer sagt, dass es eine Frau war.«

Sie schüttelte den Kopf. »Es ist unmöglich. Ich war in der Stoßzeit dort, in der Stoßzeit ... Ich war ...« Sie brach ab, weil ihr bewusst wurde, dass sie zu viel gesagt hatte. Ihre Lippen waren fast weiß, vielleicht von der Kälte, vielleicht weil sie begriff, dass sie verlieren würde.

Glauberg sagte: »Sprich weiter. Es ist besser, wenn man redet.«

Irgendwann sagte sie leise: »Du willst mich reinlegen. Ihr wollt mich alle reinlegen.«

»Nein«, entgegnete er, »niemand will dich reinlegen. Alles ist so, wie ich es gesagt habe.«

Sie saß lange reglos da. »Warum sollte es besser sein, zu reden?«, sagte sie schließlich. »Überhaupt – was weißt du schon vom Reden und vom Schweigen?«

»Was sollte ich denn davon wissen?«

Irgendwann antwortete sie: »Wie es ist, wenn man nicht reden darf, obwohl man schreien könnte. Wie es ist, wenn man schweigen muss, obwohl man das Paradies gesehen hat.

Und wie es ist, glücklich zu sein und mit ansehen zu müssen, wie dieses Glück zerstört wird.« Der Klang ihrer Stimme war brüchig, und sie redete langsam und stockend, als sie fortfuhr: »Der Westen war für mich ein Wunderland – hell erleuchtet und voller undurchschaubarer Bewegungen. Es war wie ein Traum, diese glitzernde, andere Seite der Welt zu sehen. Ein oder zwei Mal im Monat hat mein Vater mich abgeholt und dorthin mitgenommen. Er war wie ein Zauberer, vor dem sich die Tore öffneten. Und dann ist jemand gekommen und hat ihn erschossen – einfach so. Mein Vater hatte nicht den Hauch einer Chance. Jemand hat ihn nach dem Namen gefragt und abgedrückt. Und er hat nicht nur meinen Vater vernichtet, sondern auch das Paradies, das ich danach nicht wiedergesehen habe. Nicht als Kind.« Sie verstummte. Sie hatte diese Sätze kaum zu Glauberg gesprochen, sondern irgendwohin in die Leere des Kirchenraumes und die unsichtbare Präsenz eines höheren Wesens, das die kalkige Luft zwischen diesen alten Mauern erfüllen sollte, wenn Gnaatz Recht hatte. Irgendwann fuhr sie fort: »Was du gesagt hast, stimmt nur in einem Punkt: Es hat diesen Blick zwischen deinem Bruder und mir gegeben. Ich habe ihn angesehen und sein Gesicht seitdem nicht mehr vergessen. Es war nur ein Augenblick, denn nach dem Schuss hat er sich umgedreht und ist in der Menge verschwunden. Niemand hat reagiert, niemand hat ihn aufgehalten. Ich bin damals irgendwann zur Seite gedrängt worden, weil man nicht wollte, dass die Kinder den Toten sehen. Es waren viele Kinder dort, und die meisten weinten. Ich habe nicht geweint, und irgendwie ist es mir gelungen, nach Hause zu kommen. Als sich die große graue Eisentür am Übergang Friedrichstraße hinter mir schloss, wusste ich, dass ich nicht mehr zurückkehren würde. Das Schlupfloch, das ich gehabt hatte, war verschlossen, und es war, als wäre mein Leben, das doch noch gar nicht begonnen hatte, schon wieder vorbei.« Sie verstummte wieder. Ihr Blick war nach vorn über die Bänke gerichtet, die dort regelmäßig und leer hintereinander standen. Sie sagte: »Ich habe damals erst in der Nacht begonnen zu weinen. Ich konnte meiner Mutter nicht sagen, was geschehen war, aber am nächsten Tag erfuhr sie es von der Stasi. Sie hatte sich mit meinem Vater als überzeugte Sozialistin eingelassen, das war der Auftrag, den man ihr erteilt hatte. Aber schließlich hatte sie sich in ihn verliebt, und als sie schwanger geworden war, lehnte sie es ab, das Kind, das sie von ihm erwartete, in staatliche Obhut zu geben oder gar nicht erst zu bekommen. Die Geschichte, dass mein Vater irgendwann in den Westen geflohen ist, stammt von ihr. Mit dieser Geschichte konnte sie leben, sie brauchte diese Lüge. Ich glaube, sie hat es nie wirklich verarbeitet, dass er erschossen worden ist. Sie ist zwar immer Sozialistin geblieben, aber die Liebe zu meinem Vater war der Kern ihrer Existenz. Alles, was sie nach seinem Tod getan hat, geschah, um diesen Kern am Leben zu erhalten. Und am Ende ging das nur noch, indem sie trank.« Sie brach ab und schwieg. Vom Glockenturm her tönten zwei ferne, vom Wind ausgedünnte Schläge ins Kirchenschiff. Irgendwann fuhr sie fort: »Erst als am neunten November die Grenze geöffnet wurde, habe ich das einstige Wunderland wieder betreten. Ich stand inmitten Tausender euphorischer Menschen und fühlte mich fremd. Niemand wusste etwas von meinem Vater, und niemand interessierte sich für das, was gewesen war. Mein Vater war nicht nur tot, sondern die Tatsache, dass er überhaupt jemals existiert hatte, war vollkommen ausgelöscht. In den folgenden Wochen und Monaten habe ich mich durch Zeitungsarchive und Bibliotheken gewühlt. Ich wollte verstehen, was damals geschehen war, und mit der Zeit habe ich es herausgefunden. Die Wahrheit war furchtbar, weil sich herausstellte, dass der Tod meines Vaters vollkommen sinnlos gewesen war. Und als ich das begriff, sah ich deutlich, was ich zu tun hatte. Und ich habe es getan.«

Sie sah auf. Im Profil war ihr Gesicht ebenmäßig. Ihre Haut hatte die gleiche Farbe wie das Licht in der Kirche, ein dünnes, armseliges Grau.

Glauberg sagte: »Hat Gnaatz nicht gerade gesagt, dass es nicht unsere Aufgabe ist, zu richten?«

»Gnaatz!«, sagte sie bitter. »Was weiß jemand wie Gnaatz vom Töten? Für ihn ist jeder Mörder ein fehlgeleitetes Schaf. Er glaubt, man töte aus Habgier oder im Affekt oder aus Verzweiflung oder aus Hass. Mein Vater ist aber für nichts gestorben, für gar nichts, verstehst du? Für eine anmaßende Idee. Politische Extremisten töten nicht, weil sie Hunger haben oder vergeblich lieben, sondern nur, um sich selbst zu gefallen.«

Er sagte: »War es denn nicht ebenso selbstgefällig, meinen Bruder zu töten? Man hatte ihn bereits verurteilt.«

»Nicht für den Mord.«

»Er wäre auch dafür vor Gericht gestellt worden, wenn du ausgesagt hättest.«

»Man hätte ihn nicht aufgrund von Beobachtungen verurteilt, die ein siebenjähriges Kind vor mehr als zwanzig Jahren gemacht hat.«

»Bis du dir denn sicher, dass er es war? Warst du dir sicher, als du ihm vor zwei Wochen in die Augen gesehen hast?«

»Ich habe sein Gesicht nie vergessen.«

»Gesichter verändern sich. Vielleicht hast du dich ja geirrt.«

»Ich habe mich nicht geirrt.«

Glauberg sagte: »Und wenn doch? Vielleicht hast du dich in etwas verrannt. Du hast jahrelang an nichts anderes denken können als an deine Rache. Du bist nur Polizistin geworden, um ihn zu finden und Zugang zu den Akten deines Vaters zu bekommen.«

Mit bitterer Wut in der Stimme sagte sie: »Niemand hat sich für diese Akten interessiert. Ich habe in den Archiven nachgeholt, was sich in den Köpfen der Menschen längst vollzogen hatte: Ich habe die Existenz meines Vaters gelöscht.«

»Man kann die Vergangenheit nicht verändern.«

»Die Vergangenheit ist das, woran die Menschen sich erinnern.«

»Es hat sich auch niemand mehr an meinen Bruder erinnert. Und doch hast du ihn getötet. Hat er die Tat denn gestanden?«

»Ich habe kein Geständnis von ihm verlangt. Ich kannte sein Gesicht. Gnaatz mag denen vergeben, die schuldig geworden sind, denn Schuld ist eine menschliche Kategorie. Terror dagegen steht außerhalb der Menschlichkeit. Ich habe getan, was ich tun musste.«

Glauberg sagte: »Es gibt nichts, was man tun muss. Es gibt immer mehrere Möglichkeiten.«

Das Weiß an den Wänden verdichtete sich allmählich zu einem räumlichen Schatten, in dem die Beerdigungskerzen, die immer noch brannten, größer und farbiger zu werden schienen. Ihr Licht verlieh Paulas Zügen wieder etwas Farbe, einen blassen Hautton, wie man ihn von manchen Madonnenbildern kennt. Sie saß lange da und schwieg. Irgendwann fragte sie: »Seit wann verdächtigst du mich?«

Er ließ sich mit der Antwort Zeit. Schließlich sagte er: »Beinahe von Anfang an. Eine Kleinigkeit hat mich darauf gebracht. Es ist mir aufgefallen, wie zielsicher du den Auswurfknopf des CD-Players bedient hast, als du die *Zauberflöten*-CD aus der Anlage meines Bruders genommen hast. Aber ich habe zuerst nicht weiter darüber nachgedacht, sondern mich über andere Dinge gewundert. Es hat mich zum Beispiel irritiert, dass es keine Stasi-Akte über deine Mutter geben sollte. Jemand, so dachte ich, der im Außenhandelsministerium beschäftigt gewesen war, müsste doch eine haben. Und auch dass die Abteilung, in der deine Mutter gearbeitet hat, nach neunundachtzig so schnell abgewickelt worden ist – angeblich weil sie unbedeutend war, wie du gesagt hast –, schien mir eher ein Hinweis darauf zu sein, dass es mit dieser Abteilung irgendetwas auf sich gehabt haben musste. Warum hätte die letzte DDR-Regierung denn vor der Vereinigung ihre eigenen Leute entlassen und sich unbeliebt machen sollen, wenn es dafür keinen handfesten Grund gab? Das sind ein paar von den Fragen, die ich mir gestellt habe. Das Detail mit der CD fiel mir erst wieder ein, als ich mir einen Discman gekauft habe, um die *Zauberflöte* hören zu können. Ich sah die ganzen Player nebeneinander stehen und dachte, entweder bist du ein Naturtalent in der Bedienung von CD-Playern oder du kanntest das Gerät bei meinem Bruder schon. Aber zu Hause – ich habe dich danach gefragt – hast du einen Sony, und als wir in Berlin einen Player gekauft haben, warst du beim Einlegen der Holly-Cole-CD nicht besser, als ich es gewesen wäre.« Er machte eine Pause, als wolle er ihr Raum für Widerspruch lassen, aber sie hörte regungslos zu. Nach einer Weile fuhr er fort: »Du hast einmal gesagt, ich wäre ein natürlicher Verdächtiger in diesem Fall, weil ich zur Tatzeit in der Nähe des Tatorts war und eine Beziehung zum Opfer hatte. Irgendwann wurde mir klar, dass das Argument der räumlichen Nähe zum Tatort auch für dich galt. Du warst in Husum und hast deine Kurse gegeben, und auch das war ein Teil deines Plans. Nur die Beziehung zwischen dir und dem Opfer zu finden war schwierig. Aber es war nicht unmöglich. Du hast keine großen Fehler gemacht, aber viele kleine, und in der Summe waren es zu viele. Du hast dich zu sicher gefühlt, weil du geglaubt hast, niemand könnte dich je verdächtigen. Du hast gedacht, du hättest das, was damals geschehen ist, gelöscht – aber ich glaube, du hast dich von Anfang an geirrt. Akten kann man beseitigen, aber nicht die eigene Geschichte.«

Sie ging auf die letzte Bemerkung nicht ein, sondern sagte nach einer Weile: »Das heißt, der Kauf des CD-Players und der Abend danach waren nur ein Trick, um deinen Verdacht gegen mich zu überprüfen?« Sie atmete vernehmlich aus und sagte mit herber Betonung: »Ich gratuliere dir. Erst jetzt wird mir klar, wie *professionell* du dich die ganze Zeit über verhalten hast.« Sie sank zurück, und ihre Hände lagen unbewegt in ihrem Schoß, die Adern waren bläulich und flach.

Nach einer Weile sagte er: »Haben wir uns denn an diesem Abend nicht beide nur etwas vorgespielt? Ich glaube nicht, dass wir einander etwas zu vergeben haben.« Und da sie nicht widersprach, fügte er irgendwann hinzu: »Du hast mich gefragt, was ich gestern im Haus meines Bruders gemacht habe. Ich will es dir sagen: Ich war in seinem Wohnzimmer und habe mir die *Zauberflöte* noch einmal angehört. Und ich habe versucht, mir vorzustellen, was dort vor zwei Wochen geschehen ist. Ich habe mir die Stunden vorgestellt, in denen er auf dem Stuhl gesessen hat, bevor du geschossen hast. Und dabei ist mir klar geworden, worum es bei diesem Fall einzig und allein geht: um ein brutales, grausames Verbrechen.«

Sie widersprach ihm nicht. Sie saßen in der Bank, erstarrt wie jene leidenden Holzfiguren, die das karge Innere der Kirche seit Jahrhunderten barg.

Irgendwann sagte sie: »Hast du das in der Nacht in Berlin auch schon so gesehen?«

Er erwiderte nichts.

Sie sagte: »Es gab Momente, da habe ich gedacht, wir könnten uns lieben.«

Sein Blick fiel auf die hölzerne Anzeigetafel oberhalb eines der Ecklautsprecher. Nummern waren darauf befestigt von Liedern, die hier gesungen worden waren oder noch gesungen werden würden.

Er sagte: »Vielleicht liebt Gott dich ja noch. Ich kann es nicht.«

Vermutlich hatte Gnaatz die Nummern dort angebracht. Der Pfarrer war vielleicht der Einzige, der die Hoffnung noch nicht aufgegeben hatte, dass die Welt sich ändern könnte. Alle anderen schienen sich damit abgefunden zu haben, dass sie war, wie sie war. Bei seiner ersten Begegnung mit Glauberg hatte Gnaatz gesagt, Tycho Brahe habe einmal einer Messe in der Harder Kirche beigewohnt, aber Glauberg hatte nicht gewusst, wer Tycho Brahe war. Abends hatte er es im Lexikon nachgesehen und gelesen, dass es sich um einen Renaissance-Astronomen handelte, der noch geglaubt hatte, die Erde stehe im Mittelpunkt des Universums. Aber sie war ein Haufen Materie irgendwo. Glauberg sah Paula Reinhardt an. Sie hatte sich jetzt ganz in sich zurückgezogen und schwieg. Der Wind wehte so stark, wie er es den ganzen Tag über getan hatte, und vielleicht regnete es jetzt schon, denn es hatte Regen in der Luft gelegen. Es war kein schöner Tag für den letzten, den man in Freiheit verbringen sollte. Paula schwieg, und sie würde nicht mehr beginnen zu reden. Es war vorbei. Glauberg sah wieder auf die Nummern der Lieder. Die höchste lag über vierhundert. Wie viele Lieder es gab. Und irgendwann würden sie in dieser Kirche wieder gesungen werden. Nein, nicht irgendwann. Morgen schon.

29

Der Tag lag als schmales Lichtband im Osten auf dem Land. Die Pflugrinnen auf den Feldern bildeten ein schwaches Hell-dunkel-Muster, und die Windräder drehten sich beharrlich durch die heraufziehende Dämmerung. Die Farben der Häuser und Zäune waren noch nicht zu erkennen, nur manchmal leuchtete das Rot oder Gelb eines vorüberziehenden Verkehrsschilds im Scheinwerferlicht auf. Die Stromleitungen, die entlang der Straße an alten Holzmasten zu den Höfen geführt wurden, wirkten ungewöhnlich nah und real in den noch unscharfen Konturen des Küstenmorgens. Langsam und stetig zogen sie durch die rechte Hälfte der Frontscheibe, und die Leitungen hoben und senkten sich zwischen den Masten in einem ruhigen, weichen Rhythmus, der wie ein Atmen war.

Glauberg hatte nicht schlafen können in dieser Nacht, er hatte es nicht einmal versucht. Seit ein paar Stunden saß er in seinem Wagen und fuhr ziellos durch die Gegend. Gelegentlich war auf der einen oder anderen Seite das Meer zu sehen gewesen mit den blassen, lang gezogenen Schaumkämmen der Wellen. Im Gasthof *Post* war Glauberg sehr spät erschienen, aber man hatte auf ihn gewartet. Er hatte Gnaatz gebeten, niemanden gehen zu lassen, da er etwas Wichtiges mitzuteilen habe. Mehr hatte er dem Pfarrer nicht gesagt, und der war nicht weiter in ihn gedrungen. Als er dann kam und der so seltsam zusammengewürfelten Tischgesellschaft erklärte, was geschehen war, schien die Aufklärung des Verbrechens alle auf eine eigenartige Weise zu erleichtern, als sei jeder froh, es tatsächlich nicht selbst gewesen zu sein. Anschließend redete man über Jacobi, dessen Schicksal alle am Tisch miteinander verband. Aber es stellte sich heraus, dass jeder seine eigenen Erinnerungen hatte, und es wollte nicht zueinander passen, was man über ihn zu wissen glaubte. Es war, als sei Jacobi nicht eine, sondern eine Vielzahl von Personen gewesen, die unabhängig voneinander in ihm existiert hatten. Es schien keine stabile Mitte in ihm gegeben zu haben. Als sie den Gasthof verließen, war es draußen dunkel, und allen war klar, dass man sich nicht wiedersehen würde. Es war, als verflüchtigten sich in jenem Moment, als sie sich voneinander verabschiedeten, die letzten Reste von Jacobis Existenz. Er hatte keine Familie und hinterließ niemanden. Ab jetzt würde es immer mehr so sein, als hätte es ihn nie gegeben.

Glauberg ließ den Wagen mit geringer Geschwindigkeit

über die weit geschwungenen Wege rollen, die sich nun allmählich aus der Dunkelheit schälten. Der Himmel über den Deichen färbte sich zartrosa. Der Wind, der gestern unablässig geweht hatte, war über Nacht abgeflaut, und es schien ein ruhiger klarer Herbsttag zu beginnen. Im Wagen war es warm nach den Stunden des Fahrens. Einmal hatte Glauberg Halt gemacht an einer der Raststätten an der B5. Ein paar Dänen hatten dort gesessen, die hier über die Grenze kamen, um einzukaufen und zu trinken. Als Glauberg zurück auf die Straße trat, war die Nacht kälter geworden und ruhiger, und je länger er fuhr, umso stiller wurde sie. Als er noch einmal angehalten hatte, einfach nur, um frische Luft zu atmen, lag die See ruhig und weit da. Es war, als hätte jemand alles Unwesentliche und Überflüssige aus der Welt herausgenommen.

Die Scheinwerfer und der Tag waren jetzt ungefähr gleich hell und vermischten sich vor dem Wagen zu einem blassen Lichthof, unter dem die Straße mit ihrem rauen und häufig ausgebesserten Asphalt hinwegzog. Der Deich zur Linken war nicht sehr hoch, und auf dem Böschungsgras hatte sich eine hauchdünne glitzernde Eisschicht gebildet. In einer Entfernung von vielleicht hundert oder zweihundert Metern wurde gegen den graublauen Himmel eine Gestalt sichtbar, die langsam vorankam. Glauberg ließ den Wagen heranrollen und erkannte Gnaatz, der seinen morgendlichen Lauf über die Felder machte. Er hupte kurz und kurbelte das Fenster herunter. Gnaatz dampfte in der Kälte und erkannte ihn. Mit kleinen vorsichtigen Laufschritten kam er die Deichböschung herab und näherte sich halb laufend, halb gehend dem Wagen.

Sie begrüßten sich, und Gnaatz sagte: »Sie sehen müde aus.«

Kalte Luft fiel durch das geöffnete Seitenfenster in den Wagen. Glauberg sagte: »Jeder verarbeitet die Dinge auf seine Weise. Es war für mich nicht leicht, mit dem fertig zu werden, was gestern geschehen ist.«

»Das hat man Ihnen nicht angemerkt.«

»Ich war im Dienst.«

»Sie waren auf der Beerdigung Ihres Bruders«, sagte Gnaatz und kam um den Wagen herum. Glauberg öffnete ihm die Tür, und der Pfarrer stieg ein. In der Luft, die ihn umgab, lag der Geruch der See.

Glauberg sagte: »Ich kannte ihn ja kaum.«

Es entstand eine Pause, in der er das Wagenfenster wieder schloss. An der Scheibe neben Gnaatz schlug sich die Feuchtigkeit nieder, die von seinem schweren Körper ausging. Sein Atem beruhigte sich allmählich. Schließlich sagte er: »Was ist mit ihr? Mochten Sie sie?«

Glauberg strich sich mit der Hand nachdenklich über die Wange, die grau und unrasiert war. Er sagte: »Sie ist die Mörderin meines Bruders.«

Gnaatz sagte: »Das ist keine Antwort.«

»Nein, es ist eine Tatsache.«

»Unsere Gefühle«, sagte der Pfarrer, »gehorchen nicht unbedingt den Forderungen der Moral. Manchmal fasziniert uns gerade das Andere, die dunkle Seite – das Böse, wenn Sie so wollen. Sie können es auch psychologisch ausdrücken: Wir lieben das, wovor wir uns fürchten.«

Glauberg sagte: »Es gab keinen Grund, sie zu fürchten.«

»Für Ihren Bruder schon.«

»Ich will sagen: Sie war nicht böse.«

»Was sie getan hat, war grausam. Es war der Königin der Nacht würdig.«

»Die *Zauberflöte* ist keine Oper über Gut und Böse, sondern über seelische Verletzungen«, sagte Glauberg. »Sie ist ein Stück Psychologie und nicht ein Stück Moral.«

»Verletzt werden in der Kindheit viele«, stellte Gnaatz fest, »aber nicht alle werden schließlich zu Mördern.«

Glauberg nickte langsam. »Die Ursache dafür liegt irgendwo in den Biografien. Es gibt keinen großen Schicksalswürfel, der den Menschen die eine oder andere Geschichte zuweist.«

»In dem Punkt gebe ich Ihnen Recht«, sagte Gnaatz. »Gott ist kein Puppenspieler, sondern unser Ratgeber.« Sein ausgeprägtes Profil war klar konturiert vor der beschlagenen Scheibe. Die Farben der Salzwiesen schälten sich jetzt allmählich aus der Dämmerung, zartviolette und strohhelle Gräser auf dem graugrünen, dicht gebüschelten Wiesengrund. Nach einer Weile fragte der Pfarrer: »Wird sie ein Geständnis ablegen?«

Glauberg dachte darüber nach. »Ich glaube, ja. Ein Teil von ihr *wollte* entdeckt werden, sonst wäre es uns wohl auch nicht gelungen. Warum hat sie die Opern-CD nach dem Mord nicht einfach aus dem Player genommen? Die *Zauberflöte* war eine Botschaft, und ich glaube, sie musste sie loswerden. Sie hat nicht nur getötet, um sich zu rächen, sondern um der Welt etwas mitzuteilen.«

»Sie trug ein Kindheitstrauma mit sich herum«, sagte Gnaatz. »Sie hat mit ansehen müssen, wie ihr Vater erschossen wurde.«

»Ja«, sagte Glauberg, »das musste sie.«

Wieder entstand eine kurze Pause. Dann fragte der Pfarrer: »Ist es eigentlich sicher, dass Ihr Bruder der Mörder ihres Vaters war?«

»Sicher?« Er sah nachdenklich hinaus. »Auf den Bildern, die wir jetzt haben, ist er nicht eindeutig zu erkennen. Sie sind zu grobkörnig.«

»Könnte Paula Reinhardt sich geirrt haben?«

»Ich weiß es nicht. Vielleicht haben sich ihre Erinnerungen an die Tat mit den Jahren ihrem Wunsch nach Vergeltung angepasst. Und als sie meinen Bruder in den BKA-Unterlagen aufgespürt hatte, war sie überzeugt, in ihm den Mörder ihres Vaters wiederzuerkennen.«

»Glauben Sie, dass es so war?«

Er sagte: »Es ist eine Möglichkeit. Die andere ist, dass mein Bruder ein Mörder war.«

»Sie wollen sich die Unsicherheit über den Punkt bewahren?«

»Nein. Ich mag Unsicherheiten nicht. Ich glaube nur, dass wir nie erfahren werden, was damals vor dreiundzwanzig Jahren in der Menschenmenge vor der Oper wirklich geschehen ist. Curland hat sich auf dünnem Eis bewegt. Er hatte mit Waffengeschäften und Tarnkrediten zu tun, und seine Frau sah sich von ihm um ihr gesellschaftliches Leben betrogen. Es gab zweifellos handfestere Motive, ihn zu töten, als die ideologische Verblendung meines Bruders. – Nun ja. Es gibt nur einen, der die Wahrheit kennt, und das ist Ihr oberster Dienstherr. Aber ich habe mich noch nicht dazu durchringen können, an seine Existenz zu glauben.«

Die Deichlinie zeichnete sich jetzt in der Ferne als gleißender Lichtfaden am Horizont ab, und das silberne alte Holz der Zäune auf den Weiden überzog sich mit einem schwachen Schimmer. Der Himmel löste sich von der Erde und stieg langsam höher.

Irgendwann sagte Gnaatz: »Werden Sie wieder zu Ihrer Frau zurückkehren?«

Glauberg ließ sich mit der Antwort Zeit. Schließlich sagte er: »Das hängt nicht allein von mir ab.«

Der Pfarrer konnte es sich nicht verkneifen, eine allgemeinere Bemerkung zu dem Thema zu machen. Er sagte: »Es überrascht Sie wohl nicht, wenn ich der Meinung bin, dass man sich heutzutage allzu schnell trennt.«

»Nein, das überrascht mich nicht.«

»Wir nehmen uns als Individuen zu wichtig.«

»Sie meinen, wir sollten Gott mehr machen lassen?«

»Ja, zum Beispiel.«

»Ich habe nichts dagegen. Es gäbe genug zu tun in der Welt. Ich glaube nicht, dass er Zeit hätte, sich als Erstes um meine Ehe zu kümmern.«

»Das Geheimnis ist: Wenn Sie es wollen, wird er es tun.«

»Und wenn ich es nicht will?«

»Lassen Sie es doch darauf ankommen.«

Glauberg sah hinaus in die karge, transparente Weite. Gnaatz wartete ab, ob er noch etwas sagen würde. Schließlich öffnete er die Wagentür und hievte seinen Körper aus dem Sitz. »Dann will ich mal wieder.«

»Ich kann Sie nach Hause fahren«, bot Glauberg ihm an.

Gnaatz bedankte sich. »Fahren Sie selbst nach Hause.«

Glauberg sah den Pfarrer an, der jetzt leicht gebeugt neben der Seitentür stand, und sagte: »Ich werde es versuchen.«

Gnaatz nickte und schlug die Tür zu, und Glauberg sah ihm nach, wie er mit kurzen Schritten die Deichböschung hinauflief und, oben angekommen, allmählich wieder in seinen schweren, schleppenden Laufstil verfiel. Langsam näherte er sich jenem Haus, in dem er vor zwei Wochen den Toten entdeckt hatte und das in der klaren Luft nah und kontrastreich wirkte wie alle Höfe entlang des Deiches, nur dass sein Schornstein keinen weißen Dampf ausstieß. Irgendwann zog der Pfarrer daran vorüber und wurde mehr und mehr zu einem kleinen grauen Punkt auf dem Deich. Glauberg lehnte sich vor und drehte den Zündschlüssel herum, der Motor war noch warm und startete leise und weich, es war kurz vor acht. Es würde ein schöner Tag werden, wo auch immer man hinsah, schien es nichts zu geben, außer Klarheit und Transparenz. Glauberg ließ den Wagen anrollen, und die Farbe des Himmels strich beim Wenden über die Armaturen. Vielleicht lag etwas wie Heimat in dieser Weite, durch die er fuhr, als er sich den Häusern am Horizont langsam näherte. Mit jeder Minute wurde es heller, und mit jedem Meter, den der Wagen hinter sich ließ, schien der Himmel an Höhe zu gewinnen. An einem Tag, wie er jetzt begann, lebte man hier in einem immensen Raum aus Licht.